U0702041

杨争光文集

杨争光文集

电影卷

卷·捌

深圳出版发行集团
海天出版社

图书在版编目（CIP）数据

杨争光文集. 电影卷 / 杨争光著. — 深圳 : 海天出版社, 2013.1
ISBN 978-7-5507-0567-8

Ⅰ. ①杨… Ⅱ. ①杨… Ⅲ. ①杨争光一文集②电影剧本一作品集一中国一当代 Ⅳ. ①I217.2

中国版本图书馆CIP数据核字(2012)第238422号

杨争光文集. 电影卷

Yangzhengguang Wenji. Dianyingjuan

出 品 人：尹昌龙
责任编辑：涂　俏
统　　筹：蒋鸿雁　谢　芳
责任校对：林凌珠
责任技编：蔡梅琴　梁立新
排版制作：花季雨季
封面篆刻：李松璋
装帧设计：李松璋书籍设计工作室

出版发行：海天出版社
地　　址：深圳市彩田南路海天综合大厦(518033)
网　　址：www.htph.com.cn
订购电话：0755-83460137(批发)　83460397(邮购)
排版制作：深圳市花季雨季杂志社有限公司　Tel：0755-83526403
印　　刷：深圳市新联美术印刷有限公司
开　　本：787mm×1092mm　1/16
印　　张：23.5
字　　数：300千
版　　次：2013年1月第1版
印　　次：2013年1月第1次
定　　价：78.00元

目 • 录

双旗镇刀客

1. 大漠 晨

荒凉的地平线。天光云影，弥漫的地气，一个跃动的黑点。

我们看清了，那是一匹在荒漠中奔驰中的马，骑在马上的是一位刀客打扮的孩子。我们还看不清他的模样。

奔驰。奔驰。在荒漠中，在沙丘中。

他已经走了许多天的路程。我们不知道他的名字。

就叫他孩哥吧。

映现片名字幕。

奔驰的马，马背上孩哥的身影。

紧拉缰绳的手。鞍桥上吊挂着两柄精致的短刀。脚上是一双已经破烂的生皮马靴。草料袋和羊皮水桶随奔驰的马起伏颠簸着。

一声马嘶——

孩哥勒住了奔驰的马。沙尘弥漫升腾——

现在，我们看清了，他十五六岁，脸上扑满风尘，嘴唇干裂，稚气未脱的脸上目光有些迷茫。脑后还扎着根干枯发黄的小辫。

孩哥从袖筒里取出一支“千里眼”，搭在眼上，抽拉开，扫描着远处——

一座颓败的古城遗址在“千里眼”中像一片单薄的布景。

孩哥收起“千里眼”，提缰拍马，奔驰而去——

2. 残城古井 日

大面积的阴影下，古城显得有些神秘。

井台前，一只羊皮水桶被扔进井里——

• 4

打水的是一位职业刀手模样的人。旁边是他的马。

他叫沙里飞，四十岁左右，面目粗糙，满脸胡须，刀客劲儿十足。

提上水桶的沙里飞，转身朝他的马走去。

沙里飞提高羊皮水桶，看着渴极了的马在贪婪地饮水。

急促的马蹄声从远处传来，沙里飞警觉起来，转身向传来声音的方向望去，神情有些紧张。

古城残墙上，两个骑马的汉子，职业刀客打扮，头戴羊皮面罩，朝沙里飞这边看着——

羊皮水桶从沙里飞的手中掉了下来。内心紧张的沙里飞，看着远处城墙上的汉子，身子慢慢地移向他的马背——马背上挂着他的刀。

城墙上的刀客和沙里飞互相看着，都想辨认出对方，却又辨认不出。

沙里飞的手伸向马背上的刀——“嘭！”短促的一声响，一样东西飞过来，砸在地上，就在他的跟前！

沙里飞看得很清：是一枚铜钱。

沙里飞从铜钱上收回惊愕的目光，抬头向城墙上的刀客看去——

刀客向沙里飞招手，让他过去。

沙里飞犹豫着，放弃了取刀的心思。他迟疑了一下，朝残墙走去。

城墙上的刀客向走来的沙里飞：认识一个叫一刀仙的人吗？

沙里飞好像没听清。

城墙上的刀客已经认出沙里飞不是他们要找的人，提缰调转马头，拍马冲下城墙豁口，迅速消失了。

沙里飞松了一口气，放心了。转身朝井边往回走。走了几步又站住了，扭头朝着空荡荡的城墙豁口——

沙里飞：狗日的，吓唬你爷爷！

朝井边走来的沙里飞。没走几步，又突然站住了，他好像听到了什么声音，又一次警觉起来，胡乱扭着头，判断着声音传来的方向。判断不清的沙里飞更为紧张，撒腿朝井边奔去，步子越来越大，要奔跑起来了。

奔跑着的沙里飞到了马跟前，“唰”一声抽出了他的那一把流沙搅风刀，四下张望搜寻着——

是马蹄的声音，好像在四周回响一样，无法确定准确的方位——残破的古城门——残城内外的荒漠戈壁——城墙豁口——又一处豁口——又一道残门——旋转弥漫的沙尘……

紧张的沙里飞紧握着流沙搅风刀。

沙里飞的马。地上的羊皮水桶。

马蹄声消失了。沙里飞看着风卷沙尘中的残墙豁口。

沙尘渐渐散去。豁口处是刀客打扮的孩哥。

孩哥看见了井边的沙里飞，警惕地拉住马缰。

握刀的沙里飞盯着孩哥。他看清了，对方不过是一个刀客打扮的孩子，刚才的紧张立刻烟消云散，显出一副刀客的傲慢。

但孩哥是紧张的，甚至是惊恐的，他胆怯地看着沙里飞，踌躇着不敢向前。他的马已经很渴了，有些急躁不安，刨着蹄子。孩哥用手拍了拍马的脖子，想让它安静下来。

已经完全放心的沙里飞，在教训孩哥一样：马吐白沫了，要让它渴死不成？

孩哥的马确实渴极了，嘴角也确有白沫。

孩哥感到对方既无敌意又无恶意，便翻身下马，小心翼翼地拉马朝前走来。

沙里飞的刀重新挂回了马鞍。

• 6

孩哥拉马走到井边。解下羊皮桶，到井边打水。

完全放松的沙里飞，看着打水的孩哥。

孩哥打水的动作很笨拙，也许是因为胆怯，打上水来，好像解不开挂羊皮桶的扣子一样。还是解开了，尽管洒了一半的水。他瞥了一眼身后的沙里飞。

孩哥饮马。

沙里飞：有干粮吗？

孩哥有些踌躇，但还是点了点头。

孩哥从马背上取下干粮袋朝沙里飞扔过去。干粮袋落在了离沙里飞几步远的地方。

沙里飞走到干粮袋跟前，提起来，坐在一边，抱着，取出里边的干粮，大啃大嚼着。

沙里飞：还懂点规矩——知道我是谁吗？

走向井台的孩哥摇摇头。

沙里飞：这方圆五百里，没人不知道我沙里飞，你不知道？

走到井边的孩哥不敢摇头了，用羊皮桶重新打水。

得意的沙里飞放声大笑，大口啃着干粮，似乎像饿了许多天的样子。

孩哥抓着绳朝上提水，不知道是在用力还是出于胆怯，两条小腿在不停地打颤。

沙里飞发出一阵笑声。

孩哥打了个抖，刚提出井口的水抖撒出来许多。孩哥将水拎到马前，放在沙地上，跪下大口地喝着桶里的水。

沙里飞：急㞞个啥？让凉水呛炸你肺啊！

孩哥不喝了，提起水桶让马喝。

沙里飞：初闯世吧？

孩哥用衣袖抹着脸上的水珠。

沙里飞：去哪？

孩哥：双旗镇……

沙里飞：双旗镇？你一个人？

孩哥：嗯。

沙里飞：那可不是小孩子玩的地方。

孩哥：我……我领媳妇去。

沙里飞边笑边啃着干粮，提着干粮袋朝孩哥走来：嗬！红萝卜调辣面，吃出没看出，小毛孩子还知道领媳妇，长得乖不乖？

孩哥：我……没见过。

沙里飞：跟着我走吧，我知道你要去的地方……

沙里飞将干粮袋扔给孩哥。

孩哥拾起干粮袋，见里面空了，没敢吱声……

3. 大漠途中 日

两匹马并行着朝我们走来。

沙里飞：……我靠这把流沙搅风刀闯荡江湖，杀富济贫，除暴安良，西北找不出第二个！

能看出来孩哥已经很佩服沙里飞了，听沙里飞牛哄哄吹着自己。

到岔路口了。两人勒住了马，好像要分手的样子。

沙里飞：哎，有钱没？

孩哥有些诧异。

沙里飞：借我点……

孩哥十分为难地：我……我要接媳妇……

沙里飞：㞞！不借算了，我沙里飞再背运也不能向毛孩子要钱！

他扬手往旁边一指：从这条路下去就到双旗镇了。

说完，拍马而去。

孩哥望着远去的沙里飞，有些尴尬的样子，突然双腿一夹马肚，提缰朝沙里飞追去。

孩哥：大游侠等一等——

他越过沙里飞，勒马横在路中间。沙里飞勒住马，不解地看着孩哥。孩哥解开身上的一条钱袋，扔给沙里飞。

钱袋飞到了沙里飞怀中。

孩哥：你是个好人，咱们一人一半。

沙里飞接过银子，喜出望外，笑了，粗糙的脸开裂成一朵花：嘿嘿嘿嘿，哈哈哈哈……

抬头看孩哥。孩哥已打马朝通往双旗镇的路奔去了。

沙里飞大声地：方圆五百里出了麻烦，到干草铺找我——

远去的孩哥：好嘞——

沙里飞掂掂钱袋，收好，拍马而去。

4. 双旗镇 日

一座烽燧破败的古城堡，孤零零地立在大漠中。

两面旗帜高耸出城墙，在风中猎猎作响。

一阵打铁声传来，悠远而孤独。

一群羊大摇大摆地走进镇街，后面跟着一匹高大的骆驼，在羊群面前，它显得很傲慢。

骆驼拉着一辆小木车，车上坐着个昏昏欲睡的老汉。对边的屋门前坐着个摘辣椒的老妇人，目光呆滞。

铁匠铺中拉风箱的男孩猛地起身，跑到棚外的墙根撒尿。

铁匠：“火！”

男孩迅速收拾好自己，边系裤子边往风箱跟前跑。

风箱啪啦啪啦响起来。

在街的拐角处，一户门前挂着个辟邪的牛头，户主是一个老汉，是做皮匠生意的，用嘴吹去上面的尘土。

一阵风卷着黄沙在瓮城中打了个旋儿冲进镇街。尘土立刻弥漫了街道。

沙尘散去。一把刀在削马掌。那只手扔了刀，抓起个酒葫芦朝嘴里灌酒。

他是马掌匠，长着一丛稀疏又干燥的山羊胡子。他扔掉手里的刀，拿过旁边的酒葫芦朝嘴里灌着，干疏的胡子在抖动。

几个小男孩小女孩在街角玩耍。

客栈门口栽着两根拴马桩。石桩顶端是一种动物的雕像，似乎在笑。一个石桩上拴着两匹骆驼。一位生意人解开驼缰，拉着骆驼朝城门走去。客栈主人在门口笑吟吟送客，话语客套。

一声尖利的马哨子声，马蹄声——

镇外，三匹马在奔驰，马蹄疾骤地敲击着戈壁，冲向双旗镇——

玩耍的孩子们把头扭向瓮城门，目光惊恐。

正在做活的皮匠停下来，朝城门望去。

铁匠似乎没受影响，继续敲击着铁器。拉风箱的孩子刚仰起脖子想看，铁匠呵斥了一声，又埋头拉风箱了。

三匹马冲进瓮城，马蹄携着风尘。马上是三名刀客打扮的人。

三匹马冲进街道。鸡飞狗跳。玩耍的孩子惊吓得跳了起来。

三匹马经过皮匠铺时，一刀客把一样东西扔给皮匠。是一副马鞍，重重落在皮匠眼前，砸起一团尘土。

刀客：两天后来取！

皮匠讨好地连连点头。

客栈主人出门，朝冲奔过来的刀客：陈年老酒，上好的马肉……

现在我们看得更清楚了，他约四十多岁，是个瘸子。

三匹马冲过去，甩给瘸子一团尘土。

三匹马从偏门洞中冲了出去。

客栈主人愣了一会儿，咕噜了一句什么，朝客栈门里走去。

小镇复归平和，尘土正在消散。

瓮城的阴影中出现了骑在马上的孩哥，他紧拉着缰绳，打量着这一座古城的街道。

镇街上的人也发现了孩哥，也打量着他。

拉风箱的孩子伸着头，不拉风箱了。

一只狗冲着孩哥连声叫着。

面对镇街上投来的各种目光，马上的孩哥似乎有些慌悚，不知所措。他拉起衣袖，在扑满风尘的脸上抹了一下，使自己镇定了一些。他翻身下马，拉着缰绳，朝镇街走来，脚步缓慢，迟疑。那只狂吠的狗跟着他，叫着，却并不扑过去真咬一口。

镇街上的人几乎都在看着这位刀客打扮的少年，包括那一群小孩子。

铁匠：火！

拉风箱的小孩赶紧拉动风箱。铁匠边打铁边瞄着从镇街上走过的孩哥。

一驼背的镇民从孩哥身边走过。孩哥张张嘴，想问什么，又没敢开口，拉马继续朝前走。

突然，两匹马从偏城门洞外冲了进来，朝镇街冲奔而来。

孩哥一阵紧张，以为他们是冲他来的，便站在了街心，惶恐地看着奔过来的两匹马。

马背上是和沙里飞打过照面的那两位刀客。两匹马快要冲到孩哥的身上了，却突然分拨马头，左右闪开，从孩哥两边疾驰而过。孩哥紧闭双眼，被笼罩在一团沙尘之中。

瘸子又一次颠出客栈：陈年老酒，上好的马肉……

两匹马疾驰而过。

沙尘散去，孩哥摇摇头，要摇去头脸上新落的沙尘。

两刀客冲到瓮城跟前，突然勒住马，互相对视了一下，然后，掉转马头，折了回来。

两匹马冲过孩哥，转头，站住了。

孩哥抬起头，惊愕地看着面带凶恶的两个刀客。两个刀客审视着孩哥。从上到下。

不远处的马掌匠斜视着，灌了一口酒。

气氛陡然紧张起来。

孩子们远远地看着，胆怯又好奇。

一声急速的抽刀声。一刀客手中的刀闪过一道寒光。

刀架在了孩哥的脖子上。

刀客凶相毕露。

孩哥紧闭着眼睛，不敢睁眼正视对方。

刀客：见过一个叫一刀仙的人吗？

孩哥急忙摇头。刀抽了回去。然后是一阵马蹄声。两刀客从孩哥的身边疾驰而去。孩哥呆立着，睁开眼。不知是因为恐惧还是委屈，眼睛是湿润了，还是飞进了沙尘。他擦了擦眼。

两刀客冲到客栈前，离鞍下马，提着刀，把马缰朝拴马桩扔过去。瘸子殷勤地迎过来，把两刀客迎进客栈。

小镇又平静了。铁匠铺的打铁声清晰有力……

黄昏正在降临。

5. 马掌铺　黄昏

孩哥在马桩上拴好马，绕过马来到马掌匠跟前，有些怯生。

孩哥：大叔。

马掌匠抱着酒葫芦，没听见似的，看着孩哥的马。他喝了一口酒。他是个爱喝酒的人。

马掌匠：好马，好马……

孩哥又叫了一声：大叔。

马掌匠抬起朦胧的醉眼，看着孩哥，似乎对孩哥出现在他的跟前很感诧异。他打量着他。

孩哥很不自在地咧嘴一笑，与其说是笑还不如说是脸皮做了一次机械的收缩，脏兮兮的脸上露出两排白牙。他扶了扶紧贴在腿上的两把短刀，显得有些滑稽。

马掌匠：换掌?

孩哥的脸皮又笑一样地收缩了一下。

马掌匠起身朝马走过去。那圈孩子一直好奇地跟着孩哥，对孩哥指手画脚地窃笑，大概是笑他腿上的那两柄短刀。他们没见过这么挎刀的。也许是觉得孩哥长相俊秀，他们怀疑他是女孩装扮的。马掌匠抬起马的前蹄，冲着孩子们吼了一声。

马掌匠：滚!

孩子们跑散了，边跑边喊：小辫子，没牛牛。小辫子，没牛牛……

马掌匠看看马蹄，开始换掌。

马掌匠：做什么营生?

孩哥走过来，靠在马桩上，不好意思了。

孩哥：我，我来领媳妇……

马掌匠转头看了孩哥一眼，要问话的时候，瘸子正从镇街走过，和马掌匠打了声招呼。马掌匠应酬了一声，然后收回目光。

马掌匠：谁家的女子?叫个啥?

孩哥嗫嚅着：不知道叫个啥，我爹订的娃娃亲，说她屁股上有颗痣。我爹死的时候给我说，我岳父是个瘸子……大叔，咱镇上有没有这么个人?

马掌匠想回答不想回答地：做啥的嘛?

孩哥摇摇头，茫然地看着已经冷清的镇街。

马掌匠：没有，不知道……

孩哥收回失望的目光，顺下了眼。

马掌匠搬起另一只马蹄。

孩哥自言自语地：可能我记错了，不是这个镇，我爹死的时候没跟我说清……

太阳不见了，屋顶上残留着一点余晖。镇里的阴影越来越大。

小镇越来越暗。

钉完马掌的马掌匠直起身来。孩哥从马鞍上解下空空的草料袋。

孩哥：大叔，我想装袋马料……

马掌匠收拾着钉掌的工具：我只管下边，不管上边。

进屋了。

孩哥孤伶伶地站在马桩前。他解着马缰……

6. 镇街 傍晚

孩哥拉着马在镇街上茫然地走着。

那群孩子冲孩哥叫喊着：小辫子，没牛牛。小辫子，没牛牛……

一股风卷过来，吞没了孩哥。

7. 客栈前堂 夜

屋顶上吊着一盏盆灯。

酒桌跟前坐着我们见过的那两个刀客。他们大吃大喝着，已喝空了四个酒罐。

瘸子在柜台后边冷眼看着他们。

一刀客转头看着瘸子，一脸凶狠。

瘸子机械地给他笑了一下。

刀客转回头又吃喝起来。瘸子收住笑容，轻轻翻开柜台挡板，朝灶房走去。

瘸子进灶房走到灶边，从锅里夹出两块肉。

瘸子：好妹哎——

传来偏房里好妹的应答声：嗳。

瘸子走到肉案前拿刀剁肉：去，把客房收拾收拾，我看那两个寻仇的刀客今晚不会走了。

好妹画外音：知道啦。

瘸子往盆里装肉。

8. 镇街 夜

一户人家的门外，孩哥在敲门，门开了，探出一张老脸，目光呆滞。

孩哥：我，我想打听个人……

门猛地被关上了。孩哥愣在了那儿。

拉着马的孩哥横过街道，朝有灯火的地方走去。一个背草的汉子从旁边拐出来。

孩哥：大叔……

汉子看了孩哥一眼，加快脚步，朝远处走去。

有灯火的人家门前。孩哥祈求般的目光投向一位老妇人，老妇人犹豫着。

老妇人：孩子，你别问了，这镇上不兴打听人。

妇人转身进门。

委屈的孩哥拉着他的马，眼眶里有泪水打转了。

拉着马的孩哥朝客栈走去。镇街上最后一盏灯火熄灭了……

9. 客栈前堂 夜

灯光映照着桌上的残汤剩酒。瘸子正在收拾。两个刀客不见了人影。

羊油灯的火苗。好妹漂亮朴素的脸迎上来，乖巧的嘴吹出了一口气，吹灭了灯火。然后，好妹来到另一盏油灯前，吹灭了它。前堂立刻暗了许多。

酒桌旁掉了块牛肉。好妹拾起来，扔进残汤盆中。瘸子正往柜台上放空酒罐，看见了，走过来，伸手从残汤中捞出牛肉。好妹不解地望着她爹。

瘸子：放回锅里，明儿再卖。

瘸子去了灶房。好妹擦着酒桌。传来敲门声。好妹抬头朝门那里看过去。

又是两下敲门的声音。

10. 客栈门外 夜

敲过门的孩哥站在门口等待着。枣红马已拴在了马桩上，摇着头打了一声响鼻，烦躁地踩刨着蹄脚。孩哥朝它做了个手势，马听话地安静下来。木门缓缓拉开，灯光从拉开的门缝里直射出来，切进夜色里。随后，好妹的脸从门里探出来，神情戒备地打量着孩哥的打扮。

孩哥要说话，但好妹先开口了。

好妹：这没吃的，到别处要去！

没等孩哥解释，门已有力地关上了。

孩哥又置身在夜色里。他无奈地仰起头。

双旗杆上的旗帜在夜风中啪啦啪啦摆动着——

11. 灶房 夜

好妹一手端着油灯，一手护着灯上的火苗，从灶房外走进来。瘸子已不在灶房。她放好油灯，给灶火里加柴。

好妹：要饭的也不挑时候，半夜了还敢敲门。

瘸子画外音：你和谁说话？

好妹：不知哪里来的一个脏娃，腿上插着两根破木片子，充刀客……

好妹起身端起油灯出灶房，随手关门。

灶房里一片黑暗。

12. 双旗镇 晨

大漠戈壁中的双旗镇。

霞光渐渐涂上城墙。

小镇正在醒来。一只脏兮兮的狗从容地走到镇街中心，好像它是这座小镇的主人，悠闲地摇了几下尾巴。一定是听到了什么动静，它转过头——

铁匠铺里，铁匠正给炉塘上加着炭。小男孩睡眼惺忪地跑出去，去墙根处撒尿。

吱呀一声。那只狗把头扭向客栈——

客栈的木门开了，梳洗过的好妹端着一盆脏水朝外走来。没走几步，就踩在了一样东西上。她惊叫了一声，从台阶上摔了下去，手中的水盆飞出去老远。

孩哥打了一个旋飞，快速敏捷，站了起来。一个动作，可看出孩哥是习武之人。

好妹从泥水中坐了起来，像个花脸泥人，等她看清绊倒她的是孩哥时，委屈又生气地哭起来，哭得有些夸张。

孩哥愣了，一时不知所措。瘸子挥着一根短木棍从门里冲出，用力朝孩哥打去。孩哥因这一猛力的击打，也因免挨再次击打，就势从台阶上冲摔在地上。

瘸子挥着短棍冲下台阶，朝孩哥瘸拐过去。

好妹：爹，打，使劲打……

瘸子一拐一拐奔过来。孩哥盯着瘸子的一双瘸腿，他似有所悟，爬起来朝后躲着。瘸子手中的木棍要落下去的时候，孩哥突然下跪，连连向瘸子磕头。

孩哥：岳父大人，叩见岳父大人……

瘸子愣住了，木棍停在了空中。

孩哥还在磕头不止，叫着岳父大人。

好妹：打呀，打他个脏娃浑小子。

她已提起了铜脸盆，一脸气愤地朝孩哥走过来。她举起铜盆，照着孩哥刚扬起来的头砸下去。孩哥倒下去，没再起来。瘸子举着木棍，还在迷惑之中，想不通这个陌生男孩为什么要对他磕头并叫他岳父大人。他看着地上的孩哥，又看看气哼哼还未消气的好妹。没等他做出反应，传来一阵骚乱——

有人大声喊叫：一刀仙来了，一刀仙来了。

瘸子和好妹紧张地朝街口看过去——

街道上的大人和孩子朝街边惊慌躲避。

有人在喊：一刀仙来了……

街道上的大人和孩子们全躲在了街边，从笔直的镇街看过去——

瓮城中立着四匹马，并排坐着四个刀客。一刀仙和同伙们傲慢地看着慌乱的街道。

孩哥头晕似的，慢慢抬起头，要爬起来。

客栈里走出那两位寻仇的刀客。孩哥赶紧趴下。两刀客提刀，一脸杀气，跨过孩哥，朝前走去。孩哥直爬起来，恐惧地看着镇街。

一刀仙和同伙稳坐马上，看着走来的那两个刀客。

两刀客顺街走来，在铁匠铺前站定，看着马上的四刀客。

一刀仙和他的兄弟二爷翻身下马。一刀客展开一方黑巾，抖开，包头，顺两腮拉下，系好。二爷递过刀，一刀仙夹在腋下。然后，兄弟俩朝两刀客走来。两刀客一动不动地等待着。

打铁的声音慢了，弱了。

两刀客满脸铁青，盯着迎面踏步而来的一刀仙兄弟。一刀仙兄弟稳步前行。一刀仙的刀在胳肢窝里夹着，随意中透出威慑。一些镇民在一刀仙兄弟走过之后，小心地朝街中心走了几步，想清楚地看看即将发生的一场刀战。瘸子拉紧了好妹。孩哥似乎被眼前的恐怖气氛震慑住了，一脸呆滞。

一刀仙兄弟在距两刀客几米远的地方站住了。空气陡然凝固。双方对视着，不动。

刀客甲：我找了你整整七年，出刀吧。

一刀仙不动。嘴似乎动了一下，很古怪。

刀客甲缓缓抽刀。

一刀仙嘴角隐现出蔑视。

刀客甲突然挥刀，扑向一刀仙，大声叫喊着。一刀仙刀柄一抖，横刀向前，单腿跪地。刀客甲刀掠寒光，破风而来。只听得“噗”一声，刀客甲的喊声戛然而止。一刀仙依然横刀，没动一样。刀客甲定立着，然后晃了晃，轰然倒了下去。单腿跪地的一刀仙看也没看，收刀，起身，转过头来，看着刀客乙。

刀客乙握刀后退几步，看着一刀仙和二爷，要举刀了，却脸色一变，伸出的刀从手中脱落下来，人也跪在了二爷跟前。二爷的刀迅如疾风，朝刀客乙的脸直劈下去。一声短促的破裂声之后，我们便看见了翻身倒地的刀客乙，脸上裂开了一道粗糙的刀口。

一刀仙潇洒有力地把刀送回胳肢窝，和二爷转身朝瓮城走去。

两具尸体和走向瓮城的一刀仙兄弟。

孩哥面如土色。

一刀仙和同伙拍马冲出瓮城。

孩子们朝尸体围过去，拾起刀跑开了。

孩哥一脸木然地看着镇街上的两具尸体。

长长的街道，阳光下的那两具尸体显得孤单又刺目。

13. 客栈偏房 日

光线昏暗，气氛沉闷。桌上放着孩哥那对短刀。光影分明。

瘸子的脸埋在阴影里，和孩哥隔桌而坐。

孩哥好像含着泪水。

瘸子不时喷出一口漠合烟。他的视线从那对短刀移开，有些伤感地偏着头，望着窗外，目光茫然。

瘸子叹了口气：哎，自古英雄多短命……

孩哥低下了头。

沉默。

孩哥：我爹让我……

瘸子似乎没有听见孩哥说话：我的腿在一场刀战中废了之后，没法再跟你爹了……离开江湖多年了，开这店，只是混口吃的……唉，今非昔比了……

孩哥鼓鼓勇气，低着头，还是说出了他一直想说的话：我爹让我……让我来领媳妇……

瘸子脸色愁闷，沉默了很久。

瘸子：先住下……住下再说。

孩哥抬头看着瘸子，想说什么，又没敢开口。瘸子起身走了出去。孩哥难过又无奈，低下了头。

14. 客栈灶房 日

一口大铁锅里煮着牛肉，咕咚咚响着。

好妹正在烧火。灶火映红了她好看的脸。

心情烦乱的瘸子走进灶房，走到灶边。

瘸子：好妹。

好妹似乎知道她爹叫她做什么，装作没听见，继续烧火。瘸子朝好妹走近了两步。

瘸子：去，去见见你大伯的娃。

好妹：不见。我才不见那个脏娃，不见，就不见。

瘸子无奈，低头出去了。

好妹自语似的：啥时候又蹦出个大伯来……

15. 双旗镇 黄昏

太阳正在沉落，黄昏降临在戈壁滩上的双旗镇，旗杆上的两面小旗显得滑稽又不可缺少。城外的烽燧和整个古城倒显得很和谐。

16. 客栈门前 黄昏

好妹坐在门口的台阶上，手操在袖筒里在看西下的夕阳。太阳已贴到城墙边上了。

瘸子出门：我到你马掌伯那儿去一趟，孩哥这时正睡着呢。来客了，叫醒他，让他帮着在前堂张罗着，你可千万别照面，我不大工夫就回来。

好妹点头应了。瘸子心事重重地走了。

17. 柴房 黄昏

半间屋堆放着过冬用的硬柴，在剩下的空间里给孩哥搭了个铺。破旧的羊皮铺盖里裹着熟睡的孩哥，头下枕着那两柄短刀。

18. 马掌匠家 黄昏

瘸子已坐在马掌匠家的炕沿上，抽着漠合烟。马掌匠坐在旁边的小桌跟前，不时地往喉咙里灌着酒，光线很暗。

瘸子一直在说话：……他爹活着的时候，好妹许嫁给她，也有个靠山，可现在……我剩下一条腿，世道又这么乱……

马掌匠喝酒不语。到掌灯的时候了。马掌匠从灶炕中燃了根芨芨草，点亮了羊油灯。灯后坐着一脸愁容的瘸子。

瘸子：……再说好妹要跟他这么一走，我一人在这小镇上，还活个啥劲儿？

马掌匠：把他留下，上门算屎了。

瘸子：那孩子一无手艺，二无本事，将来我有个三长两短的，好妹跟着他受罪？老哥……你说我不认这门亲了，有罪过不？

马掌匠想说什么，又没说，喝着酒。

19. 客栈 夜

骆驼客们在门外的马桩子上拴了骆驼，十来个汉子一窝蜂地拥进客栈。

前堂，他们大声骂着浑话，吆喝着店主。

骆驼客甲：瘸子，上酒……

一群人扑在大木案上，赌起来。

偏房。好妹闻声，感到一阵紧张，起身跑出去。

好妹奔过灶房，来到柴房。前堂传来骆驼客们不耐烦的大骂声。好妹上前推着睡死过去的孩哥。

好妹：快起来，听见没……

孩哥被惊动，猛地一个翻身跃了起来，反倒把好妹吓了一跳。孩哥看着好妹。

好妹很快又绷起脸，来客了，到前堂去张罗张罗。

说完转身去了灶房。孩哥糊里糊涂地跟到了灶房。

好妹递给孩哥一个大木托盘，孩哥接过来端着。好妹将一盆肉放在托盘上，又提了一罐酒，让孩哥用另一只手拎着。

好妹：去，给人家送去，回来的时候，再问一声还要什么。

孩哥傻乎乎地点着头，愣头愣脑地朝外走。

前堂，孩哥端着酒肉出来。

众人欢呼：酒来了！噢……

东面桌子上有人喊：端过来！

孩哥朝东走。

西面桌子上有人喊：这边，这边！

孩哥又朝西走。

两面都在喊，一声高过一声。孩哥很为难，不知该咋办了，托盘在手里打颤。

灶房，好妹放下门帘，走向灶边。

好妹自语道：笨不笨，连句好话都不会说！

前堂，东面站起一大汉朝孩哥走去。

西面也起来一汉子朝孩哥走去。东面的汉子来到孩哥面前，伸手先提了酒，然后将那盆肉朝腰里一夹，走了。西面的汉子来到孩哥面前时，只剩下空空的托盘。满堂哄笑声。那汉子觉得失面子，气得发抖。孩哥刚想朝回走，只见那汉子挥手一掌，孩哥被打出几尺之外，撞在了柜台上，翻过柜台，摔在了地上。

又是满堂哄笑。

孩哥委屈地爬起来，拾起摔在地上的盘子，糊里糊涂地走回灶房了。

瘸子回来了，跨进门，见到堂中的情景，立刻一脸讨好的笑容。

瘸子：没吃上啊，马上就来！马上就来！

20. 后院马厩 夜

孩哥心里难受，抱着自己那匹马的脖子。能看见孩哥脸上摔后的伤痕。他想哭。马用嘴唇蹭着他。

前堂中传出骆驼客们醉酒后的吵闹声。

孩哥好受点了，松开手，跳出马槽，向柴房走去。

马不吃草了，抬起头，在看孩哥一样。

21. 灶房中 夜景

好妹朝柴房的方向看着孩哥走进了柴房，面有同情之色。

夜深了，柴房中。孩哥仍在铺上端坐着，但此时却剥得赤条条，似有神又似无神地望着前面的柴垛。

瘸子怕灭了火种，起夜朝灶火里加了把柴禾。他看到柴房中露出微弱的光，于是好奇地来到柴房的门外，透过门缝看到孩哥皮肤冻得红紫红紫的端坐在床上。

22. 客栈 夜

夜深了，整个客栈很安静。瘸子在偏房的炕沿上抽烟，大概在想孩哥来接亲的事。熟睡的好妹被烟呛得咳了几声。瘸子，灭了烟，下炕。

瘸子端起洋油灯，开门进了灶房。

瘸子来到灶边，给灶膛里加了几把柴，怕灭了火种。看柴不多了，转身打开去后院的木门，瘸子来到柴堆跟前，抱起几根硬柴，要转身进屋，发现柴房里有微弱的灯光，便轻手轻脚，往里窥视——

孩哥赤条条盘腿坐在炕铺上，好像在练功。

瘸子有些不可思议，离开柴房……

已放下硬柴的瘸子端着洋油灯回到偏房，关门，摇着头，一脸不屑。

痢子自言自语一样：哼，小毛孩子还知道练子时净身功。

瘸子上炕了。

23. 灶房内 日

瘸子从锅里提出来一只马头，放在木案上，用力破着。

孩哥在屋子的一条长板凳上木呆呆地坐着，两眼傻乎乎地望着瘸子。

瘸子教训的口气：从今开始，你要帮这店干活了，在双旗镇活人，要记住三正：眼正、手正、脚正……

孩哥认真地听着。

瘸子：眼要正，不要斜眼看人，不该看的不看。手要正，不能随便拿人东西，到人家里手要放在膝盖上。哎，就这样——

瘸子在示范。孩哥照着瘸子说的做着，显得很机械，憨态十足。

瘸子：这脚正嘛，就是不能乱串门子。你爹过去没教过你？

瘸子歪头看着孩哥。

孩哥摇着头。

瘸子：出来闯世，不懂这些哪成啊？好妹，给锅底下加点硬柴。

孩哥转头看着偏门。他看着好妹应声出偏房去了后院。

瘸子：双旗镇还有一个规矩，嘴巴不能瞎打听事，也不能和外面的人瞎谈镇上的人呀事的……世道乱，寻仇的人多。说错一句话，就得死个把人。

孩哥有所悟地看着瘸子。

好妹抱来柴禾给灶门里加了几根硬柴，锅里的肉汤“咕咚咕咚”在冒泡儿。

瘸子放下砍刀，解了生皮围裙。

瘸子：孩哥，你帮着把这扇肉的骨头剔了，后晌我好下锅。

说罢出了门。孩哥起身将案上的半扇肉拉到案边，下意识地摸了摸腿上的两柄短刀。

瘸子又返回身来：在家干活，别总带着你那两件家伙，卸了去。

孩哥转身对着瘸子：我爹说了，头不离肩，刀不离身。

瘸子哼了一身，转身走了。

坐在灶边的好妹瞄了孩哥一眼，好像一百个看不顺眼的样子。

好妹自言自语：也不知道有没有那两下子，还刀不离身……

孩哥没听见好妹的话。他终于动手剔骨头了，用刀在肉上胡乱挑割着，到处挖着骨头，上边带着许多精肉。他把骨头朝旁边一扔，继续挑割着。

好妹看见了扔在一旁的骨头，脸色一变，倏一下站了起来，冲到木案跟前，把目光从骨头上迅速转到孩哥的脸上。

好妹：你咋这么笨！这要糟蹋多少精肉！

孩哥住了手。好妹一把夺过刀，把呆愣着的孩哥朝旁边一推，熟练地剔起来。

好妹：看着！

孩哥两眼直勾勾地看着低头剔肉的好妹。

好妹不知道孩哥在看她，只管低头剔着肉。

好妹：瞧，瞧见了没！

孩哥仍看着好妹。

好妹有所感觉，抬起头。孩哥躲闪不及，目光和好妹相撞。好妹扑啦一下涨红了脸，把刀用力朝木案甩去。

刀嵌进了木案。

好妹：眼正！

孩哥慌忙移开视线，看着木案上的刀。

好妹气哼哼拂袖而去。

孩哥呆立在木案跟前。

24. 镇街 日

瘸子扛着一袋粮食朝客栈走。一妇女坐在自家门前做针线活，和瘸子打招呼。

妇女：瘸大哥，听说女婿上门啦？

瘸子的表情立刻尴尬起来，边走边答：是她大伯的娃，侄子侄子……

妇女：女婿就女婿，有啥遮掩的，镇上人……

一只鞋从妇女背后的门里飞出来，打在妇女的怀里。

男人的声音：话多得很，关你屌事！

妇女立刻不吱声了。

瘸子一脸苦涩的笑，往客栈走去。

25. 客栈内 日

既无住店的，也无食客。

瘸子、好妹、孩哥围着桌子正在吃饭。瘸子喝酒喝高了，脸色泛红，话多了起来。

瘸子：……你爹使的是刀谱上没有的一种刀法，击败过无数声名赫赫的刀手，江湖上很少有人不知道他。这种刀法吸取了拳掌功夫中的精华。在外行看来，套路好像很简单，既无刀光掠影，又无破风之声，但行家自会看出它的厉害之处……

瘸子说得有些兴奋了，手舞足蹈，眉飞色舞，似乎在描述曾经的一场刀战。

孩哥听得入神，半晌不动筷子。

好妹不感兴趣，只管低头吃饭。

瘸子：……全在出刀和最后的一击，以气推刀，以刀带气，紧要处，手一抖，看不见刀出鞘，刀尖已击中敌手。这全在一个“气”字上，没有超人的内功，是学不来这一招的，想学也是白搭。

瘸子似乎说得有些累了，喝了一大口酒。

孩哥还想听，好妹却不耐烦了。

瘸子：好妹，不说了。孩哥，明天和好妹把槽上的几匹马拉出去遛遛。

孩哥：嗯。

好妹：我不跟他去！

瘸子：好妹！

好妹不吱声了。

孩哥往嘴里刨着饭，心里却在想着瘸子刚刚讲述的刀法。

26. 客栈后院　晨

孩哥和好妹赶着八九匹马出栏门，拐向镇街。

27. 镇街　晨

太阳爬过残墙断壁，阳光洒进冰冷了一夜的小镇，一切都变得暖融融的。

打铁声依旧单调，然而亲切。

孩哥和好妹赶着八九匹马走在镇街上。周围的男人女人大人孩子在好奇地看着。

孩哥还是那身刀客的打扮，短刀插在皮裹腿中，一走三晃。因为好妹跟在身边，孩哥表现得还算自信。

一群孩子蹲在朝着阳的墙根下晒太阳。

好妹觉得不自在，低着头朝前走，像个小媳妇似的。

传来孩子们的喊声：小辫子，没牛牛。小辫子，没牛牛。

孩哥装着听不见。

好妹的脸却红一阵白一阵，开始发烧，她朝孩哥瞥了一眼。

孩哥脑后的那根小辫甩奄甩奄的，让好妹看着有些生气。他的那匹马跟在他身后，显得挺得意。

传来那群孩子的声音：好妹子，好妹子，身边走个小辫子；小辫子，没牛牛，身边跟个好妹子。

好妹听得受不住了，猛转身朝家跑。

孩哥转头呆呆地望着远去的好妹。背后的马已出了门洞。孩哥收回目光，低着头朝镇外去了。

传来孩子们的哄笑声……

28. 客栈偏房 日

好妹一头冲进来，扑倒在炕上委屈地哭起来。

瘸子进屋：咋了？

好妹：赶他走，赶他走，咱家不要他……

瘸子叹了口气转身出了屋。

好妹：赶他走，赶他走……

29. 戈壁大漠 日

八九匹马像回归了自然，兴奋而充满活力，在大漠戈壁上狂奔。孩哥骑着他的那匹马，紧跟着，手中的马鞭甩得又脆又响。他在笑，笑得很开心。

刨踏着大漠戈壁的马蹄们。

孩哥大笑着，吆喝着：呦嗬嗬——

马群冲下丘岗，冲向纵深处……

30. 客栈前堂 黄昏

长案前三人都坐在各自的老地方。

相互无语，默默地喝，默默地吃。

好妹吃完起身走了。

瘸子吃完走了。

孩哥吃完，他没走，默默地坐着。

31. 偏房 夜

瘸子倒在炕上，好妹在给他捶腿。

瘸子：怕是要变天了。今晚你起个夜，给灶眼里加点柴，别把火种灭了。

好妹答应着……

瘸子：好妹，爹不想瞒你，孩哥是来接亲的，要把你接走做媳妇。

好妹突然住手，她瞪大了眼睛，一脸愕然。然后，她有些不相信地扭过头去，看着她爹。瘸子仍闭着眼。

瘸子：爹不想把你许嫁给这号人。

好妹又捶腿了，心里在想着她爹的话。

瘸子睁开眼，想看看女儿的反应，好妹正好偏过头来，瘸子把目光移开了。

瘸子：你放心，爹不会认这门亲的……

他支起身子，要睡觉的样子：别忘了起夜，加柴禾……

好妹坐在炕沿上，望着油灯。

32. 灶房 柴房 夜

昏黄的羊油灯下，孩哥在练功。

灶房中。好妹给灶膛里加了几根硬柴，端着油灯准备回屋。她发现柴房中透出灯光。

孩哥赤条条地练功。

来到柴房门外的好妹趴在门缝上朝里望去。她看见光着屁股练功的孩哥，立刻难为情地闪了回来，脸红了。

33. 客栈厨房 日

孩哥在木案前用剔骨刀剔骨头。瘸子蹲在一边，在瓦盆里和面，教导着孩哥。

瘸子：刀入肉要随骨而行，不能使蛮力。你爹只教你习武，不教你做活，是不？

孩哥似乎点了点头。

瘸子：你爹好是好，就是缺门手艺。

偏房门开了，好妹出门，正好和随门声扭过头的孩哥目光碰在了一起，脸扑啦一下红了。又转身回了偏房。

瘸子已和好面：好妹，把后院墙上那张牛皮送到你皮匠大叔家去。

好妹：知道了。

瘸子到木案前拿起板斧，对孩哥：走。

孩哥放下剔骨刀，跟瘸子去了后院。

34. 后院 日

院墙上搭着一张新剥下来的牛皮。院墙根下有几张生皮。院子正中，栽着两根碗口粗的木桩，相距四五尺。此时，一头已被杀死剥过皮的小牛被两腿分开，吊在两根木桩的中间。瘸子和孩哥来到木桩前。

瘸子：我先来，你好好看着。想学手艺，就要勤看，勤问，勤做……

他抡起板斧朝小牛中间砍去，板斧砍进牛尾骨。瘸子费了好大劲才把板斧拔出来，要砍第二下，孩哥突然开口说话了。

孩哥：我试试。

瘸子手中的板斧停在了空中，他转头看着孩哥，然后把板斧递给孩哥。

孩哥没接板斧，走到小牛跟前。瘸子有些疑惑地朝旁边退了两步，看着孩哥。

孩哥运着内气。

去取生牛皮的好妹正好看见了这一场面。

孩哥两手朝刀柄伸去，小臂突然一抖，一把短刀从刀鞘中弹跳出来，在孩哥的手里打了几个旋儿，然后，刀光一闪，随着破风之声，咔——

吊着的小牛轰然开裂，开裂成两扇，露出了站立着的孩哥。

瘸子一脸惊愕。

好妹吃惊地看着。

孩哥疑惑地看着自己手中的刀，他没想到他的刀竟这么厉害。

好妹看着孩哥，浮现出欣赏的神情。

瘸子似乎有了一种失落感，扔下板斧，走了。孩哥对瘸子的举动不明白，他收起刀，看着瘸子的背影，然后转向好妹。

好妹脸一红，转身抱着一张生皮走了。

35. 客栈前堂 日

孩哥心情很好，大口往嘴里扒饭。

瘸子低头用小盅喝着闷酒。

好妹明显改变了态度，不时瞄一眼孩哥。

孩哥：我爹活着的时候，一位大汉提着一把刀跟我爹说，他用刀背能把这么粗的一截树桩劈开（用手臂抱了个大圆），我爹说，他能用掌把树桩劈开……

好妹有些不相信：多粗？

孩哥又用手臂抱了个圆圈，比刚才明显小多了。

孩哥：院子里围了许多人，只听我爹一声大吼……

好妹：劈开了？

孩哥：……没有，裂开了一尺多长的口子。

瘸子心情烦乱地起身，蹲到了门外，抽烟了。

孩哥：为这事，我爹输了五亩地。

好妹：我说你爹没输，裂开了也算开了。

孩哥：后来我爹跟我说，那会儿他放了个屁，走气了，要不就劈开了。

好妹被逗笑了，发出一串格儿格儿的笑声。

瘸子很失落，烦躁地起身，向镇街走去。

好妹和孩哥的笑声在继续着。

36. 戈壁大漠 日

随着孩哥和好妹的笑声，我们看见了他们各骑在一匹马上，吆喝着马群，在戈壁大漠中嬉戏奔驰。他们开心地笑着，随奔驰的马匹起伏着，像一对兄妹，和谐，融洽。阳光泼洒在他们的脸上和身上，泼洒在马背上。

奔驰的马匹慢了下来。孩哥和好妹并马而行。驮满阳光的马匹在他们的身边涌动着。

孩哥：好妹……

好妹扬起头：嗯？

孩哥：你，你的屁股上……

好妹瞪大了眼睛。

孩哥：屁股上有痣吗？

好妹的脸立刻羞红了。

孩哥：我爹说，屁股上有痣的女子就是我媳妇。

好妹不胜娇羞，举起马鞭朝孩哥的马屁股上抽去。孩哥的马跳跃了一下。好妹拍马朝前奔驰而去。孩哥看着前边的好妹，双腿用力一夹，拍马扬蹄疾驰追了上去……

37. 灶房及柴房　夜

羊油灯光里，好妹正用木瓢从铁锅里舀水，热水被一瓢一瓢倒进地上的大盆中。

柴房里的孩哥正在修补马鞍。

传来好妹的声音：爹，我洗身子了。

孩哥抬起头，油灯的光亮在眸子里闪耀。他听见了好妹关灶房门的声音。他放下马鞍，站起来，朝门口走去。

柴房门被轻轻拉开，孩哥蹑手蹑脚走出来，小心地来到厨房门外。门板下端有一个小圆洞，透出光亮。孩哥弯下身，眼睛贴在洞上，朝里望去。透过小圆洞，厨房中热气腾腾，好妹正在脱衣服，只能看见好妹的腿脚。她跳进了冒着热气的大盆里。好妹的手抓着盆边，很快不见了。孩哥做了几次努力，就是看不见好妹。他放弃了小圆洞，直起身子，搜寻着新的地方。

木门上有一道缝。但太高了，够不着。

孩哥用眼睛在院中搜寻着，寻到了一截木墩。他把木墩搬过来，放在门口，脚踩了上去。他着急了些，险些摔倒。他努力稳住了身体。

厨房里，好妹坐在水盆中，解开头发，然后站起来，弯腰洗着头发。

门板的裂缝处露出了孩哥的一只眼睛，眨了眨，又换成了另一只。

透过门缝，只能看到好妹的背。好妹蹲下去了，只能看到好妹肩部以上。孩哥的脚努力往上踮着——他要看的是好妹的屁股。

好妹往身子上撩着水。好妹站起来了，继续撩着水。突然，她背后的木板门发出一声咔啦，好妹惊叫着转过身去——

门轴断裂了，孩哥和木门板一同倒进厨房。

好妹又一声惊叫，捂着脸蹲进大盆。

孩哥慌张地爬起来，掉头朝外跑去。好妹松开捂着脸的手，看着逃跑的孩哥，似乎还没从突然的惊吓中恢复过来。

38. 客栈前堂 夜

一根木棍有力地击打在孩哥的屁股上。趴在酒桌上的孩哥大叫着一下一下挺着身子。

瘸子一脸愤怒，边打边骂：教你要眼正，不该看的别看……

孩哥：我要看……看她屁股上的痣嘛！

瘸子：还嘴硬，你个小畜生，我让你看！看！

打得更狠了。

好妹裹了件羊皮袄站在远处愣愣地看着，眼神中透出几丝怜悯。

好妹：爹……

瘸子显然错解了女儿的心情：不用你说，我今儿要打出他的记性来。

瘸子用力打着。孩哥在叫唤。

好妹：爹……别打了……

瘸子停住手，回头诧异地看着好妹。

好妹把目光移向趴在酒桌上呻吟的孩哥。

孩哥疼得满头大汗，喘着气，呻吟着。

瘸子气哼哼扔了木棍，进了厨房。

好妹顾不上理会她爹的心情，看着孩哥。

孩哥撑着身子，想爬起来，又趴了下去。

39. 灶房及偏房 日

好妹用石捣将生牛骨捣碎……

好妹将捣碎的生牛骨倒进一个小砂锅。

好妹坐在火边，望着砂锅中冒泡的牛骨汤……

好妹把牛骨汤倒进粗木碗。

好妹朝柴房走去……

偏房中，瘸子透过门缝看着。

40. 柴房中 日

孩哥趴在铺上。好妹端着牛骨汤进来，默默地把碗放在孩哥身边，转身走了。

41. 双旗镇 日

夕阳下的双旗镇，在大漠中显得有些孤单。

三匹快马朝双旗镇奔来，马背上的刀客迎风拍马，马蹄踏起一溜沙尘……

42. 客栈前堂及镇街 日

门外的拴马桩上拴着三匹马，是那三位刀客的坐骑。

前堂内。各路食客正在海喝大嚼，有刀客，有路人，也有本镇的酒鬼赌徒们。酒鬼马掌匠也在其中。划拳的，赌博的，不一而足。瘸子来回殷勤地照应着。一刀仙的兄弟——二爷和两位刀客打扮的汉子已喝得半醉。

二爷：瘸子，你的漂亮女子今天咋没见？

瘸子：啊，小女子病了，病了。

二爷朝灶房看去……

灶房的皮门帘此时被风掀起道缝，露出灶边加柴的好妹。

二爷：瘸子，到外面把我的马拉你圈里喂两斤精料。

瘸子：您放心，二爷，委屈不了它。

二爷看着瘸子出了客栈门。

二爷和刀客们一阵狂笑。二爷起身，朝厨房走去。他撩开门帘，走了进去。很快就传出好妹的惊叫声。二爷抱着挣扎的好妹出厨房，走到酒桌跟前。两刀客把酒桌上的碗碟酒罐往外一推，地上立刻响起一阵碎裂声。二爷把好妹撂上酒桌。

喧哗声突然停止了，只有好妹的惨叫。人们都扭过头朝这边看着。马掌匠也在用眼睛瞄着，却不停止喝酒。

好妹在酒桌上挣扎着。二爷撕扯着好妹的衣服。

好妹：爹！爹！快来呀……

二爷：别嚷嚷，让二爷醒醒酒……

好妹在绝望地喊叫。二爷一用力，撕开了好妹的衣服。有人哄笑起来。

二爷：让二爷摸摸……摸摸……

好妹在挣扎，哭叫。

后院马棚前，孩哥在给槽里加料。

瘸子：喂了马就来前堂帮帮手……

孩哥答应着。瘸子一拐一拐朝厨房后门走去，他听见了好妹的哭叫声，愣了一下，立刻加快了脚步。

前堂，好妹的声音已经哑了，在挣扎着。二爷因为醉酒，手不灵便，总也摸不到想摸的地方。

厨房的门帘被突然掀开，瘸子闪了出来，一眼就看见了被压在酒桌上的好妹。他疯了一样扑向二爷。一刀客挥掌劈向冲到跟前的瘸子，结实又迅疾。瘸子叫了一声，朝后退去。

瘸子倒在了地上。

好妹大声喊着：爹！

瘸子爬起来，又一次扑向二爷。

两刀客“嗖”一声抽出刀，架在了瘸子的脖子上。瘸子定定地站住了。

好妹已无力挣扎。二爷大笑着，继续撕扯好妹的衣服。瘸子绝望地看着好妹。瘸子突然跪下去：二爷，求您开恩了……

二爷理也不理，用力一撕。好妹的两个小奶子从衣服里蹦了出来。二爷和刀客们哄笑着。

瘸子撕心裂肺般叫着：二爷！

好妹绝望了，呆呆地看着屋顶，泪水顺着眼角往下流淌着。

二爷又要动手去抓摸了，传来一声断喝——是孩哥的声音。

孩哥：别动她！

二爷闻声扭过头看去——

孩哥立在厨房门口，正盯着二爷。二爷见孩哥一身刀客打扮，皱了一下眉头，便松开好妹，转过身面对着孩哥。他身边的两个刀客也把视线集中在孩哥的身上。好妹从刀客手里挣脱，朝瘸子扑过去。

瘸子紧紧抱住扑过来的好妹，然后，把目光投向孩哥。

客栈里的食客们都注视着刀客和孩哥。

孩哥似乎有些胆怯了。

二爷：哪儿来的龟孙子？

孩哥认出了二爷，他看过他杀人。他的目光稍显慌乱，不由自主朝旁边挪了半步。

二爷朝孩哥逼近。孩哥斜退着，一直退到柜台跟前，无处可退了。

二爷一脸凶相，逼到孩哥跟前，突然抬手，一串耳光左右开弓，击打在孩哥脸上。孩哥的头像拨浪鼓一样接连摇晃着。

瘸子抱着好妹，又惊又恐，却不敢吱声。

二爷停手了。孩哥被连续的耳光打懵了。他摇摇头，抬起来，看着二爷。

两人对视着。一个凶狠，一个带着惧色。

二爷：小畜牲，拔刀啊……

孩哥低下了头，又突然扬起来。

孩哥：她是我媳妇！

好妹紧张地瞪大了眼睛。

二爷愣了一下，然后看看好妹，又把目光移向孩哥。他觉得孩哥的话很可笑。

二爷：媳妇？这么心疼的媳妇，睡了她就睡了女菩萨。你个龟孙子艳福不浅啊。

一阵哄笑声。

笑声未落，只见二爷突然变了脸色，抽刀，挥刀，劈向孩哥。孩哥下意识地顺地一滚，躲过劈来的刀，翻起来，两手伸向无极刀。两把刀像被猛然吸出一样，嗖嗖两声，从刀鞘中弹出。

刀光。刀与刀相撞的声音，短促，快捷。

刀刃飞快地掠过柜台。

响声戛然而止。

客栈里的食客们愕然的脸。

柜台边的一只小羊羔身上渗出一道鲜血，目光茫然而又无助。

瘸子和好妹惊愕地看着。

站得笔直的二爷慢慢转过身来，朝客栈门口走去。他跨过门槛——

二爷出门走了几步，站定，身子摇了摇，朝台阶栽倒下去——

二爷被劈开的脸正涌流着鲜血。

客栈里的孩哥面如土色，站在柜台跟前，望着客栈门外。

食客们呆呆地看着孩哥。他们突然争相跳起，朝门外跑去。

食客们大喊着：二爷被杀了！二爷被杀了！

他们四下散逃而去。

随食客们跑出来的两位刀客恐惧地看着二爷的尸体，解开了拴马桩上的马缰绳，飞身上马，沿镇街向城门奔去。

听见叫喊声跑上镇街的镇民们看着两刀客奔出了瓮城。

客栈里的食客们全跑光了，只有喝醉的马掌匠趴在酒桌上，睡着了一样。

孩哥惶惑地低头看着他的那一对无极刀，不相信他能把二爷杀死：不，不是我杀的……我不知道……

瘸子依旧抱着好妹，怕冷似的看着客栈门外的尸体。

马掌匠从醉梦里醒了，环顾着空空荡荡的客栈，一脸茫然：人呢？哪儿去了？

他搬起脚仔细看看：我的脚还没喝红呢！

边说边摇晃着出了客栈，走到二爷的尸体跟前，弯腰看了看：噢，是您哪，咋睡这儿了？

晃悠悠自言自语着走了。他提着他的酒葫芦。

一男孩在镇街上奔跑着：杀人了！小刀客杀人了！小刀客把一刀仙的兄弟杀啦……

能听见镇街上慌乱的关门声。

马掌匠似乎明白了，他刚才看见的是一具尸体，便转过身，朝尸体看着：噢，噢……

转身嘟囔着朝马掌铺摇晃着走去：天还没黑么，亮着呢么……

客栈前堂，瘸子扶着好妹慢慢地站起身来。

孩哥一脸呆滞。

瘸子：你惹大祸了……

好妹这时才从惊吓中醒来，放声大哭着跑进偏房。

43. 马掌匠家 夜

屋子里和炕上围着、坐着许多镇民，情绪激动。

皮匠：一刀仙是能惹的？杀了他兄弟，他决不会善罢甘休的……

马掌匠往喉咙里灌了口酒。

马掌匠：看不出来嘛！他妈妈的没看出来么……

镇民：一刀仙要是来了，找不到凶手，还不血洗了咱双旗镇？

皮匠：这事和咱双旗镇无关，谁惹的事谁拿上。

众人附和着：对，谁惹的事谁拿上。

铁匠坐在一边一语不发。

马掌匠仍旧沉浸在砍杀的情景之中。

马掌匠：嚓的一声……没见出刀嘛……邪门了……

44. 客栈偏房 夜

瘸子和孩哥相对无语。好妹趴在炕上，还在抽泣着。

瘸子：一刀仙是江湖上有名的刀手，在这一带闯荡了多年，杀人从没用过第二刀。你爹活着的话，说不定还能对付对付，可现在……

孩哥抬起头呆望着，神情多了一层恐惧。

瘸子不再言语，心情沉重。他转头看着好妹，若有所思。

好妹脸上的泪光依旧，木然地看着灯火苗。

孩哥用袖筒抹了一下鼻子。

45. 戈壁大漠 夜

两刀客拍马狂奔。

马蹄疯狂地踩踏着沙石。

两刀客还嫌不快，催马疾驰。

46. 偏房 夜

羊油灯摆在了木桌上，照亮了正中间的祖宗牌位。孩哥和好妹并排跪在木桌前。旁边站着瘸子。

瘸子：好妹，从今天开始，你就是他的人了，他生你生，他死你死。

孩哥拉着好妹的手，好妹眼里泪光闪烁。

瘸子：起来吧。

孩哥和好妹起身。瘸子走到桌前坐下。

瘸子：赶紧收拾东西，天一亮你们就动身。一刀仙三天头上就到。用这三天时间，你们随便跑到哪儿，逃出大漠，就能逃过一死。

孩哥和好妹看着瘸子。

瘸子：孩哥，我把好妹交给你了，从今往后，你要好生待她……

好妹的眼泪啪哒啪哒掉了下来。她叫了一声爹，扑到瘸子怀里。瘸子一脸伤感的神情。

孩哥低下了头。

47. 双旗镇 拂晓

天边开始放白。戈壁大漠中的双旗镇像一个巨大的幽灵。

静悄悄空无一人的街道。

拴马桩上的雕像好像在笑。

一股风扑进来，大模大样地从镇街上扫过。

48. 客栈后院 清晨

孩哥拉着两匹备好的马走出院门。

马蹄上包着羊皮，蹄声很轻。

瘸子和好妹提着大包小包相跟着。他们都很小心，生怕弄出响声惊动什么。

49. 客栈门外 清晨

客栈门被轻轻拉开。瘸子从门里小心地走出，朝寂静的镇街窥视。

没看到镇街上有人影。

瘸子朝门里招手。孩哥和好妹走出来，刚要下台阶，却愣住了——

镇街上鬼使神差般出现了几个人影。他们正看着客栈门前的瘸子和孩哥好妹。

他们朝客栈走过来。皮匠打头，他是个矮个的男人。镇民们相跟着，有男有女，也有小孩，从镇街朝瘸子和孩哥他们走过来。他们一声不吭。许多孤独的眼睛组成了一个孤独的群体，带着一股强大的威慑力。

瘸子、孩哥和好妹不知道会发生什么事情。镇民们的脚步像踩在了他们的心上。

瘸子手里的包袱脱落了，掉在了地上。

孩哥和好妹满脸惶恐。

镇民们站成一片，和瘸子、孩哥、好妹无声地对视着。

皮匠朝前走了两步，打破了沉默。他扑通一声跪了下来。

全镇的人齐刷刷跪下。

孩哥惊恐地看着他面前跪倒的一片。

皮匠：小刀客兄弟，双旗镇的父老乡亲给你磕头了，你不能走。你杀了一刀仙的兄弟，你走了，我们给他怎么交待？

看着这一张张冰冷的脸，一双双冰冷的目光，瘸子、孩哥和好妹无言以对。

空气中有一种梆梆的响声，似乎时刻都会爆炸。

有人喊了一声：你不能走！

有人附和着：谁惹的祸谁担！你们不能走！

瘸子和孩哥不知所措了。

皮匠：你不答应，我们就跪死在街道上！

没人说话了，一片死寂。

孩哥有了一种强烈的委屈感，泪水盈满了他的眼眶。

好妹看着无声的人群，他们好像变成了陌生人一样。

瘸子的声音苦涩得有些打颤：可他……他还是个孩子……

瘸子的话和一脸的乞求没有引起任何反应。镇民们静静地跪着。

远处传来打铁的声音，单调，冷酷。

双旗镇似乎变成了戈壁大漠中一个没有生命的存在。

50. 客栈偏房 日

孩哥、瘸子、好妹三人相对而坐。

瘸子：人家说得对，自家闯的祸，自家担……

孩哥坐不住了，起身朝柴房去了。好妹泪眼汪汪，看着孩哥的背影……

51. 镇街 日

两个妇人在门前对话。其中一个我们在前面见过。

妇人甲：就是嘛，他惹了事想一走六二五，这不是双旗镇的规矩。

妇人乙：看一刀仙来了咋办！

妇人甲：咋办咋办去！

她们不时地瞄一眼客栈，好像在监视一样。

客栈的门紧闭。

52. 柴房中 日

孩哥坐在铺上，用一块肉皮有心无心地擦着他的短刀，擦得很没自信。

突然，孩哥抬起头，眼睛里闪着光，他想起了什么。

孩哥：流沙搅风！他亲口说的！有了——

他起身朝外奔去。

53. 偏房 日

孩哥已把要找沙里飞的事告诉了瘸子。

瘸子：沙里飞？有这个人，在江湖上有些名气。

孩哥：他说有什么麻烦就到甘草铺去找他。

瘸子思忖着：兴许他能帮忙……

孩哥：他是个好人，很仗义！

他们似乎都有了希望。

54. 客栈的后院 日

一镇民从墙缝里往院子里偷看。围墙是用石头垒成的。他看见孩哥已打装齐整，备好了马，准备出远门的样子。

瘸子：路上小心……

镇民大惊失色，抡着胳膊跑上街道，失眉吊眼地喊着：孩哥要跑了……小刀客要跑了……

55. 镇街 日

抡着胳膊的镇民边跑边喊：小刀客要跑了——

街道上响起一阵杂乱的脚步声。镇民们从各处奔向客栈，脚步越跑越快。

56. 客栈后院 日

瘸子和孩哥惶惑地听着街上的动静。

脚步声越来越近。

镇民们拥进了院子，围住了瘸子和孩哥，七嘴八舌地骂着浑话：狗日的，小畜牲……

好妹夺门而出，正看见几个镇民抓住了孩哥的衣领和胳膊，还有头发，她愣住了。

皮匠：瘸子，你想让他溜走是不是?

瘸子：不……不是……

许多人喊了起来：

“做梦睡女人，净想好事！”

“走不成！”

“没门！”

瘸子在极力解释：听我说，不是，听我说……

马掌匠把酒葫芦塞进嘴里，灌了一口酒，两眼逼望着瘸子：我没醉，我的脚还没喝红呢！骗不了我！

瘸子提高了嗓门：大伯大婶，你们听我说。孩哥不是要溜走……他是去找沙里飞，请沙里飞来帮忙……

嘈杂声小了些。

皮匠：沙里飞?你说的是大游侠沙里飞?

瘸子：孩哥和他认识……

镇民们安静下来。

马掌匠又灌了一口酒：这个人我知道，有点成色，我给他换过马掌。他兴许能对付对付。

有人说：他要价可高了。

瘸子：孩哥曾帮过他的忙，他会来的。

又是一片嘈杂：

“说得好听。”

“空口无凭。”

“说是去找沙里飞，半路上跑了咋办？我们找谁去？”

瘸子：我作保不成吗？

一镇民：你能保个毬！

皮匠：不行，不能让他走！

瘸子朝好妹走过去，一把拉过好妹：我把好妹许配给他了，他就是我姑爷，他要是真跑了不回来，我和好妹拿头等着一刀仙还不成吗？

被镇民扭着的孩哥看着瘸子和好妹。

瘸子：我们自家惹的祸，我们自家承担，也得让我们自家想些办法吧？各位大伯大婶，你们说我的话在理不？

镇民们无言以对了。抓扭着孩哥的镇民松开了手。

有人说：瘸子不会骗咱们的，让人家娃找沙里飞去。

镇民们开始松动了，散去了。

好妹看着孩哥。

孩哥看着好妹，走到马跟前，翻身上马，一抖缰绳，马耸身一跃——

57. 双旗镇外 日

孩哥骑马奔出城门。

孩哥跃马向戈壁大漠深处奔去……

双旗镇的两根旗杆高高挺立着，两面旗帜在风中招展。

58. 大漠戈壁小驿站 日

两刀客拍马冲进驿站，跳下马，各换了一匹马。

两刀客翻身跃上新换的两匹马。

他们就是跟随二爷的那两位刀客。

刀客甲冲驿站内：多备几匹马，两天后我们要用……

说话间，两匹马已奔出驿站，疾驰而去。

59. 大漠戈壁 日

孩哥纵马狂奔。纵马狂奔。

60. 双旗镇街道 日

街道上无人走动。镇民们在家里忙着各自的事情。皮匠割着牛皮，马掌匠钉着马掌。有人坐在门后，用膝盖夹着鞋夹板，在上鞋。老女人不摘辣椒了，抱着腿坐在门坎上晒太阳。

酒店冷冷清清的，客堂里空无一人，瘸子坐在凳子上，不知想干什么。远处传来打铁的声音。

铁匠铺。男孩奋力拉着风箱，铁匠锤打着一件铁器，单调的锤打声似乎是双旗镇唯一的声音。

镇民们一脸孤独的神情。

镇民们似乎满腹心事。

他们在艰难地等待。

打铁的声音一下一下，单调，清晰，有力。

61. 沙棘店 黄昏

横躺在炕铺上的一刀仙突然坐直了身子，发出一阵似哭似笑的声音，身体随声音抖动着。两刀客满头是汗，一身风尘，跪在炕铺跟前。他们已给一刀仙讲完了二爷被杀的事。

一刀仙收住声，呆愣了一会儿。两刀客偷看着一刀仙。

一刀仙好像在给自己说话：我兄弟虽然不是一流的刀手，但也出类拔萃。看来，此人刀法不俗……

两刀客起身，站在了一边。

一刀仙：飞刀李在甘谷驿，甩袖风在三墩子，还有见血狂兄弟俩，叫他们明天一早来沙棘店，去双旗镇会刀。

两刀客应声而去。

一刀仙拿起手边的刀鞘，刷一声，抽出一把长刀，横在胸前。刀光和目光都透出逼人的寒气。

62. 甘草铺客栈 夜

酒桌前坐着沙里飞，桌上放着他的那把流沙搅风刀，只是没有酒菜。

坐在柜台后边的女店主一副爱理不理的样子，并不时朝被风撩拨起的门帘那里向外看一眼，似乎在等什么人。

沙里飞：听见了没有？上酒！

女店主不理。

沙里飞在酒桌上砸了一拳：上酒！

女店主：哎，你欠了店钱，还想撒野？

沙里飞笑了一声，他拿起刀，像在欣赏一样。突然一扬手，刀飞出去，稳稳地扎在了女店主面前的台面上，女店主惊叫了一声。

沙里飞黑着脸，起身朝柜台走过去。

沙里飞：我欠了店钱。我是欠了你的店钱。可我不赖账！我沙里飞杀富济贫，除暴安良，没有功劳也该有点苦劳吧？欠你点店钱咋啦？有个欠字在嘛，你怕什么？瞧（指着刀把儿），这是银的，识货吗？银的！别说欠你一点钱，连你的枕头钱加在一起，也值不过我这刀把儿……上酒！

拔下刀，入鞘，往酒桌跟前走——客栈的门帘一挑，并排跨进两个彪形大汉，提着刀，像一对凶狠的金刚。沙里飞愣住了，转头看女店主。

女店主立刻来了胆气：给你上马尿！

沙里飞眨了几下眼，听见大汉一声咳嗽，赶紧回头，注视着两个大汉。

两大汉朝沙里飞走过来。沙里飞掩饰着内心的虚弱，就势坐在了酒桌跟前。两大汉走到了他的跟前。

沙里飞：别来这一套，都是江湖中人，谁跟谁呀。大漠里的狼也有被困的时候……

女店主：不给钱就剁他几根指头。

沙里飞的手指头本能地抓紧了刀：别说笑话啊，我沙里飞住这儿也不是一天两天了……

女店主：剁！

一大汉挥刀朝沙里飞放在酒桌上的手砍下，手迅速抽走，砍下的刀剁掉了酒桌的一角。

沙里飞跳开去，握着刀朝后退着：还来真格的啊？

两大汉逼上去。

沙里飞退在了一张酒桌跟前。

门帘被挑开，沙里飞和两刀客都朝门口看过去——

一身风尘的孩哥诧异地看着沙里飞和两刀客。

沙里飞已认出了孩哥，立刻换上一副英雄的面孔。

沙里飞对两大汉：别逗着我大游侠开杀戒啊！

一大汉挥刀劈向沙里飞。沙里飞往旁边一闪，抽刀出鞘。

沙里飞：贤侄闪开些，我陪他们耍两下。

说着，耍了几个花架式，朝两大汉砍去。女店主惊叫着躲进了里间。两大汉毫不退缩，步步紧逼，挥刀左劈右砍。

孩哥看得眼花缭乱。

一刀劈来，又一刀劈来，沙里飞接连躲闪抵挡。两刀相撞，发出脆响，沙里飞大叫着，花样的确有些精彩。孩哥想帮沙里飞，却无从下手，只能干着急。

一大汉从背后朝沙里飞劈来。孩哥手疾眼快，挥手向眼前吊挂着的盆灯推去。

盆灯飞来，撞砸在大汉的脸上，灯油泼了大汉一脸。沙里飞不失时机，转身挥刀。刀柄击中了汉子的脸。汉子叫了一声，身子飞起来，撞在了墙上。沙里飞扑过去，双手推刀横架在大汉的脖子上。

另一大汉猛然收住了刀，愣住了。

孩哥乐了。

女店主在里屋门帘后惊恐地朝外看着。

沙里飞：不是我贤侄在，明年今日就是你狗日的周年。滚——

一掌将大汉打出几步开外。

两大汉跌爬着滚出客栈。

沙里飞走向孩哥，一脸胜利者的颜色，把孩哥拉到酒桌跟前坐下。

沙里飞：臭婆娘，上酒！

女店主不敢怠慢，忙应声取酒……

沙里飞：你媳妇呢？

孩哥不语。

沙里飞：我以为你早领着媳妇回家了。

孩哥：一刀仙要杀我……

沙里飞愣了一下：一刀仙？你惹他了？

孩哥：我杀了他兄弟……我想领着媳妇逃走，镇上的人不让。他们说一刀仙一定要来找我算账。我，我就来找你，你可要帮我。

沙里飞踌躇着，很快又换上了一副牛皮哄哄的表情：一刀仙嘛，没有你这事，我早晚也要劈了他……

女店主端来酒菜，一脸殷勤地放上酒桌。

沙里飞对女店主：走你的，走你的。

女店主赶紧走开了。

沙里飞对孩哥：你放宽心，一刀仙死到临头了……哎，你带钱没有？

孩哥一脸轻松：带了。

他解下钱袋，递给沙里飞。沙里飞解开袋口看了看，似乎有些嫌少。

沙里飞：娘的，我欠了那婆娘的店钱。

孩哥：只要你肯去帮忙，我丈人爹还会付给你钱的。

沙里飞系好钱袋，放肆地吃喝起来。

沙里飞：我这人一贯好说话……一刀仙什么时候到？

孩哥：我丈人爹说两天后准到。

沙里飞：两天后日上三竿，咱双旗镇旗杆底下见！

孩哥彻底放松了，一脸笑。

63. 沙棘店 清晨

七名刀客已经聚齐。一副副马鞍接连放上马背。砰然有声。

一刀仙的马鞍也放上马背，他脸色冷峻。

七名刀客翻身上马。七匹马像离弦的箭一样射了出去。

64. 戈壁 晨

朝霞铺满东方的天际。

七匹马并排奔驰，刀客们的心中充满着与强者一决生死的渴望。

马蹄翻卷出一片烟尘。

65. 双旗镇 日

旗杆上两面旗帜无精打采地吊着。

镇街上，一伙人神色焦虑，议论纷纷。

“狗日的不回来了……”

“小刀客骗了咱双旗镇人。”

“不会的，既然说了，他就会回来。”

“你看他那两只眼睛，骨碌骨碌的，一看就不是个好东西。”

“也许他找不见沙里飞，不敢回来了……”

“有好戏看了……”

好妹从客栈中走出来，沿着镇街朝东面去，许多人停止了议论，站在自家门口冷漠地望着好妹。

好妹在土门洞外消失……议论又开始了……

“他总不能不要媳妇……”

“女人是男人的擦脚布，哪里都能找下……”

“都怪瘸子……”

“等死吧，一刀仙明天就到，日他妈等死吧。”

……

66. 镇外 日

好妹站在沙丘上，向远处眺望。她已认定了，她是孩哥的媳妇。她已把自己的命运和孩哥拴在一起了，她等待着孩哥。她的眼睛里充满深深的忧虑和期盼。

起风了，大漠一片苍茫。

风撩拨着好妹的红布衫。好妹的身影优美动人。

67. 戈壁大漠 日

七匹马朝双旗镇狂奔而来。马蹄扬起一阵阵沙尘。

68. 客栈前堂 日

瘸子心事重重地坐在一酒桌前，显得很孤独。门被猛地推开，拥进来一伙镇民，站在瘸子跟前，恶狠狠地盯着瘸子。

瘸子很快镇定下来，显出一副无所谓的神情，他毕竟是刀客出身。

一镇民：你骗了我们。

瘸子抬了一下眼皮，不置可否。

另一镇民：是你放走了他！

一老汉：冤有头，债有主，不回来就和你算账！

斥责和质问声里，瘸子低下头，又抬起来，目光看着窗外。又有几个镇民从门外拥进来，加入了质问和斥责的群体。

69. 双旗镇外 黄昏

夕阳把土墩的投影拉在戈壁滩上，顶端似乎是一个人影。

是好妹。她站在破败却很高的土墩上向远处眺望着，红色的衣服在夕阳里非常耀眼夺目。

她在等待孩哥。

茫茫戈壁，没有孩哥的身影。

但好妹是倔强的，她坚信孩哥会出现在她的视线里。她用手指头把掉下来的一绺头发划上去，继续眺望着远处。

遥远处传来一阵马蹄声。好妹的神情陡然一变，转过脸去——

随着隐约的马蹄声，戈壁的尽头出现了一个跳跃着的斑点，斑点在渐渐变大。

好妹长长的呼唤：孩哥——

孩哥骑马奔驰的身影终于清晰了。

孩哥长长的呼唤：好妹——

……

孩哥紧握马缰，好妹抱着孩哥的腰坐在孩哥的身后。马驮着他们，像在波浪上一样。他们的脸一样灿烂。

70. 客栈前堂和镇街 黄昏

镇民们围着瘸子，表情各异。瘸子有口难辩，不知说什么好。

某甲：是你放走了他！

某乙：冤有头，债有主，不回来就和你算账。

某丙：把他的店砸了。

几个人应着："砸了！"他们跑进店堂，立刻就传来一阵桌椅的碰撞声。

老女人呶着瘦嘴，向瘸子的脸上凑着。

"呸……"一团脏物从她的瘦嘴里打在瘸子的脸上。

"把他扔到街上去！"

几个人抬起瘸子。

几个力气大的镇民真抬起瘸子，走出客栈，把挣扎着的瘸子从台阶上扔了下去。

瘸子滚在沙地上，他慢慢抬起头，痛苦的脸上沾满沙土。

打砸声和叫骂声突然没有了，一片寂静。瘸子把头抬得更高些，向镇道看去。

街上的镇民也看着镇道的尽头。

孩哥和好妹骑在马上，朝客栈走来。

孩哥向看着他的镇民们：明天日上三竿，大游侠沙里飞到双旗杆下和我会面……

惊愕的镇民们突然变得喜笑颜开，互相议论着。马上的孩哥和好妹满脸春风，继续走着。

客栈门口拥挤的镇民们发出一声欢呼，一哄而散，只剩满身灰土的瘸子。他站起来，满脸苦涩，朝迎面走来的孩哥和好妹走了几步，一瘸一拐，似乎要伸出双臂去迎接他们。

瘸子：回来了，回来了……

71. 双旗镇 黄昏

残阳在戈壁上拉长着双旗镇的影子。

太阳落了下去，夜晚正在降临。

72. 客栈前堂和铁匠铺 夜

镇上的人在这里喝酒，镇上的人在这里兴奋，镇上的人在这里议论纷纷。

即将到来的一场厮杀使双旗镇的人们产生了一种莫名其妙的兴奋。小镇太孤独了，死一只鸡也会惊动小镇，何况是一场惊心动魄的搏斗。岂止是兴奋，他们甚至激动得两眼发红了。

某甲：沙里飞会一刀仙，有好戏看了。

马掌匠：嚓——流沙搅风，嗖——游蛇甩尾，哗——手起刀落，噗——血光冲天。

他是喜欢品味刀法的“半瓶醋”。他一边念叨着，一边津津有味地比划。有人从他的比划中似乎看见了一场刀战，两眼扑闪着奇异的光彩。

马掌匠照旧说一句，灌一口酒。他已经有些醉眼矇眬了。

有人：啊！

有人：啊！

“你说谁赢？”

“一刀仙。”

“不一定吧？沙里飞也是咬狼的狗。”

“打赌！”

“一只羊！”

“一只羊就一只羊！”

“谁反悔是地上爬的！”

马掌匠还沉浸在精细的品味中：嚓——

瘸子默然出去了。

打铁声。

铁匠铺。火光映红铁匠的半个脸。他似乎无动于衷。他一下一下地锤打着铁器，单调的打击声在街道上延伸着。

73. 双旗镇 夜

夜色中的双旗镇安静异常。

双旗杆笔直地伸进夜空。

74. 柴房 夜

瘸子站在一个木梯上在顶棚上胡乱翻着，翻出一把陈旧的刀鞘。他下了木梯，从刀鞘中抽出一柄老刀。这刀勾起了他遥远的记忆。刀很难再用了。他把刀扔在了墙角。踌躇了一阵之后，他又拾了起来，他望着那把刀，有了一股当年的冲动。

75. 大漠驿站 夜

我们看见过这地方。

刀客们更换了马匹。七匹马从驿站里冲出来，飞快地消失在黑夜里。

马蹄敲击着无边的黑暗。

76. 街道 夜

今晚，双旗镇的人们似乎睡得很早，很香。

没有灯光，没有声响。

一股风从街道上大模大样地穿过来。旗杆上的旗帜发出一阵声响。

天昏云暗。空中飘下来几片雪花。

77. 客栈偏房 夜

亮着一盏羊油灯，映着少男少女的脸。孩哥抬头看了一眼好妹，好妹的视线闪开了。孩哥低下头。好妹抬头看了眼孩哥。孩哥的视线闪开了，好妹低下了头。两人单独坐在一起，都有些难为情。

孩哥：好妹……你屁股上有痣吗？

好妹的脸羞得绯红。

好妹：你不是都看见了吗？

孩哥：我、我根本没看见，那门板就倒了……

好妹偷偷地笑了。

灶房中传来磨刀声。

两人静静地听着。

78. 后院 夜

瘸子一下一下磨着那老刀，脸上有着逝去已久的一种刚毅。

79. 戈壁 拂晓

雪花纷纷扬扬。一刀仙和刀客们围着一堆火在喝水、吃东西，火堆上的火快要熄灭了。刀客们随一刀仙起身，围着火堆撒尿。火星灭了。

东方正在泛白。

刀客们上马奔驰而去。

80. 双旗镇 晨

雪停了。

雪地上，一行清晰的脚印从客栈门前向双旗杆下延伸，双旗杆下，我们可以看到孩哥一身刀客的打扮，盘腿坐在双旗杆下。他等待着沙里飞的到来，等待着将要发生的一切。

81. 戈壁 晨

刀客们在疾驰。

奔过一片草滩。

奔过杂木林。

一刀仙扑满风尘的脸干硬刚毅。

82. 双旗镇 晨

铁匠揭开火炉。拉风箱的小男孩在墙跟前撒完尿，急急跑过来，拉动了风箱。

驼背人拉开门朝旗杆处望去。

又一扇门打开，药铺掌柜左右望了望，跨出门槛。婆娘端盆脏水出门泼水，击起一团尘土。婆娘提着空盆朝旗杆处望去。

皮匠挑开门帘，望着旗杆。

马掌匠打着隔夜的酒嗝，边穿衣服边走出来，朝双旗杆望去。

旗杆下的孩哥一动不动，目光呆滞，望着城门。

铁匠开始打铁了。单调的锤击声响在双旗镇雪后的清晨里。

83. 戈壁 晨

刀客们的马蹄使戈壁发出阵阵轰鸣。

马头迎风昂起。

刀客们穿过古城遗址。

84. 客栈厨房 晨

瘸子剁下一块肉，在木案上剁着肉沫。

好妹抱着硬柴走进，撂在灶火窝里，不安地看着瘸子。

瘸子心绪烦乱：烧火！

好妹坐下烧火。能听见瘸子烦乱的剁肉声。

85. 双旗镇 日

双旗杆下端坐的孩哥。

镇街上的人们像往常一样劳作着，却明显不同于往常的气氛。

皮匠握刀划进皮子，发出长长的割裂声。

烧红的铁器放进冷水，发出短促的叫喊。

孩哥两眼直望镇街，他在等待着。

随着一声凄惨的鸡叫，一汉子用刀在鸡脖子上拉锯般切割着，血顺着刀流淌。鸡在挣扎，不动了。鲜红的鸡血在白雪中浸润出夺目的图案。

……

双旗镇的人们在一种怪异的气氛中开始了他们的劳作。说劳作，不如说是另一种方式的等待。

孩哥抬头望了一眼天空。阳光涂满他的脸。太阳正在上升，双旗镇已被阳光笼罩着。

镇街上的人抬头望着太阳。

一群孩子跑上马道，在城墙上四下张望。

东西南北的大漠空阔寂静。

孩哥望着偏门洞，目光有些慌乱。

镇街上的一双双眼睛不约而同地投向孩哥。

客栈门拉开，好妹端着一碗吃的熟食走到孩哥跟前，递给孩哥，孩哥没接。好妹的泪水在眼中滚动着，她把碗放在孩哥身边，掉头跑回客栈。孩哥仍一动不动。

一头小猪若无其事地摇着尾巴，在雪窝里拱着。

一汉子突然从门里奔出，朝小猪跑过去。

雪地上，汉子追逐小猪。

汉子压倒小猪，提着猪耳朵朝家门口走去，猪叫声响亮而尖厉。

汉子进了家门，门关上了。

只剩下铁匠打铁的声音了，一下，又一下。

打铁声有条不紊。

86. 沙丘 日

七匹马冲上沙丘。

刀客们齐齐排在沙丘之上，朝远处望着。

现在，我们可以看清刀客们的面目了。他们汗流浃背。马大口大口地喷着气。

远处的双旗镇像影子一样，已隐约可见。很安静，好像什么事情也不会发生。

七匹马无声地走下沙丘，给沙坡上留下七条笔直的蹄印。

走下沙丘的刀客们突然打马朝双旗镇疾奔而去。

87. 双旗镇 日

两面旗帜无精打采地在旗杆上吊着。

孩哥坐在旗杆底下。好妹送来的那碗饭菜丝毫未动。

镇民们紧张起来了

某甲：沙里飞不会来了。

某乙：孩哥非栽不可……

孩哥的眼眶里涌满委屈的泪水。

只有铁匠打铁的声音依然如故，单调，有力，一声，又一声。

88. 荒漠 日景

双旗镇在大漠中显得更加孤独。

马蹄声由远而近。

89. 双旗镇 日

孩哥听到了马蹄声。他朝偏门洞望去，希望能看见沙里飞的身影。他的嘴唇已经焦干。

城门洞外是空旷的戈壁。

马蹄声越来越响，变成了轰鸣声。

刀客们朝双旗镇奔来，马蹄如疯了一般。大地在抖动，沙石横飞。

小孩们恐慌地跑下城墙。

镇街上已没人走动，镇民们都退到了自家的门口，随时准备逃进门去。

孩哥绝望了。眼里的泪水也像绝望了一样。

刀客们的马蹄已逼近双旗镇。

孩哥端坐着。马蹄声突然消失，只剩下打铁的声音。孩哥抬起头，两眼发直了。

瘸子一只脚跨出客栈，立刻愣住了。

所有的人都把头转向瓮城。

太静了，静得有些可怕。

拉风箱的小孩一边打抖一边拉着风箱，尿水从裤腿上渗出来，流在地上。

铁匠脸色铁青，像没有听见一样。铁锤有力地打击着铁砧上的铁器。

一股风卷进瓮城，沙尘涌进镇街，弥漫着。沙尘后边朦朦胧胧出现了一字排开的刀客。

孩哥僵直了。

整个双旗镇好像凝固了。

沙尘沉落下去。一刀仙和刀客们端坐在马上，面无表情地注视着镇街。

孩哥依旧端坐在双旗杆下。

一刀客给一刀仙指了一下孩哥，一刀仙眯眼望去，孩哥好像被吓呆了一样。一刀仙把一块牛肉干扔进嘴里，嚼着。

沸腾的肉锅里咕咚咕咚冒着水泡。

一头猪突然尖叫着跑过镇街，撞进了一户人家的木门。

刀客们要下马，被一刀仙用手势拦住了。一刀仙嚼着牛肉干，目光却不离开双旗杆下的孩哥。他从马背上跳下来，夹着刀，迈开了脚步，一步，又一步。

孩哥眼里的泪水在打旋。

一刀仙缓缓朝前走着。

当啷一声，铁匠手里的铁锤跌落下来，打铁声终于消失。街道上是一刀仙的脚步声，空洞，恐怖。

旗杆下，孩哥的眼里已没了泪水。他直直地看着朝他一步步走来的一刀仙。

一刀仙突然收住脚，站住了。

皮匠和一群镇民小心地移动到旗杆附近。不知是想保护孩哥，还是想近一些观看一场刀战。

孩哥：他没来……沙里飞没来……

是自语，很低很低，但双旗镇的人好像都能听见。

90. 双旗镇外 日

城墙沙堆下坐着一个人，旁边有匹马。

他正是沙里飞，在大吃大喝着，好像镇里正在发生的事情和他没有任何关系。

马舔着沙子，打了一声响鼻。

91. 双旗镇 日

一刀仙抬脚刚迈出一步，瘸子提着那把老刀大叫着一瘸一拐快速地从客栈的台阶上朝一刀仙走了过来。他抽出刀，扔了刀鞘，向一刀仙迎去——

瘸子：你兄弟是我杀的，与别人没关系……

一刀仙面无表情。

迎上来的瘸子来势凶猛，大叫一声：出刀吧！

瘸子挥刀直取中路，向一刀仙砍来。一刀仙立定不动，耸肩抽刀，“嗖”一声，掠过一道寒光。两把刀猛烈地撞击在一起。

好妹叫了一声爹，冲出门，被站在旗杆旁边的皮匠一把拉住。

瘸子手中的老刀突然脱落，他站住不动了。刀掉在了雪地上。一刀仙不动声色，握着刀把，瘸子的脸越来越痛苦。

皮匠怀中的好妹挣脱着：爹！爹！

孩哥惊惧地看着一刀仙和瘸子。

瘸子强忍着痛苦，叫了一声：好妹……

一刀仙的手被顺着刀槽流来的鲜血染红了。一刀仙的刀穿透了瘸子的身体。瘸子的眼珠快要瞪出眼眶了，他身后露出的刀尖慢慢退进去。

一刀仙快速从瘸子身体里抽出刀，入鞘。

瘸子倒了下去。

一刀仙抬头朝旗杆底下看去。

好妹挣脱了皮匠，朝瘸子的尸体跑过去，扑倒在瘸子的尸体上，哭叫着爹。

孩哥不知所措地看着前边。

一刀仙跨过瘸子尸体，朝前走来。

有人喊了一声：且慢！

是铁匠。他从铁匠铺里走出，一脸庄严的神情，走到一刀仙跟前，挡住了去路。

铁匠：他还是个孩子，要报仇等他长大了不晚。

一刀仙似乎笑了一下。

铁匠：杀一个毛孩子，有失你大刀客的体面……

一刀仙突然抽刀向铁匠劈去，动作神速。铁匠的脸立刻僵硬了，站得笔直，脖子上横着一道刀口，渗出鲜血。一刀仙收刀，上前一步，在铁匠肩头拍了一下，铁匠扑倒在地。

一刀仙走过铁匠尸体，继续向前。

一刀仙朝旗杆下走去一步，又一步。

孩哥的眼角在抽搐。

旗杆附近的人恐惧地朝后退着。

马掌匠不知从哪儿钻了出来，他抱着酒葫芦，摇摇晃晃地走出门来。他似乎已醉得一塌糊涂。他不时地打着酒嗝，咕咕嘟嘟说着什么。

他并没有停止往喉咙里灌酒。

一刀仙停住了脚步。

旗杆下的人们费解地看着他，不知他要干什么。

马掌匠摇晃着走到孩哥跟前。

他把酒葫芦举在孩哥头顶，往下倒酒。酒打在孩哥的脑顶上，发出一种和尿尿差不多的声音。

他打了一个酒嗝，离开孩哥，朝一刀仙摇晃过去。

他看着一刀仙，怎么也站不稳脚跟。他给一刀仙笑了一下。

一刀仙感到他受到了别人的耍弄。他伸出刀，刀尖挨了马掌匠的鼻子。冰凉的刀尖使马掌匠突然醒过神来。他伸开双手，站住不动了，眼珠子使劲看着刀尖。他看见刀尖顺着他的鼻子划向了肩膀，顺着肩膀胳膊划到了手上。最后，刀尖托着酒葫芦不动了。

马掌匠松开手，酒葫芦稳稳地立在刀尖上。刀尖轻轻一挑，酒葫芦朝空中飞去，红绸带欢快得像一曲热烈的“花儿”。

马掌匠像孩子一样看着飞向空中的酒葫芦，喉咙里发出一阵奇怪的笑声：嘀嘀嘀嘀，哦哈哈哈哈……

突然，刀在空中划出一个满月，白光闪过，酒葫芦和葫芦里的酒被刀砍得分裂开来。

马掌匠的笑声戛然而止，一刀仙收刀入鞘。

马掌匠瞪着眼，血从额头上弥漫而下，盖住了整个脸，倒了下去。

一刀仙跨过了马掌匠的尸体。

双旗镇的人已被这残酷的情景慑住了。

皮匠“噗通”一声，跪在了一刀仙脚下。他面无人色，捣蒜一样叩着响头。

皮匠：饶了……饶……

一刀仙挥手一刀，皮匠栽倒在地，一动不动了。

一刀仙跨过皮匠的尸体，每一脚都踩在双旗镇人的心口上。

旗杆下。

孩哥从惊骇中清醒过来，他盯着越来越近的一刀仙，缓缓起身。

一刀仙朝前走着。

孩哥迎上去，很不自信。

旗杆附近的人群已经全部散开了。

孩哥和一刀仙互相走近，站住了，互相看着。恐惧从孩哥的脸上已经消失。他紧握着拳头，注视着镇静的一刀仙。

孩哥握着的拳头慢慢张开。

突然，好妹从地上捡起父亲的那把老刀，一边擦着眼泪一边朝一刀仙走来。

一刀仙感到背后有人走来，转过头去。

好妹无所畏惧，边哭边走。

孩哥的手张开来，手下边是他的一对无极刀。刀跳了一下，要弹出来。

一刀仙突然转身，刀已出鞘。

两道寒光一闪，孩哥的无极刀已跳进手中。

刀声。骨头的斫裂声。风沙弥漫翻卷。

然后，声音戛然而止。没有人能够看清这一场短暂的刀战，只看清了风沙消散之后的一刀仙和孩哥，他们面对面定定地站着。

一股殷红的血从孩哥的头顶悄然流下，他呆立着。

一刀仙平静地：你和谁学的刀法？

孩哥没有回答。一刀仙把刀推进刀鞘，转身走了。

孩哥呆立着，血流过了鼻尖。

正在走着的一刀仙像被突然绊了一下，仆倒下去。他努力用刀撑住了自己的下巴壳，跪在了镇街中央，额头上有一道细丝一样的血线，正在渐渐变粗。

瓮城的刀客们惊慌了。

孩哥愣呆呆地站着。

好妹愣呆呆地望着。

刀客们提缰调转马头慌张地奔出瓮城。

被惊呆的镇民们。

92. 镇外沙丘上 黄昏

沙里飞朝双旗镇望着，他看见六匹马从城门洞里奔逃出来。刀客们拼命拍打着马屁股。

沙里飞自语地：时辰到了……

沙里飞翻身上马，向双旗镇奔去。

93. 双旗镇街道 黄昏

一阵马蹄声由远而近。孩哥扭头看去——

镇民们扭头看去——

沙里飞挥刀拍马从偏门洞冲进：流沙搅风……

沙里飞舞弄着刀拍马绕孩哥转了一圈：人呢？人在哪儿？

孩哥没听见一样，看着别处。

沙里飞拍马到一刀仙尸体跟前，确信他已经死了，便跳下马来，走到一刀仙跟前，掰开一刀仙握刀的手指头，抽出那把刀。一刀仙的尸体倒在了地上。沙里飞欣赏着那把刀，然后上马，冲到孩哥跟前。

孩哥不看他。他很委屈，要哭了一样。

沙里飞：哈哈哈哈……我知道他的刀法不如你……

孩哥没理他，朝瘸子的尸体走去。沙里飞调转马头追上来。

沙里飞：银子呢？这可是说好的……

孩哥绕过沙里飞，朝瘸子尸体走去。

沙里飞扬了扬刚得到的那把刀，冲着孩哥：我也不亏，这刀把可是镶金的……你不仁，我不能不义。方圆五百里遇到麻烦，到干草铺去找我沙里飞……

沙里飞拍马从偏门洞奔驰而去了。

孩哥走到了瘸子尸体跟前，“扑通”一声跪了下去。

能看见街道上一字摆着的几具尸体。

……

94. 双旗镇 晨

双旗杆上的旗帜在清爽的晨光里飘动着。

孩哥将好妹抱上马背。

孩哥翻身上马——

音乐。霞光。

95. 大漠戈壁 晨

苍苍大漠，满天霞光。

马背上的孩哥和好妹在温馨而又绚丽的霞光里，走向远处……

1989.9.16—24 西安—咸阳一稿

1989.10.22—29 西影二稿

注：《双旗镇刀客》是作者的第一部电影作品，与导演何平联合编剧。由于一稿剧本丢失，出版时作者在二稿剧本的基础上做了文字上的调整，尽可能恢复一稿剧本的叙述原貌。

流 放

1. 青峰堡 黄昏

残阳已坠，暮云如雪。青峰堡笼罩在苍茫的暮色之中。

几十天顽强的抵抗和残酷的拼杀使这座荒凉山野中的山寨变得满目疮痍。残存的硝烟浮游着，如丝如缕。

不知为什么，城墙上看不见守城的将士。只有一面残破的旗帜在城堡中央的旗杆上艰辛地摆动着，有些显眼。它已没有了猎猎招展的潇洒，即使有一股大风，也不能使它飞扬起来。它传达给我们的气息是不祥的。

沉寂的城堡使这种不祥的气息显得更加浓重。

空空荡荡的广场上，盘腿坐着一位中年男人。我们无法看见他的模样。他背向我们，一动不动，如一尊石雕。冷风时不时撩拨着他的头巾，悠悠扯动，使这尊盘坐不动的身躯更为沉重，更为孤独。

他就是苍爷，白莲教最后一位首领。在历时九年艰苦卓绝的斗争之后，他将和残余的一千多名男女教民为白莲教，为他们的信仰念诵最后的一章。

冷风如断断续续的呜咽。

冷风如僵硬的手指，艰难地抠动着毡房上破败的毛毡，偶尔发出一声啪啦的声响。

林立的毡房。这里是教民们居住的地方，像一群饿瘦了的老人，如果不是坚硬的骨架支撑着，随时都会倾倒坍塌下去。

没有人影，也听不见人声。

也许会有一声鸟叫一样的声音撕破这沉寂。

渐渐地，伴随着如诉的风声，我们听见了一阵沉缓的脚步。然后，我们就看见教民从他们的毡房中走了出来，聚集在一起，缓缓向广场走来。

看不清他们的模样。从他们沉缓的脚步和身影中，我们能感受到一种肃然而悲壮的气氛。

他们中有青年、壮年，也有妇女、老人和孩子。

他们一声不吭，缓缓移动着脚步。

一个小男孩突然挣脱母亲的手，撒腿逆人群走动的方向跑了。他叫麦穗，不到八岁。

母亲愣了一下，追了过去。

孩子拼命跑着。

母亲在追。

移动的人群没有一丝骚动，好像什么事情也没有发生一样，继续走着。甚至没有人看他们一眼。

孩子像一只疯狂的小狼，撞开了屋门，冲了进去。

孩子跳上土炕，迫不及待地搬倒了墙壁窑窝中的一只瓦罐。瓦罐跌落在土炕上，碎了。里边蹦出来几枚土豆，胡乱蹦跳着。孩子贪婪地扑住一枚，朝嘴里塞去，然后跳下土炕，扑抢蹦跳在地上的另外几枚。

母亲从门外追了进来，愤怒地看着孩子。

孩子猛地直起身，两只大眼睛直直地盯着母亲，鼓囊囊的嘴贪婪地嚼动着，抓着土豆的手向身后背过去。他不怕挨打，他害怕他手中的土豆被母亲抢走。他已经不顾一切了。他艰难地咽下嘴里的土豆，飞快地闪过手，在土豆上咬了一口，又把手背到身后。他的目光一刻也没有离开母亲的脸。

母亲脸上的愤怒已经褪去，面对饥饿而贪婪的孩子，她的心感受到了一种尖锐的疼痛。她就用这种疼痛的目光看着孩子肮脏的小脸。

确实，那是一张肮脏的小脸。他还在贪婪地咀嚼着。

母亲朝孩子走过去，抓住了孩子的胳膊。恐怖立刻布满了孩子的目光。胳膊硬硬地鼓着。

母亲搬开了孩子的一只手。

孩子怎么也想不到，母亲会把那枚土豆装进他的口袋里。他有些迷惑不解了。

真的。母亲把土豆装了进去，怜爱地看着他。孩子张了张口，没说出话来。母亲已拉着他，朝屋外走去。

屋外的街道上已空无一人了。

母亲和孩子加快脚步，朝广场走去。

这时，一千多名教民已在广场上聚集成一个沉寂的群体，像沉寂的黑色鸟群。

迟来的教民还在继续聚集着。

突然，这沉寂的群体开始运动起来，渐成队形，绕广场而行，手脚动弹着，像一种单纯而幼稚的舞蹈。

开始的时候，我们可能会觉得有些可笑。可是，当一千多人庄严地一同做这种动作的时候，我们就会为他们的虔诚而肃然起敬。

一阵男女混杂的念诵声从这运动的群体中浮升上来，嘤嘤嗡嗡，浊哑而肃穆。

念诵声越来越大，和苍茫的暮色融合在一起，弥漫开来，升腾而上，如浓重的音乐。

他们开始为他们的信仰做最后的祭奠。

2. 青峰堡外 黄昏

这里是围剿青峰堡的清兵们驻扎的地方，散乱着许多帐篷。

清兵们正在为屠杀做准备，紧张而忙乱。

清兵管带刘杰三手提马鞭，迈着稳健的脚步巡视着。他三十岁左右，表情阴冷，眉宇间透出一股坚忍不拔的意气。

有人喊叫着在招呼什么。

有人在奔跑。

清兵老龟在一顶帐篷前扇打着一匹不听话的战马。他想把一朵红缨子拴在马的额头上。

一队清兵在集合。

一清兵把一抱砍刀扔在一顶帐篷外，立刻拥过来一群清兵分捡而去。

一声马嘶。刘杰三扭过头，看见一匹马穿过林立的帐篷，向他疾驰而来。马没站稳，马背上的清兵已滚跌下来，满头大汗，神色慌张，语调急促，话语含糊不清了。

清兵：他们在广场上做，做……

一种厌恶的表情迅速爬上了刘杰三的脸。他抡起马鞭，朝清兵抽过去。

一声结实的鞭声。清兵被这突如其来的打击打懵了，踉跄着倒在地上。他捂着脸，双眼圆睁，因了这莫名其妙的打击暴躁了。险些喊出声来。

刘杰三镇定自若地看着清兵，声色不动。

清兵突然意识到了什么。他赶紧用衣袖擦干脸上的汗水，捡起被打飞的帽子，端正地戴在脑袋上，然后甩甩袖子，单腿跪地，口齿清楚地向刘杰三报告。

清兵：他们撤走了守城的人，都到广场上做祷告去了。

清兵低头等着刘杰三说话。

刘杰三对清兵的举止有些满意，但他依然是那种不动声色的神情。

刘杰三：再让我看见你慌里慌张的样子，就小心你脖子上的脑袋，滚！

清兵“嗻”了一声，转身上马而去。

脚步杂沓，人喊马叫。

3. 青峰堡 夜

嘤嘤嗡嗡的祷诵声如涌动的潮水。

教民们已在广场上团坐成一个巨大的方形，一只手举在胸前，眼睛微闭念着祷告词。

满月如轮。清冷的月辉勾画出这一巨大群体的轮廓，神秘而庄严。

一个人从盘坐的教民们中站起来，朝外走去。是苍爷。我们依然看不清他的模样。

没有一个人抬头，祷诵声依旧如潮似水。

4. 秀枝屋 夜

红烛高照。

屋内已经过精心布置，气氛素洁高雅。

秀枝端坐在两根红色的蜡烛跟前，一动不动。摇曳的烛光使她年轻的脸更加生动。

现在，我们只能看见她的侧影。

她在等待着什么。

一阵脚步声由远而近。我们能感到，秀枝的心猛烈地跳动了几下。

脚步声在门口有些迟疑地停住了。

秀枝朝门口看了一眼。

门紧闭着。

秀枝低下了头。

门轴轻轻响了一声。有人走进了屋。

秀枝没有抬头。她好像知道要来的一切。

门关上了。秀枝依然没有抬头。她知道他是谁。她将在这间精心布置过的毡房里和他一起完成她从姑娘到女人的庄严历程。一种极其复杂的心情凝聚在她美丽而富有野性的眉宇之间。

蜡烛在无声地燃烧着。

那个男人终于开口说话了。

是苍爷，但我们看不见他。

苍爷的声音：你知道我要找你……

秀枝点了点头，几乎看不出来。

苍爷的声音：也知道找你做什么……

秀枝迟疑了一会儿，又一次点了点头。轻轻咬了一下嘴唇。

他们的对话出现了停顿。在这种氛围里，这种对话似乎有些不够真实，有一种梦幻感。

苍爷的声音：天一亮，就是殉教的时辰……

秀枝一动不动。

苍爷的声音：等他们围攻上来，我们就做晨祷……

秀枝一动不动。

烛光轻轻晃动着。

苍爷：不抵抗，也不拒绝。

秀枝猛地把脸扭向苍爷。

秀枝的声音：为什么不逃？不跑？

苍爷的声音：……死是美丽的。

对话又一次出现停顿。

秀枝的头慢慢低下了。

苍爷的声音（突然地）：我要你拿走我的骨血，给我留种！

烛光突然停止了摇晃。

我们虽然看不见苍爷，但我们能感受到他尖锐的目光，死死地盯着秀枝。甚至，我们能感受到他激动而急促的呼吸。

秀枝慢慢转过头来。她已经泪流满面了，不是因为痛苦和绝望，恰恰相反，她的心中充满献身的激情，她看着她面前的那个男人。

一块铜镜摇晃着吊了下来。

秀枝伸手接住。

铜镜上雕刻着白莲教的标志。

苍爷的声音：真能留下种，就把这给他。我们这个教，就拜托你了……

秀枝扬起头，容光焕发，光彩照人。她已陶醉在无边的激情之中。她微张着嘴，如饥似渴地等待着。

从她的目光中，我们能感到那个男人正向她走近。

烛火猛烈地燃烧起来。

秀枝以圣洁的姿态迎接了她一生中唯一的男人。她优美地倒了下去，发出一声幸福的呻吟。

秀枝：哦……

几滴鲜艳的血喷溅在那枚铜镜上，像夺目的花蕾，正在绽放。

隆重的音乐更加强化了这一庄严而美丽的仪式。

花蕾在凝固，黯淡，渐成阴红色……

5. 青峰堡外 黎明

晨光熹微。

从青峰堡逃跑出来的秀枝疯狂地奔跑着。

突然，秀枝身后的青蜂堡里响起一片杀声，火光冲天而起。

秀枝猛然止步，回头向青峰堡看去——

大火熊熊，杀声如潮。大火把残破的青峰堡衬托成一幅剪影。

朦胧的曙色在大火中熔化着。

张惶不安的秀枝大张着眼睛，神情渐渐变得痛苦不堪。她慢慢跪了下去，仰头向天。远处的火光涂抹着她痛苦的脸。

大火熊熊，杀声依旧。

6. 青峰堡 晨

两名清兵押着秀枝从破败的城门洞走进。

秀枝站住了，目光略显呆滞，看着街道。

街道上满目狼藉。

墙壁上溅着殷红的血迹。

焚烧过的木椽和牛毛毡冒着残烟。

衣服、帽子和鞋袜在街道上胡乱扔着，有的已被烧焦了。

街道上停放着几辆平板马车。徐爷和几个老头、妇女往马车上装着一些散乱的杂物。他们的脊背上都有一个红色的戳记。

徐爷60多岁，下巴上长着一撮漂亮的山羊胡子。

老头和妇女们表情漠然，动作机械。

一妇女看见了被押回来的秀枝，朝徐爷走过去，附在徐爷身边说了几句什么。

徐爷和其他几个人都扭过头，看着秀枝。他们多少有些惊愕。但很快，他们的目光就变得冷淡，以至于鄙夷了。

清兵推了一下秀枝。秀枝朝徐爷他们这边走过来。她一直看着他们。等她快走近他们的时候，他们已开始忙他们手里的活儿了。

秀枝放慢了脚步。

徐爷他们没人理睬秀枝，看也不看她一眼。

秀枝的眼睛里掠过一层迷茫。

清兵又推了秀枝一把，让她快走。

迷茫的秀枝很不情愿地从徐爷他们跟前走了过去。

一妇女把一卷毛毡狠狠地扔进了车厢。

麦穗站在马车跟前，定定地看着秀枝走过去，眨着眼。他不明白徐爷他们为什么不理睬秀枝。秀枝走远了。麦穗还在看着。马尾巴甩过来，险些扫到麦穗脸上。麦穗闪过身，做了一个吓唬马的动作。

麦穗的脊背上也有一个红色的戳记。

秀枝拐过弯，就看见了广场——

十几个清兵正往一个大坑里抬着广场上的尸体。一个清兵提着两个木笼子朝几具尸体走过去，另一个清兵相跟着，提着一把砍刀。他们要把那几颗头颅割下来，装进木笼子。

一辆拉尸体的木轮车从秀枝身边走过去。

老龟和一名清兵正例行公务，往教民们的脊背上盖着印戳。教民们排着队。老龟拿着一本名册，挨个儿叫着姓名。老龟的前边是一条石板，石板上放着水桶和马勺。还有一堆窝头。盖过印戳的教民走到水桶跟前，贪婪地喝一勺水，再拿一个窝头，然后离去。他们都是老弱病残和妇女儿童。

两名清兵把秀枝推到老龟跟前。

老龟打量着秀枝。

老龟：一千多人都在广场上坐着，等着挨刀，咋就你一个人想逃走?

秀枝不理老龟，眼睛看着石板上的水桶和窝窝头。她已经很渴很饿了。

老龟：叫什么名字?

秀枝咽了一口干涩的唾沫。

老龟：甭往那儿瞅，盖完戳就会给你。

老龟翻着花名册：秀枝？是这个名吧？一十八岁，还是个花骨朵呢！给盖上。

清兵把秀枝往过推了一下，盖印戳的清兵给秀枝的脊背上盖了一枚血印戳。秀枝立刻跑到水桶跟前，舀了一勺水，往喉咙里灌了起来。

7. 刘杰三的帐篷 晨

刘杰三正在收拾行装。他把一双袜子扔给清兵狗剩，让他捆进铺盖卷里。狗剩正捆绑着铺盖。门帘一挑，老龟拿着那本花名册进来了。

老龟：刘管带。

刘杰三：说。

刘杰三又给狗剩扔过去一双鞋。

老龟：广场上的尸体都埋在了土坑里。叛民首领的头装进了木笼，挂在了城门上。还有十几个头没砍断的叛民，吊在了城门外边的木杆上，那里栽了一排木杆。

刘杰三：嗯。

老龟：按朝廷的规矩，八岁以上十五岁以下的男童正在阉割，剩下的老弱病残要流放伊犁。这是花名册，姓名和生辰八字都有了。

刘杰三接过花名册，翻了几页。

老龟换上了一副谄媚的表情，往刘杰三前凑了凑。

老龟：这回，你该升标统了吧？

刘杰三多少有些得意，但没有明显表露。

老龟：升了官，可别忘了咱兄弟们。你吃鸡肉，兄弟们撕条腿就行。

刘杰三正言厉色：废话。说你的事。

老龟：有个十四岁的男童本要阉割，硬是想不开，自个儿把自个儿戳死了，（指花名册）就这个，叫铁饼，名字起得倒结实。

刘杰三：死了还登记什么，划掉！

老龟：是，划掉。还有一个不知咋处置。

刘杰三：谁？

老龟：大庆，刀没砍上脖子就下了跪的那位，上边写着哩。喏，这个。

刘杰三看着大庆的名字。

刘杰三：割了算㞗了，让他到流放的路上喂马。

老龟：是，割了算㞗了。

老龟要退出去。刘杰三把花名册还给他。

刘杰三：把它送给标统大人。

老龟：是。

老龟从门里退了出去。

8. 清兵帐篷 日

两名清兵领着大庆朝帐篷走来，老龟跟在后边。大庆二十岁左右，清兵屠杀的时候，他突然不想死了，给清兵跪了下去。清兵把他当作自首的叛民给了他一条活命。他不知道清兵领他到这儿来干什么，略带稚气的脸显得有些惶恐不安。

清兵揭开门帘，让大庆进去。大庆有些犹豫，想扭头看老龟，老龟用力推了大庆一把。大庆踉跄了下，进了帐篷。老龟和清兵跟进，放下门帘。

帐篷里光线有些暗。大庆努力地扫视着。他看见帐篷中间放着一条宽面板凳，板凳上有几片鲜红的血迹。那是几个被阉割的男童留下来的。

清兵王贵蹲在帐篷的角落里，手里拿着一把精巧的弯刀，两只眼睛马灯一样朝大庆忽闪着。

大庆有了一种不祥的预感，一脸恐惧。他突然用双手捂住下身，叫了一声。

大庆：不！

他摇着头，往后退着。

老龟：喊叫什么你，这是规矩。

大庆：不！

老龟：捡条命就不错了，人应该知足。

大庆：你们杀了我吧！

大庆有了一种比死还要难受的感觉。

老龟：早有这句话就好了。现在你还是脱裤子吧。

大庆的声音带着哭腔：杀了我吧……

清兵一把抱住大庆的脖子，老龟撕着大庆的裤子。王贵提着弯刀站起来，朝大庆走近。

大庆突然拼力挣扎嚎叫起来。

大庆：不！不！

挣扎是徒劳的。老龟和清兵合力把大庆按在了那条宽面板凳上，撕掉了大庆的裤子。

大庆一声惨叫，挺直了身子。

9. 帐篷外 日

清兵们正在拆帐篷，准备撤离了。

刘杰三和标统大人边走边谈。标统大人手里卷着那本花名册。

标统：这里的事就算完了……

能看得出，刘杰三的表情比以前轻松多了。他有意无意地看着忙碌的清兵们。清兵们虽然忙乱，但已不再紧张，甚至有些玩闹。

标统：可还有一样事情得办。

标统的话并没引起刘杰三的特别注意。

标统：该杀的都杀了，剩下些不该杀的，得送到伊犁去。我想过来想过去，没有比你更合适的人。

这是刘杰三没想到的。他站住了，看着标统大人。但标统大人并不看他，继续朝前走着。刘杰三有些急。但他很快就知道急是没用的，便抿抿嘴，把想说的话咽了回去。他跟上了标统大人。

标统：你今年三十多了吧？

刘杰三：三十二。

标统：好年龄，正是有体力的时候。

他们走到标统大人的马跟前了。那是一匹高贵的马，披挂着很多装饰，显示出主人的身份。标统大人转过身，把那卷花名册递给刘杰三。

标统：这你拿着。

卫兵给标统大人扶好马镫。标统大人很利索地骑了上去。

标统：祝你们一路顺风。

叮咣叮咣，马迈着悠闲的蹄步走了。

刘杰三看着手里的花名册，产生了一种被嘲讽的感觉。再抬头看去，标统大人已经不见了。

刘杰三的脸上浮现出几丝自嘲。

10. 青峰堡外 晨

这是一个阳光清丽的早晨。

五六十名被流放的教民和几辆装着各类生活用品的马车从颓塌的城墙垛口里走了出来。十几名清兵骑在马上，押送着他们。

鲜活的阳光使暴行显得更加逼真。城垛上吊着几个木笼，里边盛着教民首领的头颅。从木笼里流出的血已经风干了。城垛外栽着一排木杆，每一根木杆上都吊着一具尸体，像一样东西。有的尸体光着一只脚，或少了一条裤腿。如果不是暴力所为，就是他们太疲倦了，匆匆忙忙地吊上木杆，睡着了，来不及顾及他们的仪表。

其实，鞋和裤腿就在不远处，和一些烧焦的东西胡乱堆着。

队伍从木杆跟前走了过去，那些尸体像一幅平常的风景，并没有引起他们的关注。

如果从远处看，这支特殊的队伍和他们正在经过的地方所构成的关系是残酷的，也是悠远的。他们也是风景的一个组成部分。

大庆是被流放的教民中唯一的青年男人。他最后一个走出垛口，拉着一匹负重的马。马赖着不想走，他使劲扯着缰绳。

刘杰三远远看着大庆。

马还是不走。大庆急得满头大汗了。他很想踢那匹马，可不知为什么没踢。他瞄了刘杰三一眼，多少有些卑怯。

刘杰三催马过去，在那匹马屁股上抽了一鞭，马一耸身，迈开碎步朝队伍跟了上去。

队伍正在下坡。

刘杰三回头看了一眼青峰堡，然后拉拉马缰，两腿一夹，朝已经下了土坡的队伍追去。

11. 路上 日

贫瘠而漠然的黄土高原。

当这些贫瘠而荒凉的沟壑梁峁集成一个庞大的群体时，就会产生一种宏大而深厚的审美力量，使你震撼，惊愕得说不出一句话来。

嘎吱，嘎吱。是木车轮转动的声音。

流放的队伍在黄土高原的沟壑梁峁中缓慢行进着。

教民们不分男女老幼，一律步行。

清兵们信马由缰，分散在队伍的头尾。和教民们构成了一种微妙的关系。

他们互不理睬。两种相互对抗的力量在无言的行进中结成一个整体。

徐爷背着手，走在平板车的后边。他目视前方，下巴上的那撮黑山羊胡子在风中微微抖动着，漠然的表情中透出一种自信。

徐爷的身后是秀枝、麦穗和麦穗妈。

大庆依然走在队伍的最后，并保持着一点距离。他不时地扶扶马背上的东西，以免它掉下来，其实完全多余。他不过是用这种多余的动作掩饰他内心的难堪和尴尬。

刘杰三军容齐整，表情冷峻。他已经接受了现实，零碎的马蹄使他挺拔的身体轻轻摇晃着，但摇不去他骨子里的那种坚韧和自负。

他扫视了一遍长长的队伍，然后抖抖马缰走到徐爷跟前了。

刘杰三和徐爷并排走着，他们谁也不看谁。一个在马上，一个徒步，都看着前边。刘杰三的神气中有一种优越和自得。

刘杰三：徐爷，有件事想和你商量商量。

徐爷：说么。

刘杰三：十个月的路，总要发生些什么事情，我不能和几十口人一起说吧？得找个头儿。

徐爷：找么。

刘杰三：我看就你了。

徐爷：成么。

刘杰三没想到徐爷会这么痛快，多少有些意外。他看了徐爷一眼。

刘杰三：没想到你是个好说话的人。

徐爷：人有时候好说话，有时候可就不好说了。

刘杰三：当然当然。有句话我一直想问你。

徐爷：问么。

刘杰三：死了那么多人，咋没听见你们谁哭一声？

刘杰三的话里多少有些嘲讽和戏弄。

徐爷：死是自愿的，事先都知道，哭啥？

刘杰三：总该有些伤心吧？

徐爷：伤心了就一定要哭？朝廷还有这个规矩？

刘杰三：当然当然，朝廷咋能定这种规矩。

对徐爷不软不硬的反击，刘杰三显出一种超然的态度。他轻点着头，笑了一下。

有人突然离开队伍，朝旁边走去。

是秀枝。

刘杰三的神色立刻变了，勒住马，看着秀枝的背影。

徐爷朝麦穗妈努努嘴，示意她跟过去。

麦穗妈跟过去。秀枝在一丛篙草后边蹲下了。

麦穗妈在一旁等着。

刘杰三的神色松弛下来。

刘杰三：你们不会半路上逃跑吧？

徐爷：你这话问得怪。

徐爷的脸上现出一种嘲讽的表情。

徐爷：刀放在脖子上都没躲，为啥要逃？

刘杰三看着秀枝蹲下去的那丛蒿草，话说得有些漫不经心。

刘杰三：倒是，也逃不到哪儿去。

秀枝和麦穗妈回到了队伍里。

刘杰三完全放心了。平板车上挂着的一个布袋引起了他的注意。布袋子不时地摇来摆去。

刘杰三：是棋子吧？

徐爷：噢么。

刘杰三：闲心的时候和你杀一盘。

徐爷：成么。

嘎吱，嘎吱，木轮车努力地滚动着。

12. 破庙 黄昏

流放的队伍在这里歇息下来。

简易土灶上架着两口铁锅。大庆趴在火风口跟前吹火，脸上扑满柴灰，眼睛被烟熏得要流出泪来。

马已拴进了马棚，正在吃着草料。几个清兵提着卸下的马鞍向他们居住的屋子走去。

徐爷抱着一卷毛毡从门外进来，进了教民们居住的那间屋子。从敞开的门看进去，教民们像散了架一样，倒在还没铺好的地铺上，用长长的呼吸推卸着疲劳。

大庆又往灶膛里塞了一把柴禾。

锅盖响了一声。大庆抬起头——

是秀枝。她端着一只木盆，盆里放着几件衣服，她把木盆担在锅沿上，推开锅盖，用马勺往盆里舀水。

大庆有些惊愕。他没想到秀枝会来舀水。他给秀枝笑了一下，笑得很不自然。他看看她，希望她也能看他一眼。

没有。秀枝似乎压根就没感到还有大庆这么个人。她舀完水，端着水盆径自走了。

大庆的心受到了伤害，茫然不知所措了。

秀枝蹲在一边揉搓着盆里的衣服。

大庆的眼睛难受地顺了下来。

秀枝一下一下揉搓着衣服。

啪啦一声，一件衣服掉在了木盆跟前。

秀枝歪头看去——

老龟正色眯眯地看着秀枝，朝地上的衣服努努嘴。

秀枝没有掩饰她的厌恶。她把滑在胸前的辫子甩到脊背上，又揉起了木盆里的衣服。

老龟并不气恼，反而有些嘻皮笑脸。

老龟：咋？不愿洗？

秀枝揉搓衣服的声音更响了。

老龟蹲下来：年岁不大，脾气倒不小，嗯？问你话呢。

秀枝拧着衣服。她突然拉起木盆。哗一声，脏水倾盆而出。老龟惊叫一声，跳开去，眼睛瞪成了两个核桃。他看见他的那件衣服鸟一样扑扇了一下，泡在了脏水里。

秀枝把拧干的衣服放进大盆，走了。

一股恶气从老龟的心底里拱上来。

老龟：站住！

秀枝站住了，给老龟一个倔强的背影。

大庆从灶窝里站起来，紧张地看着。

老龟：吃豹子胆了你？捡起来！

秀枝不动。

大庆走过来：老龟，别……

老龟拧过脖子，对大庆：想找事？

大庆被噎住了，脸憋得通红。

老龟转头，还想对秀枝说什么，目光却有些怯了。他看见刘杰三朝这边走了过来。

刘杰三定定地看着老龟。老龟心虚了。

老龟：我衣服脏了，想让她顺便洗洗。

刘杰三：我的衣服也脏了，也想洗洗。

老龟：我洗，我洗。

老龟捡起地上的衣服，要走，正碰上大庆的目光。脸色一变，把一口恶气发给了大庆。

老龟：看我不认识我？担水去！

大庆转身去找水担和水桶。

秀枝走了。

刘杰三看着秀枝的背影。

13. 破庙正殿 黄昏

老龟一肚子邪火，很不情愿地翻找着刘杰三的衣服。

院子里突然响起了一阵急促的脚步声。老龟扭头看去——

几个清兵提着枪叫喊着匆匆跑过。

老龟放下手里的衣服，跑出门去——

14. 破庙院内 黄昏

清兵们晃着枪，喊着，像惊慌的毛驴。

清兵：回去！不准做祷告！

教民们已经聚集在院子里，要做祷告的样子。清兵们的喊叫并没吓住他们。他们没有回屋去的意思。

老龟：回屋去！

教民们不动。

双方僵持住了。

清兵们看着刘杰三。

刘杰三的表情并不怎么严峻，一副成竹在胸的样子。他没吭声。

老龟凑到刘杰三跟前：他们不动弹。

刘杰三语气缓和：王贵。

王贵：在。

刘杰三：你试着用枪托真砸一下看管不管用。

王贵走到一老者跟前，举起枪托，用力砸下去，砸在老者的肩膀上。老者呻吟了一声，跌倒了。但是——

老者又爬了起来。

刘杰三：拖！

清兵们一拥而上，残酷的暴行在眨眼间发生了。因为暴虐是在无任何反抗的情况下施行的，就更显得惨烈。

一清兵抬脚朝一老者用力踏去。踏在了老者的腰间。老者仆倒了，刚爬起来那只脚又踏过来，老者再次仆倒。清兵扑上去，抓住老者的脚往屋里拖去。

一清兵抡起枪托，朝一妇女抡去。妇女不堪重击，在地上打了几个滚。清兵扑上去，揪住她的头发。疼痛扭歪了女教民的脸。

一清兵踢在了一老者的下身处。老者唉哟一声，跪了下去。清兵又是一脚，踢在了老者的脸上。老者仰头倒了下去。

烟尘弥漫，拳脚击打躯体的声音激烈而结实。不时有教民被拖着、扭着、抬着扔进屋子。

王贵追着麦穗。麦穗在杂乱的人群和烟尘中躲闪着。

老龟抡起紧攥的拳头，朝一个人拼力击去。被击中的人叫了一声，栽倒了。老龟扑上去，还要击打。那人爬了起来，怒目圆睁。

老龟看清了，被他击倒的是王贵。他愣了。

王贵也看清了老龟，急眼了，吐着嘴里的血。

王贵：老龟我操你妈！

王贵扑过来，用头结实地顶在了老龟的胸脯上。两人一起倒了，滚进了弥漫的烟尘。

麦穗妈被一清兵拖着胳膊，拖进了屋子。

一清兵扑倒了，他抓住老者的胳膊一拧，老者的头立刻痛苦地仰了起来。清兵把老者揪起来，往屋里推去。老者腆着肚子，龇牙咧嘴，不忍心看。

一女教民被一脚一滚地踢进了屋门。

挑水回来的大庆远远站着，不敢近前。他痛苦地闭上了眼睛。

踢打声消失了。院内的尘烟久久不散。

15. 破庙正殿 黄昏

徐爷进来的时候，刘杰三刚洗完脚。老龟端着脏水盆出去了。

刘杰三：坐。

徐爷不坐。他直直地站着，像一截干硬的木头。老龟把脏水泼在门外，又进来了。他烧了一锅烟，在刘杰三的脸上喷了两口。刘杰三闭着眼，长长地吸了一下鼻子，让烟上的气息在他的身体里扩散着。

徐爷看了一眼刘杰三。

刘杰三睁开眼。老龟还要喷。

刘杰三：好了，你出去。

老龟放下烟枪，出去了，带上了门。

刘杰三坐好。他一开始没说祷告的事。

刘杰三：我胃疼。

徐爷也好像忘了祷告的事一样。

徐爷：这么治胃疼来得快，可时间长了会染上烟瘾。

徐爷的话使刘杰三有些意外。他诧异地看着徐爷。

徐爷的表情证明他的话是真诚的。

徐爷：我也胃疼过，我烤干馍吃，吃了一段时日就好了。你不妨试试。

刘杰三惊异地叫了一声。

刘杰三：咦——我越来越觉得你是个怪人。说你不好吧，你关心我的胃疼，说你好吧，你又犯规矩领他们做祷告和我为难。

徐爷：这是两回事。

刘杰三摇摇头，表示他弄不明白。然后，他抬起头来。

刘杰三：我记得和你说过，你们不能做祷告，你忘了？

徐爷：没忘。早晚的祷告是白莲教必做的功课。朝廷有朝廷的规矩，信教人有信教人的规矩。这话我也给你说过。

刘杰三：徐爷，这可就是你的不是了。你们现在是朝廷的犯人，这时候了，你还没醒过来？

徐爷：你觉得你是犯人你就真是了，你不觉你是犯人，你就不是。

刘杰三：这话听着挺绕口的，白莲教在大清国的天底下已经没有了。

徐爷：不是还有五六十口子么？

刘杰三：听你这话的意思，我和你磨了半天嘴皮子白磨了是不是？

徐爷不说话了。

刘杰三：不准做的事，你要做，坏朝廷的规矩，也臊我的脸皮。

徐爷淡淡一笑：你的脸皮也太薄了，有时候脸皮厚点更像个男人。你信不信？

刘杰三：你要做祷告，我就得杀人。你把这话给他们传到。

徐爷转过身，朝门口走去。

刘杰三的脸沉了下来。

16. 破庙 黄昏

教民们端着碗，在铁锅跟前排成一队，准备领饭。秀枝在最前头。

大庆拿着木勺，推开锅盖，把木勺塞进锅里搅了几下，伸手要接秀枝的碗。

秀枝没动。

大庆有些不解，看着秀枝。

秀枝一把夺过木勺，要自己舀。

大庆傻眼了。

站在一边的清兵狗剩急了，从秀枝手里要过木勺。

狗剩：哎哎，这不成。饭是有定量的，不能随便舀。你嫌弃他，我来，大庆你离远点。

狗剩拿过秀枝的碗，开始给教民们打饭。

大庆后退了几步，一脸难堪。走也不是，看也不是。

许多教民的脸上带着被击打过的伤痕。

17. 破庙马棚 夜

马棚里燃着一堆木柴火。大庆坐在火堆跟前，神情孤独。他的旁边放着没打开的铺盖卷。

马在悠闲地吃着草料。

夜已深了。教民们熟睡的鼾声清晰可闻。

大庆抬起头，直直地看着教民们歇息的那间屋门。

屋门闭着。

大庆心绪烦乱。他站起来，走到一匹马跟前，抚摸着马脖子上的鬃毛，想着什么。

他终于下了决心，走到火堆跟前，提起那卷铺盖，朝那间屋走去。

他走到屋门跟前了。屋内的鼾声更加清晰。他犹豫了一下，轻轻推了推门。

门开了。他走了进去。

门被轻轻合上了，没合严实。

屋内突然传出一阵激烈的踢打声。

哐一声，门开了，大庆和那卷铺盖被扔了出来。门又重重地合上了。

大庆趴在地上，半晌没有动弹。

大庆慢慢爬起来，摸摸被踢打过的脸，然后，站起来，提着那卷铺盖，一步一步朝马棚走来。

大庆站在火堆跟前了，脸上鼓着肿块。他提着铺盖卷，泥塑一般，一动不动。

门轴扭动的声音。有人出来撒尿。

大庆依然不动，好像没听见门声、脚步声和尿尿的声音。

脚步声朝马棚响了过来。

是老龟，一边走一边提着裤子。他不明白大庆为什么这么站着。他拨了拨大庆的胳膊。

老龟：咋啦?

大庆醒过神来，支支吾吾，语不搭调地掩饰着。

老龟看见了大庆脸上的伤，再看看他手中的铺盖卷，然后，又朝教民们歇息的那间屋看了一眼，明白了。老龟的脸上立刻浮现出一种鄙夷的表情。

老龟：我说大庆，甭费那份心了。一千多人，就出了你这么一个骨头软的，他们能不憋气?好好喂马吧，啊。

老龟拍拍大庆的肩膀，提着裤子走了。

铺盖卷从大庆手里滑落下去。一种巨大的耻辱涌上他的心头。他突然抱住头，蹲了下去，喉咙里发出一阵呜咽。

18. 破庙院内 晨

屋门打开了。教民们一个跟一个走出屋子。

另一间屋门也打开了，走出来的是妇女和孩子。

他们在屋门口站住了。他们怎么也想不到，清兵们早已严阵以待，在院子里等着了。他们平端着火枪，冷面如铁。教民们没有思想准备。

这也是徐爷没有想到的。他和站在远处的刘杰三目光相遇了。

刘杰三的脸上没有表情。他不回避徐爷。

面对清兵们的枪口，教民们没有动，定定地站在门口。

双方久久对峙着，气氛紧张。

教民们的情绪渐渐平静下来。几个老者朝院子中间走去。

清兵们紧攥着手中的火枪。

教民们跟着那几个老者，开始走动起来，渐成队形。

清兵们一动不动。

一个老者抬起一只手，慢慢举起来。

砰——

枪响了。举手的老者倒在了血泊中。

走动的教民们停了下来。他们似乎被清脆的枪声震住了。

清兵们一动不动，举着抢。

教民们又开始走动了。刚才的停顿似乎只是一句音乐中的休止符。

又一个教民的手抬了起来。

砰！

又一声枪响。抬手的教民栽倒了。

教民们又一次停止了走动。

清兵们的脸和他们的枪口一样坚决。射击过的两只枪口上飘散着硝烟。

……

19. 山梁 日

许多天以后。

流放的队伍在逶迤的黄土梁上缓慢行进。远远看去，他们像一组移动的画影，镶嵌在天塬之间，骑马的，推车的，牵拖着孩子的，各有姿态，头发和衣衫在风中缓缓飘动。

其实，他们已疲惫不堪了。高原的风给他们的头发里、眉毛里、脖子里、衣服的皱折里灌满了尘土。连续的跋涉使他们目光呆滞，嘴唇焦干，手脚有些直硬。风吹过的时候，有人弯曲着胳膊，徒劳地抵挡着。有人努力地吐着扑进嘴里的沙土。风尘不会理睬人间的尊卑，不管你骑在马上还是走在地上，都是一样的款待，所以，清兵们并不比教民们好多少，鼻子里、牙缝里一样钻着沙子，脸面一样粗糙，像揉皱的牛皮纸。

咣当。走在前边的一辆木轮车陷进了土坑里。拉车的马站着不动了。

平板车阻滞住了移动的队伍，队伍停了下来。徐爷过去赶拉车的马。秀枝和麦穗妈推着车帮。几个清兵骑在马上看着，已懒得管了。

刘杰三的马赶了上来。他看着徐爷和秀枝他们。他也很疲惫了。

任徐爷怎么赶，拉车的马也不肯使劲。

刘杰三拧过头，朝山梁下看过去——

一堆火柴盒一样的东西堆积在山梁底下。

是一座集镇。

刘杰三好像有了什么决定，突然转过脸，对几个清兵喝了一声。

刘杰三：下去推。

清兵们跳下马，推拉着那辆马车。

平板车摇晃了一下。木车轮滚上了土坑。

流放的队伍又开始行进了。

渐渐地，我们就听见了热闹的市声和锣鼓家伙声——

20. 戏台 日

诸葛亮口若悬河，唇枪舌剑，大战东吴文臣——正在演传统秦腔戏《赤壁鏖兵》中《舌战群儒》一本，戏装华丽、脸谱夸张。

戏台下人山人海。距戏台不远的地方撑着两顶圆布伞，引人注目。伞后站着一排刀客。

伞下坐着的是本镇豪绅和刀客首领，一边品着茶点，一边看戏。看样子，豪绅对戏班颇为满意，不时地点着头。

豪绅：嗯，有些成色。

刀客首领得意了：凉州城有名的青旗班，没说的。八本《赤壁鏖兵》，都是绝活，有这台戏，您的六十大寿可就过出彩来了。

豪绅听得浑身滋润。

一刀客从人群中挤到刀客首领跟前。

刀客：朝廷的队伍押着一群犯人进城了。

刀客首领：犯的啥罪？

刀客：白莲教。

刀客首领：领头的是个啥官？

刀客：管带，叫刘杰三，（朝豪绅瞄了一眼）见不见？

刀客首领：管㞗他，不见。

21. 镇街 日

正逢集市，街道两边摆满各种摊位。布匹衣服鞋帽，杈把扫帚刀剪，不一而足。讨价还价的，以货易物的，大吃大喝的，各色人等，吵嚷嘈杂。

流放的队伍从街上穿过。他们的模样和行装和这里的环境很不协调。

嘎吱嘎吱，是木车轮。

叮咣叮咣，是清兵的马蹄。

有人好奇地看着这群满身征尘，表情木然的外乡来客。

流放的队伍在一家车马大房门口停了下来。店主像遇见久别重逢的亲朋一样，殷勤地招呼着，把跳下马的刘杰三迎了进去。

22. 车马店 黄昏

教民们已分别住进几间客房。

清兵们围着两只水桶洗着头脸，动作野蛮水花飞溅。

十几个戏子蹲在院子里吃饭。他们没卸戏妆，生旦净末丑，端着饭碗，就着小菜，给人一种荒诞的感觉。他们也住在这家车马店。看他们匆忙吃喝的样子，似乎吃完饭就要上台。

秀枝和麦穗妈在一间客房门口洗着头发。

老龟从一间客房走出来。

老龟：管带发话了，明儿歇一天。不心疼钱就去下馆子。听着，逛窑子不成。

清兵们炸开了。

“为啥？”

“让人憋死不成？”

“睡梦里跑儿回马了。”

老龟：甭跟我叫唤，不服气找管带说去。

清兵们不吱声了。有人提起水桶，把脏水泼在院子里，进客房去了，显然窝着气。

老龟看着掉在院子里的水桶，想发火。王贵凑了过来。

王贵：算了算了，一口气好忍。哎，真不让去？

老龟嘟囔了一句。扭过头，看见了在客房门口洗头发的秀枝。

麦穗从木盆里撩着水，往秀枝脖子里滴。秀枝痒痒得难受。要抓麦穗，麦穗跳进门去，格儿格儿笑着。秀枝一甩头，美发如瀑。

老龟看呆了。

王贵：问你话呢！

老龟醒过神来：嗯？

王贵：不让去？

老龟的目光又落在了秀枝的头发上。

秀枝洗着脖子。

王贵：看顶屎用，越看越馋，走走走。

吃完饭的戏子们拿着道具往外走。王贵拉着老龟跟戏子们一起朝大门外走去。

23. 妓院 夜

老龟和王贵被老鸨迎进客堂，还没坐定，老龟就把一把碎银拍在了桌子上。老鸨精神大振，朝外喊了起来。

老鸨：春花秋云桂香，接客——

五六个妓女应声而上，站成一排，浓妆艳抹俗不可耐。

老龟很为扫兴，一脸鄙夷。

老鸨：一个赛过一个。哪个都保您二位大人舒坦。

老龟（对王贵，自嘲地）：咱放着香馍不啃，花银钱到这儿吃菜咽糠来了。

王贵已急不可耐：将就了将就了。

老鸨赶紧使眼色，妓女们一拥而上把王贵和老龟裹挟走了。

24. 车马大店客房 夜

这里是刘杰三的住处。他和徐爷正在下棋，边下边心平气和地交谈着，不像对手，倒像一对家常的朋友。

刘杰三：……我一进军队，就和你们打上了，打了九年，总算有了眉目。想想这个，十个月的路也就不算啥了。你这身体，能走到伊犁么？

徐爷：走着看么，也许就走到了。

刘杰三：到了伊犁，你咋办？

徐爷：死不了，就活在那儿。

刘杰三点点头，眼盯着棋盘，考虑怎么走。他想好了，挪动了一个棋子。

刘杰三：人要是信了什么，就没办法了，谁也拿他没办法。你们就是这种人。

徐爷：跟你一样。你信朝廷，我信教。

徐爷走了一步高吊马。

刘杰三的眼睛直了，苦苦看着棋盘。

徐爷：你又死了。

刘杰三慢慢抬起头，看着徐爷。

徐爷神态安详，那撮黑山羊胡子自负地翘着。输了棋的刘杰三多少有些羞恼，却又无从发作，他不能在徐爷面前失了风度。

刘杰三：你这胡子不错。

徐爷：噢么，好多人都说不错。

徐爷捋了捋胡子：还下不？

刘杰三：再下一盘。

两人重摆棋局。

25. 车马大店院内 晨

戏子们在院子里踢脚练功吊嗓子，鬼哭狼嚎。有人念着锣鼓点儿走台步。

教民们肃立在院中，脸朝向一个方向，以这种方式做着晨祷。

刘杰三走出客房，舒展着胳膊。他看了教民们一眼，朝一边走去。他已默认了这种方式。

教民们散了，纷纷向客房走去。

秀枝没走。她感到念锣鼓儿走台步的年轻戏子很有意思，就看着他走台步。

锵锵锵锵……

年轻戏子见有人看他，走得越发认真越发来神了，执着中透出一股憨劲儿。

秀枝掩掩嘴，差点笑出声来。

麦穗拿着跳绳跑过来。

麦穗：秀枝姑，跳绳。

秀枝接过绳，跳了起来，跳得轻盈而自在。她示意麦穗往绳圈里钻。麦穗眨着眼，身子一闪，跳进了绳圈里。

走台步的戏子停住了，看着配合默契的秀枝和麦穗。

老龟不知从哪儿走了过来，也看着秀枝和麦穗。看着看着，心痒痒了，走过去，也想往绳圈里钻，秀枝和麦穗越跳越快，老龟闪着身子，却钻不进去。秀枝自如地跳着，变着花样，看着老龟笨拙的样子。

老龟咬咬牙，要硬钻了。秀枝突然收住绳，给麦穗说了一句什么。麦穗点点头，接过绳头，和秀枝甩了起来。

麦穗对老龟：跳啊。

老龟看看微笑的秀枝，闪了两下身子，蹦进了绳圈。

秀枝和麦穗用力一拉绳，老龟被重重地绊倒了。老龟叫唤了两声，傻乎乎地看着秀枝和麦穗。

秀枝和麦穗笑弯了腰。

老龟被笑恼了，从地上爬了起来，要抓麦穗。麦穗跑了。

秀枝还在笑，笑着笑着，突然变了脸色，呕吐起来。这下，老龟得意了。

老龟：笑，再笑。

秀枝难受地吐着，吐不出东西来。

年轻戏子飞快地跑进客房，端来一碗水，让秀枝喝。老龟一把打掉了水碗。

年轻戏子：你！

老龟：咋?想勾搭成奸啊?

秀枝不吐了，按着胸口，抬起头来。她在想着什么。

麦穗一步一步走过来，在秀枝的脊背上轻轻砸着，一脸关切。

秀枝的眼睛里突然放射出奇异的光彩，她转过身，抱起麦穗，在麦穗的脸上亲了一口，然后，朝客房里跑去。

秀枝突然的变化使老龟有些莫名其妙。他迷惑地看着秀枝的背影。

老龟：她疯了……

锵锵锵锵……

年轻戏子又开始走台步了。

26. 车马大店后院土台 日

年轻戏子的锵锵声变成了真正的锣鼓声。

秀枝、麦穗妈、麦穗和许多教民站在土台上，看着远处的戏台。

锣鼓紧密，戏正演到最热闹处。

27. 车马大店客房 夜

这里是妇女和孩子们歇息的地方。

都睡了。

只有秀枝一个人醒着。她靠着墙，眉头紧皱手在肚子上轻轻抚摸着。

她的旁边是麦穗妈和麦穗。

戏台那里的锣鼓声隐约可闻。

麦穗说了一句梦话，翻了个身，从他妈怀里翻了出来，麦穗妈醒了，重新拢住麦穗，迷糊中看见秀枝没睡。

麦穗妈：还不睡？

不等秀枝回答，她又进入了梦乡。

秀枝一动不动，眉头越皱越紧。她在想着什么。

秀枝的眉头松开了，脸上现出一种坚决的神情。

从戏台那里传来的锣鼓声时起时伏。

28. 车马大店门口 日

平板马车已经套好。徐爷和几个老者系着捆绑东西的绳子。

教民们都站到了门外，准备起程。几个清兵已骑上了马背。

骑在马上的刘杰三看着徐爷系绳。

老龟一只脚踩上马镫，还没跃身，王贵慌张地从店门里跑出来。

王贵：秀枝不见了！

刘杰三、老龟和马上的清兵立刻转过头来，看着王贵。

徐爷也扭过头，有些诧异。

老龟（对清兵）：还愣啥？找去！

几个清兵跳下马，和王贵冲进车马大店。店里立刻响起一阵激烈的响动。

刘杰三转过头，看着徐爷。

徐爷又开始紧绳了。

教民们表情漠然。

王贵和几个清兵从店里跑出来。

王贵：没有。

刘杰三脸上的肉跳了一下。徐爷已紧好绳子，拍着手上的土。他不看刘杰三。

刘杰三一脸嘲讽：徐爷。

徐爷：嗯？

刘杰三：你不是说没人会跑么？

徐爷的脸阴了。

戏台那里突然传来一阵打斗的锣鼓。

老龟猛地转过头去，迅速作出判断。

老龟：跟我来。

老龟拍马朝街道奔去。清兵们调转马头，跟上去。急促的马蹄惊得镇街上鸡飞狗叫。

29. 戏台 日

紧密的锣鼓声中，曹兵和吴将杀得不可开交。这是《火烧战船》中的一场打斗戏。

戏子们演得精彩，观众看得入迷。

嗒嗒，嗒嗒，是急促的马蹄声。老龟带着清兵冲出街道，朝戏场奔驰而来。

清兵们分成两队，从戏场两边向戏台奔来，杀气腾腾。外围的观众一阵骚动，惊恐地看着突然出现的战马。

戏台上的戏子依旧投入地厮杀着。

转眼间，清兵们就冲到戏台跟前，纷纷跳上戏台。戏子们愣在了台上。锣鼓更加紧密。

台下大乱，观众们惊叫着四处奔逃。

豪绅和刀客首领愣了，看着戏台，不知发生了什么事情。

老龟和清兵们粗暴地揪推着戏子们，让他们排成一行。刚才还英勇善战的戏子们在真正的暴力面前立刻变成了惊惧的羔羊，不管是专横的曹操还是气盛的周瑜，都像筛糠一样，浑身打抖，夸张的脸谱和恐惧的精神形成强烈的反差，荒唐而可笑。

嘶一声，帐幕被撕掉了，后台换衣服的戏子和勤杂人员惊叫着缩向墙角，寻找躲藏的地方。

一排穿靴戴帽如真人一般大小的衣服架子挨墙站着，一动不动。一清兵接连拨倒几个，险些砸着了墙角躲藏的几个勤杂人员。又是一阵惊叫。

老龟挨个儿抹着戏子们脸上的油彩。

没有秀枝。

戏台下的豪绅和刀客首领站起来，朝外走去。

戏台上，清兵们踢翻了戏箱，乱扬着戏装。

老龟扫视着发抖的戏子们的面孔。

依然没有秀枝。

老龟的目光落在了没拨倒的几个戏装架子上。他一步一步朝它们走过去。

戏子们一动不动，看着老龟。

老龟和戏装架子们对视着。他突然伸出手揭下了其中一个的面具。

是秀枝。

戏子们发出一声轻叫。

秀枝眨了一下眼睛，没动。老龟上下打量着她。黑着的脸换上了副戏谑的表情。

老龟：这身行头不错啊！

秀枝脱掉了戏装。

老龟：绑了！

两个清兵扭住了秀枝，朝台下走去。

呼啦啦，清兵们相跟着，走下后台。没有一个戏子敢过去阻拦，眼睁睁地看着清兵们押着秀枝走了。

那个年轻的戏子的脸一下一下抽着。他突然捂住脸，蹲在戏台上哭了起来。

30. 戏台后 日

老龟想不到会有人阻拦他们。当他和清兵们押着秀枝走下后台的时候，刀客们已在那里等着他们了。

豪绅坐在一把椅子里，刀客首领和刀客们站在他的身后。他们看着走下戏台的老龟和清兵们。他们堵住了去路。

清兵们站住了。老龟的表情立刻严峻起来。他多少有些害怕了。

老龟色厉内荏：她是朝廷的犯人。

豪绅神态清高，没有说话。

刀客首领：你冲了我们的场子。

老龟：你，你想和朝廷作对？

刀客首领：你想吓唬我？没看看这是什么地方，天高皇帝远，再嘴硬就废了你。去让他把人留下，找他们头儿来说话。

刀客们蠢蠢欲动。

哗一声，清兵们端起了火枪。

双方对峙起来，一触即发。这时候——

一阵脚步声。刘杰三出现在后台的台阶上，看着对峙的刀客和清兵们。

刘杰三走下台阶，走到豪绅跟前。

刘杰三拱手致礼：敝人执行朝廷公务，路过贵方宝地，多有不敬，请您老海涵。

豪绅立刻尴尬起来。

刘杰三语气平和，但内含坚刚：事情闹大了，你我都不好收拾。

豪绅干咳了两声，从椅子里站起来。

豪绅：让他们走吧。

刀客首领一时不知所措，怔怔地看着清兵们押着秀枝走了。他咬咬牙根，脸黑了。

31．镇外 日

嘎吱，嘎吱。

流放的队伍从城门里走了出来。

平板马车上固定着一根木杆，木杆上吊着一个人，随颠动的马车摇晃着。

是秀枝。

32．路上 日

流放的队伍在行进。

吊在木杆上的秀枝涨红着脸，豆大的汗水往下滚着。

徐爷和往常一样，神情淡淡地跟在马车后边，好像木杆上吊的不是一个活人，而是一样东西。

麦穗不时往木杆上看一眼，他不知道他们为什么要这样对待秀枝姑姑。马车一颠，他就抓住车帮，只怕秀枝掉下来。

刘杰三信马由缰，目不斜视，看着前方。

最难受的是大庆。他拉着那匹负重的马从队伍后边赶了上来，拧着脖子，看着木杆上的秀枝。

他气喘吁吁地走到徐爷跟前了。

马车剧烈地摇晃了一下，麦穗惊叫一声，紧紧抓住车帮。马车又平稳了。他松了一口气。

大庆忍不住了：徐爷。

徐爷不吭声。

大庆叫了起来：徐爷！她快要死了！

啪一声，刘杰三的马鞭重重地抽在了大庆的脸上。大庆猛烈地转了一个圈，憎恨地看着刘杰三。他的脸被抽出一道鞭痕。

刘杰三：贱货。

刘杰三抖抖马缰，朝前走了。

大庆摸了一下流出血来的脸，转身看着徐爷的背影。

大庆：徐爷！

大庆的声音像撕裂了一样，脸扭歪了。

流放的队伍从大庆跟前杂沓而过。

33. 山岔口 日

流放的队伍拐过弯，突然停住了——

几十名刀客一字排开，拦住了去路。

清兵们紧张起来，取过背上的火枪。

气氛陡然紧张起来。

拦在前边的刀客们一动不动。

刘杰三有些心虚，看着徐爷。

徐爷神情平静，一声不吭，朝前边走去。

流放的队伍跟在徐爷后边，缓缓启动。

离刀客们越来越近了。

刘杰三和清兵们更为紧张。

徐爷走着，神情中有一种超尘拔俗的凛然之气，使人敬畏。

离刀客们更近了，更近了。

不动声色的徐爷使路中间的刀客们有些慌乱，当徐爷走到他们跟前的时候。他们不由自主地闪开了。徐爷走了过去。

流放的队伍从刀客们中间挤出一条路来，缓缓而过。

刀客们一脸敬畏的神情，看着流放的队伍从他们身边走了过去。

什么事情也没有发生。

车轮声，脚步声，马蹄声，渐渐远去……

34. 草原 日

啪啦啦啦——

一群受惊的鹧鸪从草丛中一跃而起，扑扇着翅腾冲上天空，向远处飞去，划出一串柔和的翅声。

这是夏日的草原。天气已有些热了，但茂盛的青草却散发出勃勃生机；高挺着，一直铺到遥远的天际。置身于草原之中，才知道草原的绿并不是一律的。青绿、墨绿、紫绿，随着地势的不同，各显出不同的调子。就在这不同的、变化的绿色中，还染有其它色彩，使广阔的绿色海洋呈现出梦幻般的姿态。土丘，也许是坟丘和石头堆从草丛中冒出来，像探出海面的礁石。

当这支流放的队伍经过几个月的艰苦跋涉从黄土高原走进草原的时候，他们的形象和出现在他们眼前的这一片景色形成了鲜明的对比和反差。他们的脸被风尘涂抹得肮脏不堪，衣服已褴褛如絮了。平板车上的被子已蹦出了一块又一块棉花套子。毛毡也开了边。虽然天热，还有人依旧穿着临行时的衣服。

徐爷比以前更瘦了，山羊胡子变成了一丛乱草。秀枝扶着徐爷，神色疲倦，眼睛忧郁而干涸。麦穗走不动了，在他妈的肩膀上睡着了，炎烈的大太阳烤着他脸上混浊的汗水。

清兵们比流放的教民好不了多少，如果不细看，如果不是骑着马，几乎和教民们分不出来。

刘杰三孤独的脸上扑满风尘的痕迹。

大庆拼力拉着那匹负重的马，目光忧郁。

太枯燥。也许是想排遣长途跋涉的枯燥，徐爷给秀枝讲起了白莲教苦难的历史。他像自言自语一样，看着前边，眼睛和草原一样苍茫，脸上的汗水像泼上去的水，泛着太阳光。他走得艰难，讲得更艰难，尽量使他的语气平缓顺畅一些。

徐爷：……皇帝睡不着觉了，害怕了，就下了令……那是嘉庆元年的正月，先是湖北，再是四川、陕西，像拉锯一样，教众的尸体堆满了那里的荒沟老林。四年前，就这个时候，也这么热，过西乡县城，我累坏了，脚脖子一软，就从桥上栽了下去，险些让水淹死。在水里，我觉得我像个皮球一样，真想永远那么漂着，一直漂到死。我命大，没死，水冲走了我的烟袋锅。从那以后，我就不抽烟了，绝了烟的想头……你咋不笑？我以为你会笑话我……

秀枝咧咧嘴，没笑出来。

徐爷：你还听不？要听我再讲，咱这个教门的事情多了。

干涩和枯燥又笼罩了他们。嘎吱，嘎吱。

青草在他们的脚下很不情愿地退向两边，留出一条并不宽阔的路，弯弯拧拧地伸向更深处，无法估摸出它有多远多长。

马蹄迟钝。平板车的木轮子像要散架一样不小心就会和车厢脱离，倒在路边的草丛里。

路边真有被遗弃的木车轮，不知是哪辈子的事了。车轮半埋在沙土里，已经腐朽。那是另一个故事。还有风干的头盖骨。这一切似乎从另一个角度在向我们显示草原的古老和辽阔。它经历的多了。它什么都能容纳，不管是已死去的，还是正在生长的。

偶尔能看见几棵奇形怪状的树。

如果从很远的地方看，本来就走得很慢的队伍好像不动一样。

生机勃勃的草原并没有引起他们的兴致。他们只是一群艰辛的行路人。

谁说他们没有走动？他们已经把那几棵怪诞的树扔到另一个方向了。

35. 草原 日

山丘后边搭起了几座帐篷，有一座还没有完全搭好，有人正往木桩上拴绳子。

大庆在挖炉灶。

麦穗和几个孩子嘻笑着从一顶帐篷后边跑过来，跑上一道土塄，排成一行。他们掏出小牛牛，腆起肚子。

麦穗：一、二、三！

孩子们拼力尿起来，尿水划出一排弧线。

麦穗边尿边喊：我尿得远！我赢了！

太阳正在沉落。夕阳给绿色的草原染上了一层纱一样的红色。

36. 刘杰三的帐篷 黄昏

老龟跪在地铺跟前，给刘杰三脱着靴子。他们之间是一盆清水。刘杰三心不在焉地翻看着那本花名册。

老龟：徐爷让给你说歇几天，再走骨头就散伙了。

刘杰三不吭声。

老龟：明儿我打点野味，让肚子见些油水。

刘杰三：今天初几了？

他好像压根就没听见老龟的话。

老龟：不知道。再这么走下去，恐怕连今年是哪一年也不记得了。

刘杰三把脚放进了水盆里。

37. 草原 夜

几顶帐篷安静地嵌在草原纯净的夜色里。

38. 帐篷外 晨

老龟和两名清兵提着马鞍向马棚走来。他们把马鞍搭上马背，牵出马，然后骑上去，拉拉缰绳，朝草原深处走去。

太阳正在升起。

39. 草原 日

几只野羊迷茫地看着我们。突然，它们受惊似的，扭过身，甩开蹄脚跑了。

随着一阵急促的马蹄声，老龟和两名清兵箭一样掠过我们的视线，向奔逃的野羊追去。

野羊在奔跑。

清兵紧追不舍。

野羊仓惶跑过一条溪水。

老龟突然勒住马，看着溪水流来的方向。

两名清兵追去老远了。

老龟犹豫了一会儿，终于做出了选择，他掉过马头——

40. 溪水边 日

秀枝很想看看自己的肚子。她已经知道她的肚子里有一个小生命正在一天天长大，它已经成了她所有的感情和幸福的所在，也是她所有的忧虑和痛苦的所在。

但现在，她的心情和阳光一样美好。她坐在溪水边，解开了衣服上的纽扣。然后躺下去，躺在柔软的草丛里，怀着一种美好的感情，轻轻抚摸她的肚子。溪水像一条随意飘落在草原上的带子，圆润地弯曲着，清纯的水声使草原显得更加静谧。这里离居住的帐篷很远，没人能看见她。她一会儿睁开眼，一会儿又闭上，淹没在遐想的幸福之中。阳光像金色的蝴蝶，轻拂着她青春的脸庞。她几乎经受不住幸福的潮水的冲击，要笑出声来了。

她不知道有人正朝她这里溜过来。

她听见了几声草响，警觉地坐了起来，看了看。草丛在微风中摇晃着。她又躺下了。这次，她是侧身躺着的。她拨弄着跟前的几棵草。她甚至掐下来一片草叶，在她的嘴唇上划拨着。那是两片生动的嘴唇。幸福的潮水又一次向她涌来。

那双大脚是突然出现在她的眼睛跟前的。她惊叫了一声，坐起来，飞快地扣着纽扣。

是老龟。他看着秀枝，表情怪异。

老龟：没啥大惊小怪的，你摸肚子的时候我都看见了。有时候我也摸我的肚子。

老龟四下看着，挨着秀枝坐下来。

老龟：摸吧，你接着摸。

秀枝起身要走，老龟拉住了她的一只手。

老龟：看你这人，我又不是狼，你害怕啥？坐下坐下。

秀枝狐疑地看着老龟，老龟嗅嗅鼻子。

老龟：你身上怪好闻的。

秀枝甩开老龟的手，刚要起身，老龟突然朝秀枝扑过去。

老龟：好人！我不行了！

秀枝兔子一样跳开了。老龟又扑过去。秀枝一拳打在了老龟的鼻子上。

老龟短促地叫了一声，酸泪糊住了眼睛，秀枝撒腿跑了。老龟伸手一抓，抓住了秀枝的脚。

秀枝尖叫一声，倒下。

41．草原 日

疾奔的马背上，清兵举枪瞄准。

啪一声，枪响了。一只野羊应声倒地，在草丛里打了几个滚。

清兵朝逃散的野羊追去。马蹄如风。

42. 溪水边 日

老龟在眼睛上胡乱抹了一下，扑在了要爬起来的秀枝身上，秀枝叫喊着，挣扎着。

秀枝：畜牲！

老龟拼力压着秀枝的胳膊。秀枝挣开手，要抓老龟的脸，老龟一躲，秀枝趁势推倒了老龟。两人在草丛中滚着，纠缠着……

43. 草原 日

清兵追赶野羊的马蹄疯狂地敲打着草原。

44. 溪水 日

秀枝和老龟滚进了溪水里。秀枝跌撞着，爬起来继续跑。秀枝跑过溪水。

老龟猛地一扑，又一次扑倒了秀枝。两人又纠缠在一起。老龟要解秀枝的衣服，秀枝拼命扑打着。反抗着。

秀枝：来人啊！

45. 刘杰三的帐篷 日

刘杰三坐在地铺上擦着他的那把短枪。他擦得很仔细。

帐篷里的气氛似乎有些异常。

门帘一挑，老龟扛着一只野羊走了进来。腾一声，野羊被摔在了地上。

老龟：打了一只野羊。

刘杰三没理老龟，也不看那只野羊。老龟感到气氛有些不对。

他故作轻松地擦着脖子上的汗，没话找话说。

老龟：这草原他娘的可真好，看着就想在上面打滚。你也不出去走走。

刘杰三：你活够了，老龟。

老龟愣了一下，好像没听懂刘杰三的话。

刘杰三：秀枝说她要用石头砸死你。

老龟的眼睛直了。

一阵慌乱的脚步声。狗剩一脸张惶，从帐篷外跳了进来。

狗剩：刘管带不好了，他们要闹事。

老龟的脸色立刻变了。他看着刘杰三放下正擦的短枪，跟着狗剩朝帐篷外走去。

46. 帐篷外 日

五十多个教民提着各种家伙，一声不吭地朝刘杰三的帐篷走来。眼睛里压抑着愤怒的火焰。徐爷走在他们的前边。麦穗的手里攥着一块石头。

清兵们从各处跑过来，堵在帐篷门口。

愤怒的教民们越走越近了。

王贵端着枪，拖着哭腔喊了起来。

王贵：刘管带你快出来他们要砸帐篷了！

刘杰三和狗剩从帐篷里走出来。

徐爷和教民们站住了。

徐爷和刘杰三久久对视着。

徐爷声音不大，但字字有力：你可以杀人但不能侮辱人。

刘杰三一声不吭。

47. 刘杰三的帐篷 日

老龟可怜巴巴地听着徐爷说话的声音。

徐爷的声音：不处置他，这些人就不会走，你不能看着他们把他砸死吧？

刘杰三进来了。老龟像一只绝望的狗，看着刘杰三的脸，嘴张着，却说不出一句话来。

刘杰三：徐爷的话你都听见了。只要你让他们离开，我就不难为你。

刘杰三从老龟身边走过去，捡起那把短枪，又开始擦了。

老龟好像夹不住尿水了一样，看看帐篷门帘，又看看擦枪的刘杰三，腿一阵阵发软。

嘭，一块石头砸在了帐篷上。

麦穗在外边喊着：打死他！

咕咚，老龟朝低垂的门帘跪了下去，要哭一样，朝外边叫了起来。

老龟：你们饶我一回吧！我叫你们爷，叫你们奶奶，你们走吧！

老龟把额头抵在地上，哭了。

老龟突然转过身，用发红的眼睛看着刘杰三。

老龟：我没弄她！她肚子大了！

刘杰三扬起头，皱了一下眉头，很快又被厌恶取代了。他已擦完枪了。

老龟：你不会为一个犯人杀我吧？

刘杰三不吱声，摆弄着手里的短枪。

老龟：你真要让他们砸死我？

刘杰三：我不能失了朝廷的脸面。

嘭，又一块石头砸在了帐篷上。

48. 帐篷外 日

愤怒的教民们一动不动，盯着刘杰三的帐篷。清兵们神情紧张，只怕教民们再前进一步。

麦穗又捡到了一块石头，正要扔——

帐篷里传出一声沉闷的枪响。

麦穗扔石头的手停住了。

王贵和狗剩愣了一下，跑进帐篷。一会儿他们把一具尸体从帐篷里拖了出来。

所有的人都看清了，是老龟的尸体。

49. 草原 日

阳光斜照，草原像一幅辽阔而深远的画卷。

帐篷是这幅画卷的点缀。

有人从帐篷里出来进去。

大庆做饭的炊烟柔软而笔直。

离帐篷不远的地方，是跳绳的秀枝和麦穗。他们配合默契，轻盈如燕。她像什么事情也没发生过。

50. 帐篷外 晨

磨刀的声音清晰、有力。

是王贵。他蹲在刘杰三的帐篷外边，认真地磨着那把弯刀。弯刀上泛着晨光。狗剩操着手，看着王贵磨刀，神情很专注。

天还没能大亮，帐篷再没有人影。

王贵：你没有见过磨刀？

狗剩：磨这种刀第一回见。

王贵：刀子不同，道理都是一个，把刀刃磨利。

王贵用手指头在刀刃上试了试，又磨。

狗剩：刀子不同，各有各的用处，有的割柴割草，有的割头，你这种专割那玩货的不多见。

王贵：多见就了不得了，专断人根呢!

狗剩：你触这种事，就不怕断子绝孙?

王贵：呔，我爹弄了一辈子这营生，我妈生了我兄弟六个。我老婆已生了四个了，这趟差回去，她还会生。去，捡些干篙子来。

51. 刘杰三的帐篷 晨

刘杰三盘腿坐在地铺上，跟前放着那卷花名册。徐爷神色沉重，站在一旁。两人谁也不吭声。

风掀开门帘吹进来，翻开了几页花名册。

能听见王贵磨刀的声音。

气氛压抑。时间好像停滞了。

刘杰三：你好歹说句话。

徐爷不语。

刘杰三：我不是有意找茬报复，麦穗八岁生日已过去一个多月了。

徐爷依旧不语。

刘杰三：阉割不是杀头，不会死的。

徐爷的眼睛很空洞。

刘杰三：咱做事都大气些。我不想因为这事出麻烦。

风吹着花名册，又翻卷过几页。

52. 帐篷内 晨

这是妇女和孩子们的帐篷。她们正在起身。

麦穗妈给麦穗系裤带。

门口一亮。徐爷进来了。麦穗妈挪挪身子给徐爷腾地方。她对将要发生的事一无所知。

麦穗妈：徐爷，坐。

徐爷没坐。他定定地看着麦穗。麦穗看着徐爷下巴上的胡子，乐了。

麦穗：徐爷，你的胡子变成草了。

确实，徐爷的胡子像一撮乱草。

徐爷很不自然地给麦穗笑了一下，很快又变得忧郁沉重了。他摸摸麦穗的头，然后拉着麦穗的手向帐篷外走去。麦穗妈觉得徐爷的脸色有些异常，张嘴要问。徐爷已走出帐篷了。麦穗临出帐篷时看了他妈一眼。

麦穗妈和秀枝对视了一下，急急跟出了帐篷。她们似乎有了一种不祥的预感。

53. 帐篷外 晨

许多教民已经出了帐篷。他们看着徐爷领着麦穗朝远处走去。他们看见徐爷站住了，抬起一只手，看着远处，好像在做祷告。麦穗站在他的跟前，仰头看看徐爷的脸。一老一少，一高一矮，在草原的晨光里，像一幅肃穆的雕像。

帐篷外的人越站越多，静静地看着。

徐爷领着麦穗回来了。

徐爷领着麦穗向刘杰三的帐篷走去。

这时候，教民们才看见王贵正在蒿子火上烧着那把弯刀。

徐爷和麦穗走到刘杰三的帐篷跟前，狗剩揭开门帘，让他们走进去。

王贵和狗剩跟了进去。门帘沉重地合上了。

教民们一阵骚动，但没有人过去。

麦穗妈紧抓着秀枝的手，看着那条沉重的门帘。她突然明白了，叫喊了一声，向那顶帐篷冲过去，疯了一样。

麦穗！麦穗——

一声凄厉的叫声从帐篷里传了出来。

麦穗妈眼前一黑，晕了过去。

所有的教民都沉痛地低下头去。

门帘挑开了。王贵从里边走出来，手里提着那把弯刀，弯刀上沾着鲜红的血滴。

大庆远远看着，手下意识地向他的下身那里移过去。

54. 草原 日

几天后，流放的队伍又开始在茫茫的草原上跋涉了。路依然看不到尽头。

秀枝背着麦穗。她不时耸一下身子，把麦穗放到合适的位置。麦穗直直地睁着眼，看着远处。也许他什么也没看。

麦穗妈紧跟在秀枝身后。她不时紧走几步看着麦穗的脸。心疼而又无可奈何。

徐爷依旧在她们前边，跟在平板车后。

麦穗突然开口说话了。

麦穗：秀枝姑?

秀枝：嗯?

麦穗：我和别人不一样了，是不?

秀枝的心疼了一下。她想哭。

麦穗：我知道我和别人不一样了。

麦穗妈的眼泪扑簌簌流了下来：麦穗！

秀枝的眼睛也湿润了。

麦穗始终看着远处。

麦穗：秀枝姑，你别难过。

秀枝擦擦眼，耸耸身子，继续走。

麦穗像自语一样：我再也不吃饭了。

秀枝没听清。麦穗不再说了。

流放的队伍缓慢行进着。

55. 路上 日

"啊呸！呸！"

清兵狗剩把嘴里的饭全吐了出来。

狗剩：这算他妈的啥饭？狗饭！狗都不吃！到了伊犁，这身骨头就能拆下来敲锣了！

王贵看了背向他们蹲在不远处吃饭的刘杰三一眼，不敢答狗剩的话，难受地往嘴里刨着碗里的饭。

路的另一边，教民们也在吃饭，散乱地坐成一片。

马车停在道路中间，没有卸。

大庆坐在临时支起的铁锅跟前，低头吃着。

马在草地里吃着草。

麦穗躺在秀枝的怀里，麦穗妈给麦穗喂饭，麦穗不吃。麦穗妈焦急得要流出泪来。

麦穗妈：麦穗，妈求你了！

麦穗的嘴紧紧闭着，怎么劝也不吃。麦穗妈恨不得扳开他的嘴。

麦穗妈真扳了。她捏麦穗的鼻子。麦穗的嘴张开了，麦穗妈给麦穗嘴里灌下了一点。刚灌进去就被麦穗吐了出来。麦穗妈放下碗，捂着脸哭了。

麦穗不理他妈，从秀枝怀里站起来，往远处走去。刚走了几步，险些跌倒。秀枝赶紧扶住他。麦穗甩开秀枝的手，继续走，秀枝跟了过去。

麦穗妈：他会饿死的……

麦穗走了一阵，停了下来。他揪下一根藤条，抽打着草叶。秀枝跟过来，无奈地看着麦穗，然后坐在草地上，抱着腿，看着远处。

麦穗：啥时候走到伊犁？

秀枝：……快了。

麦穗：你骗我。我妈也骗我。她总说快了快了。我都不想走了。

秀枝不吭声了，眼睛一片苍茫。

麦穗：我不想去伊犁。

秀枝不吭声。

麦穗：你也不想去，是不？

麦穗歪过头，看着秀枝。

秀枝点点头。

麦穗扭过头去，看着远处吃草的几匹马。风正从西边吹过来，推起一层层草波。

麦穗像自言自语：……他们没马就追不上你了……是不？

秀枝没想到麦穗会说这话，有些愕然。她看了麦穗一眼，没吭声，也没有点头。

清兵和教民们已吃完饭，纷纷收拾着餐具，准备上路了。

一会儿，他们又行走在茫茫的草原上了。

嘎吱，嘎吱……

56. 帐篷外　夜

几顶帐篷静悄悄地堆在草原夜色里。清兵和教民们都已睡了。

马棚里燃着一堆火，快熄灭了。

不知什么地方传来一阵忧伤的歌声。

一个黑影从一顶帐篷里溜出来，猫一样向马棚溜过来。

57. 草原 夜

唱歌的是大庆。他一个人坐在草地上，哼着一首古老的民歌，调子孤独而忧伤（歌词略）。

大庆的眼睛里闪着泪光。

58. 马棚 夜

黑影溜进了马棚。借着火光，我们看清了，是麦穗。

麦穗站在一匹马跟前，在马鼻子上抚摸了一下。马友好地歪过头来。麦穗伸出胳膊，抱住马头，把脸贴过去。他的眼睛像一汪清水。他的目光停在了拴马桩上。他松开手，朝拴马桩走过去，解开了马缰。

麦穗看着那匹马。

麦穗：你走吧。

马不动。他推了一下马头。

麦穗：你走吧，走得远远的。

他又推了一下。马转过身，听话地朝马棚外走去。

麦穗解着第二条、第三条缰绳。

几匹马一个跟一个向外走去。

大庆的歌声随风飘了过来。

麦穗停住了。听着。他害怕了，向马棚外溜了出去。

大庆的歌声沙哑而苍凉。

59. 帐篷外 日

一只有力的拳头狠狠地打过来，锵一声，拳头打在了大庆的脸上，大庆呻吟了一声，栽倒了。

大庆刚爬起来，拳头又狠狠地砸过来。大庆又一次栽倒了。

这是一场没有反抗的毒打。刘杰三的拳头不打别处，只打大庆的脸。他一声不吭，一下又一下朝大庆的脸击砸过去。大庆一次又一次栽倒，爬起来，再栽倒，直到没有爬起来的力量。他趴在地上，用手抹了一下嘴里流出的血水，看着刘杰三。

大庆：……马是我放走的……

刘杰三打累了，舒了一口气，一脸轻蔑的神色：量你没那个胆。

大庆：你杀了我吧。

刘杰三：杀了你，谁喂马做饭？

刘杰三转过身，朝围坐成一堆的教民们走来。

教民们已经和清兵们对抗了好长时间。他们一脸无所谓的样子，有的仰头看天，有的低头打瞌睡，有的脱下鞋，看着磨穿的鞋底，好像要从那里看出什么奥秘来。对大庆的被打，他们无动于衷，漠不关心。其实他们看到了。

刘杰三看着这一群死牛皮一样的男男女女，强压着心里的愤怒。

刘杰三：马是谁放走的？

没人吭声，也没人看他一眼。

徐爷盘腿坐着，微闭着眼。

刘杰三提高了声音：我再问一遍，马是谁放走的？

徐爷睁开了眼：你就当马是我放走的，把我弄死算尿了。

刘杰三的脸上浮出几丝冷笑：你死了，谁帮我带他们？几匹马事小，我不允许拿这种手段跟我对抗。我得把他杀了。

徐爷的眼睛闭上了。

教民们依然是那种不理不睬的样子。

清兵们也有些不耐烦了。刘杰三无计可施，心里的邪火却越憋越大。他看着教民们，寻找着茬口。

突然，教民中一阵骚乱——

麦穗快不行了。他躺在秀枝怀里，已奄奄一息，张着嘴，无力地喘着气。

他又晕厥了一次。麦穗妈使劲地摇着他。跟前的一些教民围了起来。

麦穗妈：麦穗！

秀枝：麦穗，你醒醒。

麦穗妈：麦穗，你不能死啊……

麦穗的眼睛慢慢睁开了。麦穗妈和秀枝松了一口气，给麦穗喂水。麦穗无力地摇着头。

刘杰三早就看见了这里发生的一切，当时，他没在意。但现在，他朝麦穗这里走过来了。

这里的骚动使他有些讨厌，他想做点什么事。他站在麦穗妈和秀枝跟前，看着秀枝怀里的麦穗，阴沉的脸像一块乌铁。

看见刘杰三过来，围过来看麦穗的教民又回到他们原来的地方，恢复了原来的那样子。

麦穗看了一眼刘杰三，把脸别了过去，他不想看他。然而，刘杰三蹲下来，用一只手捏住麦穗的下巴，把麦穗的头扳了过来，定定地看着。他已经到了一种歇斯底里的地步，他想发泄。他选择了奄奄一息的麦穗，一个孩子，就更显得残酷。

刘杰三：马是谁放走的。

麦穗想别过脸去但抵不过刘杰三有力的手，几次努力都没有成功。刘杰三捏得更紧了。麦穗不再努力，和刘杰三对视着，目光里渐显愤恨。但刘杰三没有就此罢手。他依然捏着麦穗的下巴。麦穗的呼吸越来越困难了，眼睛越睁越大。

秀枝和麦穗妈惊愕地看着刘杰三，渐而愤怒了，麦穗妈叫了起来。

麦穗妈：他快要死了！

刘杰三依旧捏着。麦穗的呼吸更加困难，他坚持着。

突然，刘杰三把麦穗从秀枝的怀里拉起来。秀枝惊叫了一声。刘杰三已经恼羞成怒了。他使劲抓着麦穗的两只胳膊摇着，吼了一声。

刘杰三：马是谁放的？！

麦穗已经没有一点支撑的力量了，如果不是刘杰三抓着他，就全软瘫下去。刘杰三的脸憋得像一枚紫色的茄子，等着麦穗回答。麦穗的头耷拉着，一声不吭。刘杰三大口地喘着气。

刘杰三：说！

麦穗不知哪里来了一股力量，突然抬起头，看着刘杰三，牙关紧咬，两眼圆睁。刘杰三出奇地愤怒了。他抓起麦穗、举起来，用力摔了下去。

所有的人都看到了这一幕，教民们发出一声惊呼。秀枝和麦穗妈尖叫一声，跳起来去接——

麦穗像一样绵软的东西，落在了秀枝的怀里，秀枝和麦穗一起倒了。

麦穗妈：麦穗——

许多教民惊慌地拥过来。

秀枝怀中的麦穗慢慢地睁开眼睛，看着满脸关切的教民们。

麦穗：马，是我，放的……

麦穗的眼珠子突然不动了。他死了。他大睁着两只眼，脸色平静。

麦穗妈没有哭，像一块僵硬的石头。

徐爷走过来，静静地看着麦穗。

麦穗妈不看麦穗，也不看徐爷，木然地说了一句话，声音很小，但谁都听见了。

麦穗妈：徐爷，我恨你……

徐爷什么也没说。他伸出一只苍老的手，轻轻合上了麦穗的眼睛。

60. 草原 夜

一堆火熊熊燃烧着。火堆里安放着麦穗的尸体。全体教民依次走过火堆，将柴禾或干草投入火中。柴禾在火中不时发出一声爆响。

秀枝一脸泪水，扶着麦穗妈，站在一旁。麦穗妈的眼泪已经流干了。

清兵们远远看着。

远处是他们的帐篷。

谁也没注意大庆。大庆在马棚里。他从一个皮口袋里倒出一堆干馍，用衣服包好，把它埋在马棚外早已挖好的土坑里，放上去三块石头。然后，朝远处的火堆走过去。

这时，几个小孩正往火堆上投柴禾。火光在他们稚嫩而肮脏的脸上舔着。

大庆站在教民们身后，看着燃烧的火堆，神情恍惚。

61. 路上 日

一组流放的队伍在路上艰难行走的镜头。

许多天过去了。

62. 路上 日

流放的队伍无精打采，稀稀拉拉。如果不是硬鼓着劲，随时都会有人倒在路上，再也爬不起来。

有人的鞋底走穿了，只剩下鞋帮，套在脚脖子上。有人干脆光着两只脚。

马也不肯走了，有的清兵只好拉着走。他们形容枯槁，衣衫褴褛，除了背上的火枪，和教民们毫无二致。

秀枝的肚子已鼓起来了。

麦穗妈的脸又黑又脏，目光无神。

大庆拉着那匹马，马背上的一些东西已挪到了他的脊背上。

徐爷的体力已明显不如以前，走在队伍的后边。刘杰三骑着马，走在徐爷旁边，许多天没有刮脸，硬茬胡子上沾满了尘土。他已经懒得说话，但那双眼睛依然是犀利的、警觉的，一有风吹草动，就会闪出尖锐的光来。此时，这双犀利的目光正盯着秀枝。

秀枝突然弯下腰，脱掉了脚上的鞋，提在手里，赤脚走了，显得利索了许多。

刘杰三：秀枝的肚子大了。

徐爷没吭声。

刘杰三：我得管管这事。

徐爷依然不吭声。

刘杰三：她肚子里的种是谁的?

他一直看着秀枝的背影。

徐爷：你这话问得怪。

刘杰三：我没觉得怪，我想你知道。

徐爷：不知道。

刘杰三：这才叫怪呢!

流放的队伍停了下来。他们的面前是一片湖水。

西边的云彩正由白而红，由红而紫。

63. 刘杰三的帐篷 夜

篷壁上挂着一盏马灯。

刘杰三靠在被子上看那卷花名册。

门帘响了。

刘杰三没有抬头。

是秀枝，挺着微微凸起的肚子。

秀枝：你找我？

刘杰三唔了一声，放下花名册，坐起来，瞄着秀枝的肚子。秀枝斜着头，看着篷顶。

刘杰三把目光移到了秀枝脸上。秀枝依然看着篷顶。

刘杰三：把那碗水给我端过来。

秀枝扭过头，看着刘杰三。

刘杰三朝那碗水努努嘴。

秀枝看了一眼水碗，又看刘杰三了。她不知道刘杰三的葫芦里卖的什么药。她犹豫了一下，走过去，把水碗端到刘杰三跟前。

刘杰三接过水，没喝。他把那碗水缓缓地泼在了地上，然后扭过头，看着秀枝，表情中有一种戏弄的意味。

刘杰三：我不渴，我想试试你的脾气。

秀枝声色不动，看着刘杰三。刘杰三放下水碗，站起来，走到秀枝跟前。定定地看着。

秀枝依然没动。

帐篷里安静得有些怕人。

刘杰三：你肚子里是谁的种？

秀枝不语，头微低着，看着别处。

刘杰三不再问了，他把一只手放在了秀枝的肩膀上。秀枝看了刘杰三一眼，又微低下了头。刘杰三的手顺着秀枝的脖子移上去，抚弄着秀枝的头发。秀枝不反抗，也没有拒绝。刘杰三的手又移了下来，停在了秀枝的脖子底下不动了。他盯着秀枝的脸，好像要试试他面前的这个女人到底有多大的耐性。

秀枝还是不动。

刘杰三的手指头捏住了秀枝领口上的纽扣，解着。

嘭一声，纽扣开了。

这回，秀枝动了，她抬起头，和刘杰三对视着。刘杰三脸上的表情高深莫测。他开始解第二个纽扣，解得不紧不慢。他等待着秀枝进一步的反应。

秀枝慢慢推开了刘杰三的手。

刘杰三没有气恼，反而有些高兴。他以为秀枝会有激烈的举动。

没有。秀枝推开了刘杰三的手之后，自己解纽扣了，解得比刘杰三还要冷静。

刘杰三的脸骤然变了。他一把抓住秀枝的手，要喊出声来了。

刘杰三：你为什么不反抗？！

秀枝一语不发。

刘杰三：鬼！

秀枝推开刘杰三的手，转身走了。

刘杰三像一只孤独的老狼，看着秀枝撩开门帘走了出去。

门帘垂了下来。

刘杰三：鬼！

声音要破裂开来一样。长期的体力付出和精神孤独已使他有些变态了。

64. 湖边 晨

几顶帐篷搭在离湖水不太远的地方。

大庆挑着两个水桶，朝湖边走来。他要去湖边挑水。

刘杰三拦住了他。大庆有些诧异。

刘杰三：你甭去了。我找了个换你的人。

大庆更为诧异，不相信地看着刘杰三。这时，他听见一阵脚步声，扭过头，狗剩领着秀枝已到了他的跟前。大庆愣了。

刘杰三：把水担给她。以后的水归她挑。

秀枝什么也没说，平静地从大庆手里拿过水担，挑着桶朝湖边走去。

刘杰三声色不动，看着秀枝的背影。

大庆脸上的表情急剧地变化着。

大庆：秀枝！

大庆叫了一声，跑过去，拦住了秀枝的去路。

大庆：秀枝，你不能……

秀枝看了大庆一眼，躲过大庆，继续朝湖边走。

大庆急歪了脸，转头冲着刘杰三。

大庆：你，你不能这么做！她怀着孩子！

刘杰三：孩子？孩子咋啦？又不是你的种，你急啥？

大庆被噎住了，脸越憋越红。他扭过头去，看见秀枝已挑满水，正往湖岸上走。

大庆突然冲口而出：是我的！

刘杰三愣了一下。

大庆：她肚子里的孩子是我的！

刘杰三放声笑了，笑得浑身打抖。

大庆慌乱地看着浪笑的刘杰三。

刘杰三突然收住笑，盯着大庆，目光刻毒。

刘杰三：你和她，睡过觉！

大庆更加慌乱，结巴着说不出话来。

刘杰三：那我得看看你和她是咋睡的。我把我的帐篷让给你，咋样？

大庆没想到刘杰三会来这一手，着急而害怕使他语无伦次。

大庆：不，我，不能……

围过来的几个清兵哄笑起来。

刘杰三：把他的衣服扒了。

清兵们拥上来，扒扯着大庆的衣服。

大庆：不！不！

刘杰三：狗剩，你把那女人先弄到我的帐篷里去。

狗剩和一个清兵朝秀枝跑过去。

大庆在挣扎着，喊叫着。

大庆：不——

65. 刘杰三的帐篷 日

秀枝坐在地铺上，听着大庆在帐篷外挣扎喊叫的声音。

大庆被推搡着，到帐篷门口了。

刘杰三：把他扔进去！

门帘被猛烈地撞起来。腾一声，大庆像一样东西被扔了进来。他浑身上下一丝不挂，蜷缩着，不敢动弹。秀枝没想到清兵会扒光大庆的衣服。浑身赤裸的大庆显然使她有些吃惊。但她很快就使自己镇静下来。她朝篷壁上看了一眼。那里挂着刘杰三的腰刀。如果发生什么不测，她就会跑过去，拔出那把短刀。

帐篷里异常安静，安静得令人不安。

渐渐地，蜷缩着的大庆开始蠕动起来。

秀枝的神经又一次绷紧了，目光一动不动，看着大庆。她不知道大庆会干什么。紧张已使她忘记了羞耻，忘记了她的面前是一位赤条条一丝不挂的男人。

大庆突然直起腰来。他跪着，两手紧紧捂着羞处。表情激烈地看着秀枝，眼里含着泪水，头上的汗珠子往下滚着。

秀枝的眼睛突然张大了。

大庆声音发颤：秀枝……

秀枝转开脸去。

大庆：我，我知道你看不起我，你们都看不起我。他们杀我的时候，我给他们跪下了。我不是故意的。我不想死，我，我一直想着你……

秀枝猛地转过脸来，显然，大庆的话使她感到意外、吃惊了。她似乎有些不相信。

大庆想给秀枝笑笑。大庆那种努力的笑比哭还要难受。那是不好意思，自卑自贱和愧悔相加混合而成的笑容。本来，他是笑不出来的。

大庆：我没有骗你。我想着你，又不敢给你说。我不甘就这么死，他们要杀我的时候，我的腿就软了。我没死……他们阉割了我……

秀枝的眼睛顺了下去。

大庆：大伙儿都看不起我，鄙弃我，清兵也看不起我，欺侮我。我也恨我自己，我的心像烂了一样，一路上，我啥活都干，咬着牙硬撑着。我以为大伙儿迟早会原谅我的。我想错了……

大庆内心的痛苦是用一种平淡的语气说出来的，听来更令人心酸。秀枝渐渐被触动了。她的心在慢慢发热，目光开始柔和了。

大庆：现在，我啥也不想了，不想让大伙儿原谅我，也不想让你原谅我，能跟你，跟大伙儿一起走这么长的时间，我已很满足了。

秀枝从大庆的话中听出了不祥，她已为大庆的忏悔和诉说感动。她听不下去了，张张嘴想说句什么。

大庆摇摇头，阻止住了秀枝没说出来的话。

大庆：我知道你和苍爷的事……知道你迟早要逃走。我藏了一袋干粮，埋在麦穗死的地方了……

秀枝：大庆……

大庆转过脸，看着篷壁上的那把短刀，流血的欲望在他年轻的躯体里燃烧起来。他突然一跃而起，冲过去，抽出那把短刀——

秀枝：大庆兄弟！

大庆用力把短刀捅进了自己的躯体。鲜血喷溅在篷壁上。大庆哦了一声。秀枝扑过去，已经晚了。大庆的腰越弯越厉害。他努力控制着，不让自己栽倒。他费力地扭过头，看着已扑到他跟前半跪着的秀枝，给她笑了一下。

大庆：以后，我的腿再也不会软了。

他像打嗝一样，挺了一下脖子。

秀枝：大庆！

清兵们呼啦一声拥了进来。

大庆顺着篷壁正在倒下去……

66. 湖边 黄昏

湖水如镜，波澜不惊。湖边的帐篷安静地漫在夕阳的余晖之中。帐篷外晾晒的衣服在微风中轻轻摆动。

67. 帐篷内 黄昏

秀枝梳理着她的长发。

一只鸟飞过来，落在帐篷的窗口上，在逆光里显得美丽而灿烂。

秀枝看着那只鸟。

这时，我们才看见刘杰三也在帐篷里。他来回走着，显得很悠闲。

刘杰三：不管是谁的种，你愿生就生。要是个女的，就不说了，要是个长牛牛的，我就把他带走，让他给我当儿子。或者，等他长到八岁，就把他阉割掉。朝廷是不会把他留下给你们做种子的。

刘杰三停顿了一下，看着秀枝。

秀枝梳理头发的手停住了，看着刘杰三。

刘杰三：看样子，你没想过这事。

他在秀枝对面坐下来，表情有些阴阳怪气。

刘杰三：要不，我干脆把你杀了，让他憋死在你的肚子里，这就省事多了。

秀枝：你不是人。

刘杰三：你这是气话，人还是人，只是跟你们不一个活法。

秀枝又梳头了，她不让刘杰三看出她心里笼罩的阴影。窗口上的鸟已经飞走了。

能听见秀枝梳理头发的声音。

68. 帐篷外 夜

两个人影从一顶帐篷里走出来，急匆匆朝另一顶帐篷走去，好像是徐爷和麦穗妈。

69. 刘杰三的帐篷 夜

刘杰三靠在马灯下，划掉了花名册上大庆的名字。

70. 帐篷内 夜

麦穗妈挑开门帘，和徐爷走进——

秀枝半跪在地铺上，背向我们，像在祈祷。

徐爷看着秀枝的背影。

秀枝突然转过脸来，眼睛里满是期盼。

秀枝：我要走。

徐爷的眉毛动了一下，似乎有些惊异。

秀枝：我死活都成，可肚子里的孩子一定要生下来。

徐爷的目光黯淡了，好长时间没有说话。

秀枝从怀里取出一枚铜镜，递给徐爷。我们在故事的开头曾看见过这枚铜镜。徐爷的目光突然明亮起来。

秀枝：这是苍爷留下的……

徐爷的目光又黯淡了。他摇了摇头。

秀枝急了，跪过去，拉住徐爷的手。

秀枝：徐爷!

徐爷声音沙哑：你逃不出去。就是把他生下来，也逃不过他们的手。

秀枝：不！我要生下他！我要他活着!

徐爷像在自言自语：伊犁，那里就是我们这群人最后的家了……

麦穗妈难过地低下头去，抽泣了。

秀枝：求你了。

徐爷没吭声，空洞的眼睛里涌出了泪水。

秀枝：徐爷，你哭了?

徐爷好长时间没有说话。他的思绪好像在很远的地方。

秀枝似乎有些胆怯了：徐爷……

徐爷：……又得死人了。

麦穗妈抬起泪眼，看着徐爷。

徐爷已熬煎成一个干瘦的老头了。

71．湖 晨

一群水鸟从湖面划过，明净的湖水荡起无数涟漪。正是黎明时分。

鸟叫声在晨光中延伸着。

72. 帐篷外 晨

狗剩像一只惊恐的狗，失眉吊眼地在帐篷之间奔跑着，叫喊着。

狗剩：不好了！他们又做祷告了！

73. 刘杰三的帐篷 晨

刘杰三从地铺上弹了起来，抓过短枪，朝帐篷外奔去——

狗剩还在惊恐地叫喊着。

清兵们急慌慌从帐篷里冲出来。

狗剩：在湖边！

刘杰三和清兵们向湖边奔去。

74. 湖边 晨

晨祷的教民们缓缓向湖边走来，他们排着队，做着那简单而难看的幼稚的动作。

我们曾看见过这种情形。

徐爷走在队伍的最前边。

一张张教民的脸，有老人、妇女、孩子。

群鸟在湖边飞来绕去。

清兵们从另一个方向跑到湖边，排成一队，神色冷酷。他们的身后是宁静的湖水。

晨祷的教民们走过来了。

走过来了。

刘杰三的脸冷如铁石。

教民们更近了。

清兵们刷一下举起火枪，对准教民们。

教民们走着，神情庄重，做着他们的功课。

近了。

近了。

教民们突然拐了个弯，沿湖畔而行。

枪没响。

教民们快要走远了。

枪声突然响了，清脆而响亮。

啪啪啪啪！

有人被击中了，倒了下去，可是晨祷的队伍继续行进着。

啪啪啪啪！

又有人倒了下去。

清兵们向前跑了几步。仍然排成一行，手忙脚乱地装着火药。

晨祷的队伍冷静得令人震惊，身边的血腥好像与他们无关。

清兵们又举起枪。

刘杰三：打！

啪啪啪啪……

枪声猛烈地响了起来，教民们纷纷倒下，队伍有些乱了。但很快又走成队形，继续行进了。他们身后，躺着的有老人、妇女，还有孩子。他们面不改色，无视血腥。

刘杰三：打！

啪啪啪啪……

刘杰三：打！

没人开枪了。

刘杰三愣了，看着清兵们。

清兵们被教民们面对死亡的状态震慑住了，手打着抖，不敢开枪，眼睛里一片慌乱。

教民们在湖旁停了下来，围成了一个方形，盘腿而坐，举起一只手，眼睛微微闭起。

在他们走过来的地方，摆着一溜尸体。

那种男女混杂的祷诵声响了起来。

刘杰三和清兵们走过那些尸体，向教民们围过去。

教民们虔心做着祷告，念诵着那种谁也无法听清的祷告词。

刘杰三冷眼看着他们。

刘杰三的脸突然变了。他在教民中没看见秀枝和麦穗妈。

刘杰三转身朝帐篷跑去——

75. 帐篷. 马棚 晨

刘杰三闯进一顶帐篷——

帐篷里空空荡荡。

刘杰三闯进另一顶帐篷——

依然空空荡荡。

所有的帐篷里都没有看见他想看见的东西。

他朝马棚跑去——

一匹马也没有了。只有割断的马缰和毁坏的马具胡乱扔着。

刘杰三傻眼了，像一只泄了气的皮球。

湖边的念诵声隐约可闻。

76. 草原 晨

十几匹马在草原上疾驰。

太阳升起来了，阳光绚丽如锦。

秀枝和麦穗妈各骑一匹马，跑在最前边。

秀枝突然勒住马，回头张望——

草原苍茫而辽阔。

秀枝的表情说不清是激动还是悲凉，但令人难忘。

秀枝转身，毅然催马而去。

十几匹马越奔越远，隐入苍茫的草原尽头。

77. 帐篷外 日

幸存的教民们站成一堆，表情冷漠。那是一群蓬头垢面的男女，已不到十人了。

清兵们荷枪实弹，表情同样冷漠，一样蓬头垢面。徐爷站在教民们的前边，平静地等待着他最后的时刻。刘杰三也是那种人鬼不清的模样了。他看着徐爷，疲惫的脸上掺杂着一些晦气。面对他跟前的这个瘦弱的老头，他体验到了失败的滋味。他本该是另外一种表情，但事情已经决定了，他也就显得平静如常了。在这最后的时刻，他想跟徐爷说几句话。他想他们最后的谈话应该心平气和一点，像说家常话一样。他就是用这种心态和口气跟徐爷说下边的这一段话的。

刘杰三：能走这一路，也是缘分。说心里话，没跟你一起走到伊犁，我很不是滋味。

这时，我们才看见，离徐爷不远的地方栽着一根木杆，木杆上吊着一个绳圈，绳圈的底下堆着两块石头。

徐爷的语气一样平和：咱俩的缘分尽了。

刘杰三点点头：人都得死，只是个迟早的事。你得先走了。

徐爷：按我这岁数，也该比你先走。

刘杰三：你不难受吧？

徐爷：没啥，天又塌不下来。你看那些鸟，飞得多好。

他们都扭过头去，看着在湖面上飞翔的那几只鸟。

鸟儿飞得确实很好。

他们看了好大一会儿。

徐爷收回目光，看着刘杰三。

徐爷：时辰差不多了。

刘杰三：那你就上路吧。

徐爷转过身，向木杆上的绳圈走去。

阳光如金色的箭镞，穿过绳圈，灿烂而辉煌。

嘤嘤嗡嗡的念诵声渐起，由弱而强。

啪啪啪啪。清兵们手中的枪响了，不很响，但结实、有力。教民们纷纷中弹倒下。老人、妇女和孩子……

啪啪啪啪。鸟群振翅冲天而起……

沉寂了。

阳光中是自由的飞鸟。

78. 农舍 日

十几年后。

一个中年男人在一家破败的农舍门前站住了。他背着褡裢，一身赶路人的打扮，干硬的短茬胡子布满他瘦削的脸。

他就是当年的清兵管带刘杰三。

他推开了虚掩的门——

院子里的石头上坐着一个女人，正在晒大阳。不看我们也能猜出，是秀枝。她已不是当年那个美丽非凡的女人了。

一个十多岁的男孩光着屁股在院子里胡蹦乱跳，滚圆的肚子上抹满涎水和鼻涕。一块小铜镜在他的胸膛上摇来晃去。我们已很熟悉这块小铜镜，不同的是，小铜镜上多了一个小铃铛，已经破了，不时发出一种令人难堪的响声。听见门响小男孩看了站在门口的刘杰三一眼，傻笑了一声，又蹦跳起来。

秀枝没有抬头。甚至，当刘杰三走到她跟前的时候，她也没有吃惊。

刘杰三：你还认识我不?

秀枝：你是刘管带。

刘杰三：我以为你认不出我了。

刘杰三笑了一下，挨秀枝蹲下来，像老熟人一样。

刘杰三：我把他们都杀了。我坐了一年大牢。然后，就到处找你，找了十几年。我想看看你现在是个啥样子。

秀枝：……你都看见了。

刘杰三似乎点了点头。

小男孩蹦过来，又蹦过去了，胡乱哼着什么口诀，铜镜上的小铃铛意味深长地发出那种令人难堪的声响。

秀枝：他就是我生的孩子。

秀枝的声音很空洞，好像不是从她的喉咙里发出来的。

刘杰三看着那个傻男孩。

秀枝、刘杰三和蹦跳的孩子构成了一幅怪异而深邃的画面。

注：本剧拍成电影后，更名为《征服者》

公羊串门

1. 吉祥村 日 外

两只鸟在水泥电杆上的高音喇叭上调情。喇叭里传出一阵吱啦声，然后是吹气和指头敲击话筒的声音。两只鸟飞走了。

喇叭里的声音：喂，扑扑。喂喂。通知，通知。第一村民小组请注意，第二村民小组，第三、第四村民小组也请注意，今天选村长……

2. 村委会 日 外

几个人正在糊着三个选票箱，快糊好了。

院子里有一堆选民，显然是对选举村长比较关心的人，或站或坐。

有的还在吃着碗里的饭，耳朵却都一样地支愣着，听着高音喇叭里传过来的声音：各位选民都要参加，不但要参加，而且踊跃参加。这是给我们吉祥村四个村民小组一千多号人选当家人的大事情，是重中之重……

3. 村街 日 外

我们现在看到的是吉祥村的村街。村街上最显眼的是一堵有些沧桑感的宣传墙。

一堆小孩和几个年长的村民在看墙上的选民名单。

有的人在做着自己的事情，似乎不很在意喇叭里通知的事情。

喇叭里的声音：这一次是选候选人，所以要海选……

4. 胡安全家 日 外

胡安全在自家的门外砌茅厕。他的女人给他做着帮手。看不出他们听没听高音喇叭。

喇叭里的声音：什么是海选？海不是河。海非常大，非常辽阔无垠……

5. 村巷 日 外

一辆蹦蹦车驶过。上边载着苹果。

几个村民议论着什么。

喇叭里的声音：上挨天下接地。海选就是大海里捞针……

6. 村口 日 外

喇叭里的声音：谁是你心目中的偶像，你就写上他的名字，把他从海里捞出来。这就是海选，哎。要选那些能办事的，能开拓的，可不能在海里边瞎捞，要捞你心目中的偶像……

商店门口有几人在“挖坑”。

商店老板在给人理发。一村民自行取了商品，把钱塞进正在理发的店主衣袋里。

有人在看商店里的电视。电视里似乎播的是一个武侠片。

几个中学生模样的年轻人在打台球。

一个人扛着红色的选票箱，两个人护卫一样跟着，到这里来收集选票。

消遣娱乐的村民们从他们的衣袋里、帽子里，甚至裤腰里取出他们已填写好的选票，挨个儿塞进了票箱，漫不经意中自有他们的认真。

收集选票的人向那几个打台球的小年轻要选票。有几个村民笑了。

一村民：嘴上没毛，说话不牢，他们不是选民。

收集选票的人抱着票箱进村去了。

7. 吉祥村 日 外

水泥电杆上的高音喇叭又一次被打开了，先是一阵嗞啦声，然后是吹气和指头敲击话筒的声音：喂。扑扑。喂喂。通知。广播通知。第一村民小组请注意，第二村民小组，第三、第四村民小组请注意，今天选村长……

8. 李世民家 日 内外

喇叭里的声音：各位选民都去小学校操场，听候选人发表竞选演说，然后正式投票，给你们心目中的偶像画圈。两位候选人，同意谁给谁的名字后边画一个圈，不同意就不画圈，也不打×，也不打勾……

一件新西装穿在一个男人的身上。

领带扎得很端正。

一只手在李世民的胸前别上一根红布条，上边写着“候选人”三个字。

摩托车发动了。李世民骑上摩托，然后让他媳妇也骑上去，抱住他的腰。

摩托车吐着烟走了。

9. 通往小学校的路上 日 外

李世民的摩托车超越着步行的人和骑自行车的人。李世民和他们打着招呼。

村民甲：今天给你过喜事，你还真穿了件新西装你个来㞞的美死你。

李世民：咱更看重心灵美。你别来虚的相信我就给我投一票。

村民乙：那得看你今儿个说得好听不。

村民丙：世民你别急着走，叔问你个话。你要发表演说写稿子没？

李世民：在肚子里呢。

村民丁：县电视台也来人了，你得说北京话。

李世民走远了。

10. 小学校门口 日 外

村民们从四面八方走来。

李世民刹住了摩托车，因为他看见了王满胜两口子。

李世民（对抱着他腰的媳妇）：下来下来。（对王满胜）满胜你信任哥就给哥投一票。

王满胜一脸狡黠的笑。

李世民：没关系，不投票哥也不怨你。

李世民的摩托从学校门里开了进去。

11. 学校操场 日 外

吉祥村的选民都聚集在这里了。有些嘈杂。有看热闹的孩子骑在墙上，坐在教室的窗台上。一个小孩用小竹筒蘸着玻璃瓶里的洗衣粉水，吹着五颜六色的泡泡。摄像机拍摄着。

主持会的乡干部站在一张课桌跟前，课桌上放着三个红色的选票箱。挨墙放着一张大黑板，上边用粉笔写着两位候选人的姓名：陈来旺李世民。

主持人：安静了安静了现在开会，请候选人陈来旺发表演说。李世民回避——

李世民走出人群，发动他的摩托车，骑上出了校门。

有人把一个手提扩音喇叭递给陈来旺，帮陈来旺按了一下按钮，喇叭里传出“夫妻双双把家还”的音乐声，惹笑了许多人。陈来旺赶紧又按了一下，好了。陈来旺拿出一张纸。

摄像机拍摄着。画外音：虚了虚了！焦点焦点！

电视屏幕上的陈来旺终于清晰了。陈来旺：我当了几年村长，有些工作做好了，有些没做好。我是一名共产党员，我希望这一次我能选上，我要拿出魄力来。过去我虽然不大吃大喝，但没魄力。这一次我要拿出魄力来，把村上的工作做好，为党鞠躬尽瘁。

主持人：完了？

陈来旺：完了。说多了没用，不说了……

主持人：那你回避一下。叫李世民。

有人用手提扩音喇叭叫李世民：李世民，李世民，请你回来一下。

李世民骑着摩托回来了。

摄像机拍着。

李世民接过手提喇叭，吹了几下：我这是大姑娘进洞房头一回，心里直哆嗦（咳了两声，脸色立刻严肃起来）。

摄像机拍着，电视屏幕上的李世民神态自若：我要当村长，我就把账目公开。把咱村上的路修好，打几眼井。上边有人来咱村上，不给咱村上办事，我一顿也不给他吃。如果要派做饭的，我保证不派我媳妇……

12. 村口 黄昏 内外

镜头从电视屏幕上拉开，这是商店里的电视。里边正播放着县电视台李世民当选的新闻。

一农民：难怪人家当选了，李世民李世民，跟唐太宗一个名字！

商店外换了几个村民在“挖坑”。几个年轻人打着台球。几只鸡在一堆粪土跟前觅食。

王满胜媳妇走过来，要买东西的样子，对商店主人：唉，取一包……那个……

商店主人：啥个？

王满胜媳妇：你看你……

店主：卫生巾？

王满胜媳妇：快些快些！

店主起身进店：不是……我算着日子没到么。

一村民：你个熊，还记着人家来事的日子。

众人哄笑。

店外，王满胜媳妇离去。店主过来继续“挖坑”：全村女人来事不来事，在我心中是一本账，这就叫市场调查。

一只公鸡突然伸开翅膀，向一只母鸡挨过去。母鸡躲开了。

那只公鸡又一次伸开翅膀，向母鸡挨过去。母鸡趔了一下。公鸡并不因为母鸡趔了一下就不挨了，它耷拉着一只翅膀，一次次挨着，有些死乞白赖。

一阵羊叫声。有人扭过头去——

王满胜提着一台收录机，和他的那一群羊从山上回来了。王满胜的另一只手里拿着一根拦羊鞭。

领头的是一只公羊，犄角上挂着红绫，很耀眼。还有一只铃铛，在脖子底下吊着。它扬着头，一副神高气傲的样子。它是一只品质优良的种羊。

羊群和手提双卡收录机的王满胜搅扰了那只公鸡。它跳开了，诚惶诚恐地看着那群羊从它的身边走过去。

王满胜跟在羊群的后边，腰里系着一截草绳。他迈着八字步，和他的那只公羊一样有着良好的自我感觉，只是不像公羊那么外露。他和村口的人们打着招呼。

他和羊群进村了。

13. 王满胜家门外 黄昏 外

羊群走到门口以后停了下来。走在羊群后边的王满胜有些诧异。他皱起眉头歪着脖子朝门口看了看。门是开着的，它们为什么不进？传来几声羊叫。

王满胜支棱着耳朵听着。

羊叫声是从邻居胡安全家传出来的。

他立刻知道了羊群不进门的原因，是因为邻居家那只叫春的母羊。公羊支棱着耳朵在听邻居家母羊发情的叫声。公羊似乎有些心猿意马了。

王满胜几步就走到了公羊跟前，果断地扬起拦羊鞭朝那只公羊抽过去。公羊打了一个激灵，贼一样从门里钻了进去。群羊随着它朝门里拥挤着。

王满胜：狗日的想吃野食。

14. 王满胜家院内 黄昏 外

王满胜动作夸张地洗着脸，水花四溅。

满胜媳妇穿着短衫伺候丈夫。她二十五岁左右的模样，是个漂亮女人。

15. 王满胜家屋内 黄昏 内

王满胜端起小桌上的碗开始吃饭。媳妇把几小碟菜放上小桌，拿过拦羊鞭和收录机，把拦羊鞭挂在了墙上，把收录机放在柜子上，看着王满胜吃饭。

王满胜：你不吃？

媳妇：我等娃放学回来。

王满胜：噢噢。（又吸了一口饭）胡安全家的母羊寻羔哩。

媳妇：噢么。

王满胜：你没听见？

媳妇：这会儿好像不叫唤了。

王满胜感到媳妇很无知，斜了她一眼：它又不是机器，还能不停地叫唤？

媳妇给他笑了一下。

王满胜：胡安全会找咱的。

媳妇：不一定。

王满胜：为啥？

媳妇：我看不一定。

王满胜：你的话听着好像和我不是一家人。咱家的公羊是专门从新疆买回来的，优良品种，他为啥不找咱？难道他胡安全愿意让他家的母羊给他下一窝烂羊羔？

媳妇出去了。

王满胜端起碗要继续吸饭了。碗刚挨到嘴唇，停住了。他的目光向窗外望去。

王满胜放下饭碗，靸上鞋，跑出屋去。镜头没动。

王满胜画外音：公羊呢？

媳妇声音：我知不道么。

停了一会。王满胜走进屋来。骂了一句：狗日的。他返回身来，从墙上取下拦羊鞭，又拐过身，端起桌上的碗喝吸完里边的饭，还胡乱就了一口小碟里的菜，然后朝门外走去——

16. 胡安全家院子　黄昏　外

胡安全和媳妇兴致勃勃地看着王满胜家的公羊给他家母羊配

羔。

那只公羊骑在母羊的背上，两条后腿像弓一样绷着，屁股急切地动着，寻找着使劲出力的地方。红绫子闪着，铃铛响着。

胡安全摸着衣袋里的烟，给嘴里叼了一根，又摸出打火机打着火，目光却不离开两只交欢的羊，默声赞叹着。

媳妇没见过羊给羊配羔，也很兴奋。

胡安全到底点着了烟，香香地吸了一口。身后传来一阵脚步声。胡安全扭过头去看——

王满胜提着拦羊鞭从大门里走进来。

胡安全：你家公羊串门来了。

王满胜：狗日的吃野食。

王满胜举起拦羊鞭，加快了脚步，要朝圈里的公羊抽过去，被胡安全拦住了。

胡安全：哎哎还没成哩。你让人家把事做完嘛。（踢了媳妇一脚）倒茶去。（对王满胜）这时候你不能用鞭子抽千万不能。来来坐下坐下。

胡安全抽掉了王满胜手里的拦羊鞭。

胡安全：你和你媳妇正做好事谁突然抽你一鞭子，你是个啥感觉？来来喝茶。这时候你抽它一鞭子说不定会抽出毛病来的，以后做不成这号事咋办？

王满胜：不抽就不抽。我不喝茶。要配种把你家母羊拉到我家去。

胡安全：你看你，人家正在好处，你非要人家挪个地方，你这不是成心折腾人家吗？你和你媳妇正做到好处，硬要你挪个地方，你想想。

胡安全媳妇：就是就是，喝茶。

王满胜：这才叫奇怪呢。你非要把羊和我拉到一起比。

胡安全给媳妇使眼色让她离开：那就和我比，我和我媳妇正做到好处，就是皇上让我挪地方我也不会答应，我会往他脸上吐的。你看你看，成了！

确实成了。公羊从母羊身上溜了下来，但柔情蜜意还没有消退，母羊歪过头，用嘴在公羊身上蹭了几下。胡安全走进羊圈，在母羊身上拍了几下。

胡安全：行了行了别骚情了。（对王满胜）行了行了把你家公羊拉回去。

王满胜拉过公羊，想说话，被胡安全用话堵了回去。

胡安全：我家母羊寻羔寻了几天了。你家公羊不打招呼就窜进来，一进来就搞上了，看得我直瞪眼。

王满胜还是想说什么话。胡安全显然不想听，把王满胜往羊圈外边推着。

胡安全：行了这下行了，两只羊都舒坦了……

17. 王满胜家院　黄昏

王满胜的儿子动作夸张地洗着脸。他六七岁的样子。他洗脸的动作和王满胜的一模一样。

王满胜的媳妇伺候着儿子。

王满胜气呼呼地拉着公羊回来了。

王满胜把公羊拉进一个单独的羊栏里拴住，然后抡起羊鞭愤怒地抽打着公羊：狗日的你！你吃野食！我让你吃！吃！

孩子和媳妇惊恐地看着。

王满胜还在抽打。

媳妇走过去夺下王满胜的羊鞭。王满胜不解气，用脚踢着公羊。

王满胜：吃！我让你吃！

孩子问他妈：我爸为啥打羊？

王满胜媳妇：洗你的脸！

18. 王满胜家卧室 夜 内

王满胜心里烦乱。他在看电视，不停地换频道。

媳妇走进屋来，她像是刚洗过澡，头发湿漉漉的。她靠到丈夫身边，用手挠了挠他的脚心。王满胜把脚缩了回去。媳妇又把手放到了他的大腿上。王满胜瞪了媳妇一眼。媳妇不敢再动了。

媳妇：不就是为配种费的事嘛。人家也没说不给你。

王满胜：也没说给我的话啊。

媳妇：你当时就该给他说明白。

王满胜：你以为我不想说？我想说可他不想让我说，一个劲把我往外推。

媳妇：母羊怀上没怀上还不知道，等知道怀上了再要钱也不迟。

王满胜觉得媳妇说得有道理，看了媳妇一眼，脸色舒展一些了。

王满胜：这还像句人话。

媳妇不失时机，把王满胜往炕上拉。

王满胜突然看到了柜盖上的卫生巾：不是弄不成了么？

媳妇表情暧昧：还没来呢。

王满胜笑了。他和媳妇互相拉扯着对方滚到了炕上。王满胜做得很卖力，从女人的肢体到表情都能感觉到，她在不断地享受着幸福……

19. 吉祥村 夜 外

夜晚的村庄很静。

20. 胡安全家院子 晨 外

胡安全将一盆饲料端到母羊跟前，起身朝厕所走去。

他看见王满胜家院子里王满胜和几个村民在羊圈里抓羊。

胡安全解手。

六只羊装在了手扶拖拉机上。王满胜也坐进了车厢，给媳妇交待事情。

王满胜：你把羊赶到西沟去，那儿草多。然后让司机开车。

胡安全啐了一口。

21. 路上 晨 外

载着王满胜和羊的手扶拖拉机在行驶。

骑着摩托车的李世民赶了上来，和手扶拖拉机并行着。

李世民：送羊去啊。

王满胜点着头：我和王胖子涮锅城有合同。你呢?

李世民：我也去县上，给摩托车换个零件，再喷一层漆。

王满胜：买个新的算𪨊了，村长嘛。

李世民：村长也没你有钱，交一回羊就上千块。我先走啊。

摩托车很快就窜到前边去了。

22. 县城 日 外

一组县城的镜头。

23. 县城王胖子火锅城 日 外

王满胜边往外走边点钱。李世民火急火燎地跑过来。

李世民：满胜哎，满胜。

王满胜赶紧把钱装进腰包。李世民已到跟前了。

李世民：我还怕截不住你呢。狗日的啥都涨价……

王满胜：不对。羊肉掉价了。

李世民：我差八十块钱，你凑手帮个忙，回去就还你。

王满胜：你可真能瞅机会。我，当然了，我不能驳你村长的面子，但你得让我搭你的摩托车回去。

李世民：你不是有手扶拖拉机么？

王满胜：那是我掏钱雇的，我把它退了。

李世民：你可真能算。

王满胜：日子就得算着过。

两人边说边走了。

24. 村口 黄昏 外

这一次，理发的是一位剃光头的。

胡安全在打台球，叼着纸烟。

几个下棋的人在议论李世民。

甲：李世民发表竞选演说的时候吹得云山雾罩，我以为要改天换地了，没什么，吉祥村还是吉祥村。啥变了？啥也没变。下次改选不投他的票了。

乙：井还是打了嘛。

摩托车声。“丢方”的扭头一看，不吱声了，埋头“丢方”。

李世民驮着王满胜，骑着修整过的摩托回来了。

胡安全扔掉台球杆，喊住了李世民。李世民刹住摩托，让王满胜下“车”。

李世民对胡安全：啥事？

胡安全小声地：我该办生育证了。

李世民：你是几月结的婚？去年吧？

不等胡安全回答，李世民掐着指头迅速数着数：六、七、八、九、十、十一、十二……不行，还有半年呢。你少给我胡来啊。

胡安全：我是新婚，我能管住媳妇？

李世民：你狗熊都结过三回了，你别急，先把龙头给我拧上一阵子再说。

李世民骑正身子，一扭摩托把儿，拐了个弯，走了。

胡安全：我管呢，我让我媳妇怀呀。

25. 王满胜和胡安全家门外 晨 外

“吱扭”一声，王满胜家门开了。睡眼惺忪的王满胜进茅厕撒尿。

“吱扭”又一声。王满胜立刻睁大了眼睛——

胡安全家的门也开了，提着裤子的胡安全叼着一根纸烟进了他家的茅厕。他没有看王满胜。

王满胜咳嗽了一声，要引起胡安全的注意。

胡安全并不扭过头来：满胜哥，我可是服了你家公羊了，一次就解决了问题。每天早上我都要去羊圈看一眼，刚才也看了。我家母羊不叫唤了，卧在羊圈里，安静得像个菩萨。

王满胜：我家公羊配种从来都是一次成。

胡安全：是的是的，我心服口服。

胡安全已撒完尿，边系裤带边往回走了。

王满胜：哎哎——

胡安全停住了脚步。

王满胜：我家公羊不能白出力气吧？

胡安全：你这是啥意思？

王满胜：我家公羊是种羊，配种要收费，这你是知道的……

胡安全不想听，进了他家门。王满胜紧走几步，跟了进去——

26. 胡安全家院子 晨 外

王满胜跟着胡安全：我也不是非要你今天给钱。你要是手头紧，缓几天给也行。

胡安全站住了，转过身，脸阴了：我家母羊寻羔是事实，可它没寻到你家去是不是？是你家公羊找上门来的，你让我出这钱有些说不过去吧？

王满胜：安全……

胡安全：你想想我说的话。

王满胜：不管在你家还是在我家，安全，羔是配了，这是事实。配了羔不掏钱，听你说话的意思，配羔的钱你是不想给……

胡安全：不是不想给，是给了不合适，旁人会笑话我。

王满胜：这有啥笑话的。你家母羊寻羔，我家公羊给它配了羔。你家母羊给你下羊羔，我收配羔的钱，这会有人笑话你？笑啥？

胡安全：你家公羊来我家，不是配羔来的，弄了我家母羊，还要我掏钱，你说人笑话不笑话，谁听了都会笑话！

王满胜低下头，想着。

胡安全：你想想看是不是这个理？

王满胜似乎想好了，抬起头来，脸色也不好看了：我只问你，配羔的钱你给不给？

胡安全：你问你家公羊要去。

胡安全要往里走了。

王满胜：安全！

胡安全没有回头：问你家公羊要去。

王满胜突然撒腿朝胡安全家的羊圈跑过去，羊正在羊圈里吃草。等胡安全醒过神来的时候，母羊已挨了王满胜重重的一脚。正出屋门的安全媳妇惊叫了一声。

媳妇：安全!

王满胜又在母羊的肚子上踢了一脚。又一脚。又一脚。

胡安全冲出羊圈，抡起拳头朝王满胜的脸狠狠抡了过去。王满胜叫了一声，捂着脸歪了歪，倒了。胡安全骑在王满胜身上，扇着王满胜的脸。王满胜用手和胳膊挡着。胡安全媳妇也进了羊圈，用脚在王满胜的大腿上踢了几脚。

挨打的王满胜叫着：噢，你打。你打。你你你你噢，噢，噢……

27. 李世民家 日 外

李世民家的院子很宽敞，房子是一座二层小楼，在村子里显得很扎眼。

李世民在屋门外的台阶上正擦他的那辆重新修整过的摩托车。一对双胞胎儿子穿着一模一样，背着书包出屋，上学去了。

28. 李世民家客厅 日 内

被打肿了脸的王满胜在屋里坐着，等着李世民。

李世民媳妇正在收拾房间。

李世民端着茶缸进屋。

李世民：行了行了你出去。

媳妇出屋。

李世民给茶缸里添了点开水，对王满胜：啥事?

王满胜努力想了一会儿：我先喝口水。

李世民把茶缸递给王满胜。王满胜喝了一口，肿着的嘴被烫了一下。

李世民：再喝再喝。

王满胜：不喝了我就喝这一口。

王满胜放下茶缸，可怜的脸严肃起来。

王满胜：我让胡安全打了，你说咋办?

李世民：为啥打你?

王满胜：我家公羊给他家母羊配了羔，我收钱该是天经地义的吧?他媳妇还趁火打劫踢我的腿你说咋办?

李世民：你想咋办?

王满胜有些惊异了，看着李世民。

李世民：你别这么看我。你一来就给我提了一串疑问号，我才给你提了一个你就瞪眼。

王满胜：反正这事你得管，你是村长。别忘了我还投了你的票。

李世民：管么管么。交公粮收款打井修路出公差给女人上环搞计划生育我啥都得管。管啥我都能想到，就是想不到连公羊给母羊配羔的事也得管。噢，我差点忘了，乡上要来卫生队，计划生育又紧了，还要找你媳妇。

王满胜：你别打岔。我被人打成这样你就不心疼?

李世民：我实在太忙，你先回去把你的嘴治理治理，这么肿着太难看，说话吐字不清，听得我难受，费耳朵。要不你就去乡上法庭告去。

王满胜看着李世民，想着。他觉得找法庭没准也是一条路子。

王满胜：那我就去法庭。

站起来走了。

29. 乡法庭 日 内

刘法官一脸好奇的神情，正在听一个有趣的故事一样，坐在王满胜对面的桌子后边。

王满胜：你咋不做记录?

刘法官：你说么，你说。

王满胜：我没吃几口饭，就发现我家的公羊不见了，不用想我就知道它去了胡安全家。我过去一看，它已经和胡安全家的母羊搞上了。我想用鞭子抽它个狗日的。价钱没说好嘛。胡安全不让我打搅羊的好事。我当时也就糊涂了，忍住了，羊就成了好事。我不是吹羊，我家的公羊是我从新疆买回来的，配了多少羔，都是一次成事，这回也一样。胡安全不记好处，还和我胡说。

刘法官：咋胡说？

王满胜：咋胡说？他说他没找我家公羊，是我家公羊找上门去的，意思是我家公羊学雷锋。有这么说话的没有？刘法官你说。

屋里的人都笑起来。

窗外有人敲了敲玻璃：刘法官，预制板厂的刘经理在西月楼等急了。

30. 乡政府院内 日 外

王满胜跟在刘法官后面。

刘法官：后来呢？

王满胜：后来，我去要钱，他不给。我硬要，他就把我打成了这个样子。他媳妇也上手了，踢我的大腿。我虽然没看见，可我能感觉出来，胡安全压着我，踢我的还能是谁？

刘法官：完了？

王满胜：我要我的配种钱。

王满胜：他还得给我请医生看伤。

王满胜：你看我这事咋办？

刘法官：咋办也咋办不了。这是民事纠纷，你还是找你们村长调解吧。

王满胜急了：那不成！我没收到配种钱，还让人打肿了嘴，不成。刘法官这不成……

31. 村街 日 外

李世民和两个村民正往宣传墙上刷写关于计划生育的标语。李世民亲自用石灰刷子在土墙上刷写。两个村民正在去除墙上的旧内容。要去除的和正写着的内容都很有意思，在拍摄地也许就可以解决。

一辆手扶拖拉机拉着一位抱孩子的年轻媳妇朝这边开过来了。机上还有三个男人。其中两个身体很强壮。

李世民：到底还是弄回来了。

李世民把写字的刷子交给一个村民。跟着手扶拖拉机朝村里走去。

32. 村委会 日 外

院里停着一辆计划生育车。乡卫生队的两男一女坐在院子里和几个干部聊天。

手扶拖拉机开了进来。

李世民对卫生队的人：回来了。

车上一个瘦瘦的男人接过年轻媳妇怀里的孩子。年轻媳妇从车厢里跳下来，整着身上的衣服。面对几个陌生人，她似乎有些羞涩。瘦男人和年轻媳妇是一对夫妻。

李世民对年轻媳妇：回娘家了？

年轻媳妇：嗯。

李世民：得是怕卫生队？

年轻媳妇摇头表示否认。

李世民：你说，是给你计划还是给你男人计划？

年轻媳妇不好意思了，低下了头。

李世民：这有啥不好意思的？你们两口在路上没商量？

年轻媳妇瞄了开手扶拖拉机的年轻男人一眼，又低下了头。

李世民：给你计划就是上环。给你男人……

年轻媳妇：我上环。

李世民：这不就对了，还把你难肠的。赶紧上车去。

王满胜叫着“村长，村长”进来了，要和李世民说话，被李世民拦住了。

李世民：你先待会儿。

卫生队的人跟着年轻媳妇上车，关上车门。

李世民对王满胜：告到法庭了？

王满胜：驴日的法庭嫌事情太小，不管。我说难道让胡安全把我打死了再管不成？法庭的人不说话，光给我笑。驴日的法庭。

李世民仰着脖子笑了。

王满胜：你还笑啊，是你让我去的。

李世民还在笑：那咋办？

王满胜：他们说该你调解，我要配种钱。打肿了我的脸也得赔偿。

李世民：那你先回我一会儿就去你家。

王满胜：我哪儿不去我就等着你。

33. 李世民家院外 日 外

李世民的一对双胞胎儿子抬着一箱啤酒，朝自己家走去。

李世民媳妇迎了出来接过啤酒。

一儿子将收据塞进母亲兜里。母亲要掏出来看——

儿子知道他妈的意思：没错，写的是味精。

母亲放弃了努力，进屋了。

34. 李世民家院子 日 外

小方桌上摆着酒盅和几碟酒菜。李世民正在招呼卫生队的人喝酒。

李世民：喝么，喝。每天喝几盅酒对身体好。活血。人身上的血液跑得快，身体就好是不是？我就喜欢喝几盅，但我绝不多喝。血跑得过快就不好了是不是？你们是医生，比我懂得多。女同志也喝点，这酒盅小，来来。

媳妇端来了一盘葱花油饼。

李世民：葱花油饼，保证比县城任何一家饭馆的葱花油饼好吃。女同志不喝酒就先吃。

胡安全夹着一根纸烟进来了。

胡安全：村长你说话不算数么。竞选村长的时候你说过，乡上下来人你绝不让你媳妇做饭，这话你说过没有？

边说边蹲在了小桌跟前。

李世民媳妇：快拿油饼把嘴塞住。

胡安全从盘子里取过一个油饼咬了一口。

李世民：叫你来有事要和你说，你来，你来。

呷了一盅酒，起身领胡安全朝屋里走去。

35. 李世民屋 日 内

李世民坐在炕沿上。胡安全蹲在椅子上咬嚼着葱花油饼。

李世民：我给你把计划生育卡办好了。

胡安全：我不信。

李世民掏出一张硬纸卡。胡安全要拿过去看，李世民又装了回去。

李世民：你把王满胜家公羊给你家母羊配羔的钱出了，我就把卡给你。你别跟我犟嘴，事情我都知道。就算王满胜家的公羊是串门，可你家母羊怀羔了，所以你该出这个钱。就因为满胜家的公羊是串门，所以只给你要一半钱。你听清了没有？你只出个半价。你打肿了王满胜的嘴我就不处理了。你身上有钱没？

胡安全：钱我有，可这不合适……

李世民：赶紧掏钱。想生娃你就掏钱。按村上的规定你生娃还得等半年。没这张卡你就不能让你媳妇怀娃。敢怀娃我就罚你款。

胡安全的手要进衣兜又不想进的样子。

36. 王满胜家院 傍晚 外

王满胜媳妇给大铁盆里添了一脸盆热水。王满胜把那只公羊从羊圈里牵出来，抱进铁盆，给公羊洗澡。

王满胜：你个驴日的，冬天我怕你冷，夏天我怕你热。饿了我给你吃，渴了我给你喝，还给你洗澡。我把你当爷敬呢。你呢？你串门给我惹是生非，让我不但受气，还挨打。你个熊！

李世民推开大门进来了：满胜，你把手里的事给你媳妇，我和你说话。

王满胜把公羊交给媳妇，转身走过来：屋里说。

李世民：就这儿，几句话。我给你把配羔钱要下了。

王满胜：多钱？

李世民掏钱给王满胜。王满胜一看只有二十块钱，又塞给李世民。

王满胜：你好意思，你好意思啊，我不要！

李世民：你好好的。我不出面你连一分钱也要不到，说不定嘴还要肿。

王满胜：不打我给个半价我还能接受，打肿了我的嘴我咽不下这口气，我要受疼钱。

李世民：嘴是肉长的不是泥捏的，肿了会好的，不是？让你媳妇说。疼当然要疼，可疼是当时的，现在不疼了不是？还疼不？

李世民把钱拍给王满胜，斜了王满胜一眼，走了。王满胜要追过去，媳妇拉住了他。

媳妇：行了行了，见好就收。羊洗好了，你拉到圈里去，我去给你弄饭。

拿过王满胜手里的钱，塞进了衣袋里。

37. 王满胜家院 晨 外

“吱扭”一声，门开了。睡眼惺忪的王满胜出门进了茅厕。

“吱扭”一声，胡安全的门也开了。胡安全出门进了他家的茅厕。

他们一边撒尿一边对话。

胡安全：满胜哥，昨晚上可睡好了？

王满胜：一倒下就睡过去了，踏踏实实的，一睁眼就到了天亮。

胡安全：都是那二十块钱的作用。

王满胜：没错没错。

胡安全：还是钱的威力大。

王满胜：没错没错。

38. 王满胜家门外 晨 外

王满胜的那群羊从他家门里拥了出来。打头的依然是那只公羊。

媳妇拿着拦羊鞭、干粮袋和那台收录机到了跟前。王满胜背好干粮袋，接过收录机和拦羊鞭，表演一样，用拦羊鞭甩出一声脆响，跟在羊群后边，向村外去了。

39. 山上 日 外

阳光灿烂。收录机里正在播放一首流行曲。

王满胜一边拦着乱走动的羊，一边跟着广播学唱，很闲适惬意的样子。

羊群在吃草。

两只羊在顶架。

几只羊在追逐。

王满胜甩着羊鞭。

羊和王满胜的动作严丝合拍，像一场快乐的舞蹈。

40. 胡安全家院 日 外

母羊神情茫然，斜卧在羊圈里，屁股跟前有一摊污血一样的东西。

胡安全和两个村民蹲在母羊跟前。两村民表情都有些沉重。胡安全吸着纸烟，脸色沮丧又难看。

村民甲：二十块钱白出了。

村民乙：可不是。一听说王满胜踢了你家母羊，我当时就想坏了坏了，这羔配不住了，就是配住了也得落羔。

村民甲有些激愤：李世民能断个屎官司！公羊要是个人他咋判？不判个强奸罪才怪。李世民是稀泥抹光墙呢。你现在找他去，看他咋给你说。

胡安全一动不动，嘬着手里的烟屁股。

41. 村口 日 外

胡安全朝村外走去。

42. 山路 日 外

胡安全朝山坡走去。

43. 山上 日 外

群羊散乱在沟坡上。

收录机在播送广告和新闻。躺在收录机旁边的王满胜睡着了。

胡安全从沟坡的另一边爬上来，往这边走过来，越走越近，能看见王满胜了。

胡安全从王满胜的跟前走了过去。王满胜没有醒来。

胡安全径直朝那只公羊走过去。他想抱起公羊。公羊突然一跃，顶倒了他。他几乎使用了他能够想出的一切办法，和公羊进行了一场艰苦的纠缠，到底还是拖拉走了那只公羊（当地的老百姓会教给胡安全一种办法，让他把那只公羊从山上拖拉走的）。

被惊扰的羊群和公羊的叫声到底惊动了王满胜。他坐起来，等看清发生了什么事情的时候，胡安全已经走远了。

王满胜突然叫了一声，站起来，跌撞着追过去。他太急了，脚没踩稳，从沟坡上滑了下去——

44. 李世民客厅 日 内

脸被摔伤的王满胜已经坐在了李世民屋里的凳子上，情绪激动。

李世民正收拾毛巾牙刷一类的东西，要出门的样子。

王满胜：我恨不能咬他驴日的一口。他家母羊落羔了硬说是我踢的，要我赔两只羊羔的钱，还要我退还那二十块配羔钱。我跟他磨了半天嘴皮子，说啥也不还公羊。我没办法我只能找你。

李世民：你王满胜养羊养出花花来了你。我要给吉祥村一千多号人当村长，还要给你家的羊当村长是不是？你烦不烦你？你咋能让人家在你的眼皮下把羊抢走？那么大一只羊，你要拦着他胡安全能抱走？这才叫奇怪呢！

王满胜：我脚没踩稳摔到沟底下去了。山上还有一群羊我不能放下一群羊去追他。

李世民：你先回，我要去乡上开个会。

王满胜：啥时回来？

李世民：三天。

王满胜：那不成！

李世民：你说不成就不成了？你是乡上的书记还是乡长？乡上的会研究的是全乡人的事，人的事情重要还是你家的羊重要？胡安全能把你家羊杀了吃肉不成？

45. 李世民家院 日 外

李世民把东西放上摩托车，踩着火，骑上走了。

46. 乡政府会议室 日 内

乡领导和各村的村长在研究修水渠的事。村长们因为出钱出工的多少发生了争执。有人要求按地亩分摊。有人主张按人口分摊。有人说他们村的地浇不上，要分摊村民会想不通。

乡长：别嘈嘈别嘈嘈，一个一个说。把你们心里的算盘往桌面上拨。

没人说话了。乡长挨个儿点名，都不愿意先说。乡长有些燥气了。

乡长：哎，这还怪了。你们是村长还是地老鼠？有话说在明处嘛，背地里又啃又咬能解决啥问题？我告诉你们，这水渠非修不可，乡上已经定了。这是造福全乡的大事情，不能因为哪个村拨自己的小算盘把路给挡住……

（具体讨论内容待深入生活以后再定。）

47. 乡政府院内 日 外

一辆手扶拖拉机开进了院子。王满胜从车上蹦了下来，喊：村长！村长！

王满胜满院子转着：李世民！李世民！

李世民走出会议室：喊啥呢！这是乡政府！

王满胜：哎呀，我可找到你了。

李世民：声小点，正开会呢。

王满胜：你赶紧赶紧，我雇了一辆手扶拖拉机，你赶紧跟我回。胡安全没杀我家公羊吃羊肉，可他把亲朋好友都发动起来，满世界找发情的母羊让我家公羊配羔呢。他收钱呢。

李世民：是不是？

王满胜：赶紧你赶紧。

李世民觉得事情变得有意思了：狗日的胡安全亏他想得出来他。

王满胜：赶紧你赶紧。

李世民：我得请假。

王满胜把李世民往会议室门口推：赶紧你赶紧。（转头对手扶拖拉机司机）你回你的我坐村长的摩托。

48. 胡安全家院 日 外

院子要变成配种站了。那只公羊骑在一只母羊的脊背上卖力地工作着，脖子上的铃铛和犄角上的红绫子使公羊显得不但威猛而且英俊。还有几只母羊被他们的主人牵着，等待配种。那只公羊使他们不断发出赞叹。

公羊从母羊的背上下来了，表示已大功告成。母羊的主人给胡安全掏出二十块钱，拉着母羊要走了。

胡安全把钱装进腰包：回去给你们村的人宣传宣传，母羊寻羔就往我这儿拉，配一个二十，童叟不欺，配不上退款，下一个——

下一个主顾磨蹭着，不太愿意把母羊往公羊跟前拉：你怕是过高估计你的公羊了，一天配好几次，就算它能撑住，可它能有那么多的东西给母羊么?

胡安全：不多不多，你这是第三个，配不上羔我给你退钱你怕啥?

胡安全亲自把母羊拉到了那只公羊跟前。

在场的人担心地看着。

那只公羊用鼻子在母羊身上蹭了蹭，寻找催发激情的门路一样。

它突然一用力，跳起来，把两条前腿搭上了母羊的脊背。

在场的人惊呼起来：噢!

胡安全：牛皮不是吹的，火车不是推的。今天我打算让它配五个。

又是一声惊呼。

胡安全：我要试试。我想看看一只公羊到底有多少能耐。

在场的一位：你看你看，公羊的腿打颤呢!

确实，公羊的两只后腿明显不如刚才有力了。胡安全也看了那只公羊一眼。

胡安全：这是正常情况，有啥奇怪的。你说这话好像你没做过这号事一样。让你连做三次试试，看你的腿打颤不打颤。

一阵摩托车声。胡安全扭过头，看见李世民带着王满胜已进了大门。李世民撑住摩托车。王满胜早跳下来，用目光寻找他家的公羊。

找到了。公羊正在工作。

王满胜撕心裂肺一样叫了一声，要扑过去，被李世民抱住了。

王满胜：不！不！他要把我的公羊累死！放开我！不！胡安全，我和你拼命!

李世民更紧地抱住了王满胜：你别扑了你往石墩上看。

王满胜朝石墩看过去——

石墩上放着一把明光闪亮的杀猪刀。胡安全就蹲在石墩跟前，伸手就可拿到刀子。

李世民：你扑着、扑着挨刀啊？

王满胜立刻安静了。他又看他家公羊了。

可怜的公羊，它正出着大力。

王满胜给在场的人：求你们了，把你们的母羊拉走吧。他想把公羊往死里整。

胡安全：你把我看扁了。整死公羊我拿啥挣钱？我不过是想多配几个，你明白了没有？

王满胜转过脸，可怜巴巴地看着李世民。

李世民：你先走吧，我和胡安全说话。

王满胜：我不走。我为啥要走？

李世民：你不走我没法说话。你不走那我走。

王满胜：我就是不走！（又看了公羊一眼）狗日的他要累死我家公羊！

李世民：安全……

胡安全：这事你别管，我自个儿处理。我不想占他便宜。我挣够我的钱就把公羊还给他。他把我家母羊踢落羔了，我得把损失补回来。

李世民：补么，补么。不是不让你补，可是咱要补也得补个合情合理。

胡安全：啥叫合情合理？上回你给我要二十块钱合哪个理了？合个辣子！那二十块钱出得太冤枉了。

李世民：安全，咱可不能掂嘴胡说。我问你，你媳妇怀娃了没有？

胡安全：怀了。这是另一码事。

李世民：是我让卫生队给你媳妇取的环，你咋能说是另一回事？你媳妇呢？

胡安全：回娘家了。

李世民：保养身子去了是不是？

胡安全：你别打岔。咱说羊的事。

李世民：我就是为羊的事找你来的。我当然要和你说羊的事。

胡安全：那你说，他家公羊串门搞了我家母羊该是个啥性质？是强奸！你看，我还懂点法律。你是村长连法律也不懂还给人说是了非？你要说是了非就拿法律来，咱依法办事。我这不是故意和你村长为难吧？

李世民没说辞儿了。他眨着眼，看了一眼王满胜。

王满胜也看着李世民。

胡安全也看着李世民。

李世民把目光定在胡安全脸上：好。你狗日的说得好。胡安全，你听着，我能当村长就能断你这个案子。法律就法律。你等着！

他起身走了。走了几步，又转过身：你等着，我会有法律的！

49. 吉祥村 日 外

水泥电杆上的高音喇叭打开了，传出的是李世民的声音：各位村委委员请注意，请立即到村委会开会，有紧急事情商量，各位村委委员请注意，请立即到村委会开会，有紧急事情商量……

50. 村委会屋内 日 内

村委委员们没人吭声。

李世民：都说么。你们也是村干部，都是投票选出来的。说么。

某甲：要是人的事还好说，可这是羊的事，过去没碰到过，不知道咋说好么。

委员们都附和着：就是就是。

李世民想了一会儿：那就不商量了散会。

51. 村委会院内 日 外

李世民走到院子里发动摩托，骑上走了。

52. 乡政府院子 日 外

李世民的摩托进了院子。他没去会议室，直接把摩托车骑到了乡法庭刘同志的办公室门口：老刘。刘法官！

53. 西月楼 日 内

老刘正和几个客人喝酒。

老刘歪过脖子看着李世民，一脸惊异的神情：法律书？你是说你要借我的法律书？

李世民没有开玩笑的意思：对，法律书。

老刘：我不敢认你了。我在法庭工作了这么多年，没见过哪个村长主动上门来要学法律。是不是有官司了？

李世民：没有。我想看看法律书。

老刘有些不相信：噢噢……

李世民：你别噢噢了赶紧给我取书去。

老刘：法律书的种类很多，植树造林环境保护计划生育都有法律，你想看哪一种？

李世民：我要管男女关系的那一种。

一客人：李世民，你是不是惹啥乱子了？

李世民：歪了歪了，想歪了。

老刘：你不愿讲算了。可是，没有你说的那种专门的法律。

李世民：总有沾边的吧？只要沾点边的我都要。

另一客人：李村长，我懂法，你要是惹了不满十四岁的女娃，不管女娃愿意不愿意，都按强奸定罪……

大家哄笑。

李世民：好你呢别胡乱猜了。我都瞀乱成熊了……

54. 李世民楼上 日 内

李世民媳妇推着两个娃朝楼下走去。

55. 李世民家客厅 日 内

十几本法律书在柜盖上放着。

坐在炕上的李世民没有看那些书。他端着一缸茶水，不紧不慢地喝着。

两个孩子到了屋门口，磨蹭着不肯进门。

李世民：进来进来。

李世民媳妇把两个孩子从门外推进屋：进么进么，你爸又不是老虎。

孩子站到李世民跟前了。

李世民：你两个谁的语文考得好？

两个孩子互相说对方好。

李世民：都别谦虚了我明白了，你们两个都好是不是？今天我想考考你们。去，到柜盖上一人拿一本书。

两个孩子拿书。

李世民：翻到第一页，老大先念。

大孩子念法律书，也许是因为胆怯，念得结结巴巴的。李世民打断了孩子。

李世民：知道是啥意思不？

孩子神情恍惚地看着李世民，摇摇头。

李世民：念了几年的书就念了个这水平？走吧走吧不念了。

媳妇：老二还没念，让老二念。

李世民：算了算了都走都走。

孩子放下书走了。媳妇有些不甘心。

媳妇：这书老师没教过，你让娃咋念？

李世民：本来想让他们念给我听，这么念啥时候能把这些书念完？还得我亲自念。

李世民起身，抱起那十几本书朝楼上走去：我要上楼啃这些书去。啃完这些书，我就能把胡安全说倒，也会让王满胜心服口服。这是个苦工活，别让人打搅我。

56. 李世民家二楼孩子房间 日 内

李世民走了进来，对两个儿子：你，还有你，都给我出去，我做给你们两个看看，啥叫念书，听着，我不叫，谁也不准进这个门。

媳妇看着李世民抱着书进了屋，关上了门。

57. 村口 日 外

娱乐消遣的村民在议论李世民闭门读书的事。

村民甲：听说村长几天没出门，关在屋里念书哩，眼都熬红了。

村民乙：你可真会说舔屁眼的话。他关在屋子里你没见，咋知道他把眼熬红了？也许是做样子哩。

58. 村街 日 外

村民丙：临时抱佛脚，来不及了。我不信李世民几天工夫就能把那些法律书念通。他有多聪明？他还真拿自己当唐太宗了？

村民丁：你甭说这话，临阵磨刀快三分呢。说不定他还真能从书里念出个道道来。

村民丙：快看你手里的牌。冰冻三尺非一日之寒。像李世民那样能把书念通的话，咱吉祥村一千多号人都能当大学生。

59. 李世民家院子 日 外

李世民的两个儿子一个楼上，一个楼下，正把饭篮往楼上吊。

王满胜叫着“村长”从大门外走进来，叫着：村长，李世民！

李世民媳妇满脸是笑从厨房出来：世民在楼上念书哩，不让人打搅。

王满胜：他还有心思念书！李世民你出来，你不能这么关在楼上念书。你再这么念下去我家的公羊就让胡安全折腾死了。你出来你出来——

王满胜要上楼，被李世民媳妇挡住了。李世民媳妇往外推着王满胜，友好地解劝着。

楼上，一儿子提着饭篮走到李世民读书的门外站住，敲了两下门：饭！

60. 李世民家院外 日 外

王满胜喊着：李世民！你下来！

李世民媳妇友好地把王满胜推到了村街上。

李世民媳妇：世民不会出来的。他的脾气你知道他不会出来的。

61. 胡安全家院子 日 外

那只公羊在努力工作。几个主顾拉着母羊在等待配羔。胡安全向他们宣布他的试验成果。

胡安全：我已经检验出了这只公羊的能耐，它一天只能配三次，到第四次就是鞭子抽它也不肯上了。世上也许有一天配五次六次羔的公羊，这一只不行。慢走啊——

他收过配种费，和将要离开的母羊主人打着招呼，一副理所当然的配种站主人的样子。

62. 王满胜屋 日 内外

王满胜捂着被子在炕上躺着。媳妇很生气，过来揭掉了被子。王满胜呼一下坐了起来。

王满胜：咋啦咋啦?

媳妇：你这么蒙头睡觉不上山放羊，难道要为一只公羊把圈里的一群羊饿死?

王满胜：我没心思我不去我要睡觉。

又拉过被子蒙头睡了。

媳妇再次揭掉被子。

王满胜又坐起来：再揭被子我扇你。

媳妇：你几天不上山你要把羊都饿死呀啊?

王满胜似乎冷静一些了，用手抹了几下脸。媳妇不失时机，把王满胜从炕上拉了下来。

媳妇：我把啥都给你弄好了，收录机、干粮——

他们出了屋子。

媳妇：还有鞭子。

媳妇把拦羊鞭递给王满胜，被王满胜拨开了。王满胜从旁边拿过一把拦羊铲。媳妇看王满胜要去了，迅速跑到羊圈跟前打开圈门。群羊往圈外挤拥着。

王满胜已经把干粮袋、收录机“披挂”好了。

63. 山坡 日 外

群羊们在吃草。收录机破例没有打开。

心情烦乱的王满胜用拦羊铲在一棵树上一下一下扎着。

一只羊似乎有些好奇，看着王满胜。

王满胜：吃你的草，看我做啥?

那只羊叫了一声。

王满胜：你不吃草叫唤你妈个腿!

那只羊摆过头去不知看着什么。

王满胜：你个驴日的。

王满胜把拦羊铲扎在树身上，要过去踢那只羊。羊跑开了。

那只羊开始吃草了。

王满胜心里的气似乎消了一些，要从树身上拔下羊铲。羊铲扎得深了些，没拔下来。王满胜用了点力，拔下了羊铲。他看着铲头。铲头很锋利。他又看了看整个拦羊铲。他突然感到这杆拦羊铲是可以当武器用。他的脸色立刻变得冷峻起来。他转过身，对着吃草的群羊，像威风的将军一样。

王满胜：跟我回。

他取过收录机和干粮袋，把羊群往山下赶。

64. 村口 日 外

王满胜操着拦羊铲，气势汹汹地朝村子走来。后面紧跟着他的羊群。

商店老板问：满胜，这么早就回来了?

王满胜：我要和胡安全拼命去!

王满胜和羊群很快从村口走了进去。

商店老板：要出人命了，快找李世民去。

有人撒腿跑去。

65. 胡安全家 日 外

公羊从母羊背上下来了。

胡安全又收到了二十块钱：行了行了今天到这儿结束了，把你们家母羊拉回去明天再来。

呼啦啦一阵响动。王满胜操着拦羊铲和他的羊群从大门外冲了进来。胡安全的脸色立刻变了，跳到石墩跟前，抓起了那把杀猪刀。

王满胜：把公羊交出来。

胡安全直勾勾地看着王满胜。

王满胜威严得像个勇士：放下屠刀。

胡安全把手里的刀握得更紧了。

王满胜：不等你动刀子我早把你打成烂泥了，我用的是长家伙。赶快把公羊交出来。

胡安全：你过来我就捅你捅个血流满地，捅出你的肠子来！不要命就过来。来。

王满胜举起家伙朝胡安全冲过去。就在这时，突然传来一声断喝：都给我站住！

是村长李世民。李世民大踏步地从大门外走了进来。他英勇无比，把一只手举在空中，对着要械斗的王满胜和胡安全。

王满胜和胡安全站住了。

李世民并不放下举在空中五指划开的手，转头用目光遍视着胡安全：把家伙都给我放下！

又一声喝：放下！

胡安全放下了杀猪刀，王满胜放下拦羊铲。李世民放心了，把手从空中收了回来。

李世民：胆子不小啊你们。只要你们一动手，弄出个一差二错，就不是我李世民能管的事了。我念了好几天的法律书。你们看我的眼。（确实，李世民的眼睛像鸡屁股一样，鼻子底下也像揉了一道锅黑）我熬夜了。停电了我就点着煤油灯熬。我到底熬出来了。法律不是吓唬人的，是真东西，出了人命就得去县城公安局说事。县法院三天两头枪毙人呢。难道你们不怕枪毙？

进来了几个村民。

拉母羊配羔的人从羊圈背后出来了，拉着母羊快步走了。

王满胜：不！我要我家的公羊！

李世民鄙夷地朝地上吐了一口：啊呸！

院子里突然安静下来。

胡安全：村长。

李世民：啊呸！

李世民看着胡安全。

胡安全并不示弱，也看着李世民。

李世民：你说，我能不能断这官司？

胡安全瞪着眼没有吭声。

王满胜也看着李世民。

几个村民也看着李世民。

李世民对胡安全：我告诉你，我不但要断，而且要用法律断！

66. 村街 日 外

李世民骑着摩托朝小学校开去。摩托后座上刘法官搂着他的腰。

很多村民也朝小学校走着。

几个村民和李世民打招呼。

李世民理也没理。

摩托车开远了。

67. 小学校操场 日 外

人声嘈杂。几乎全村的人都聚集在这儿了，心情都一样的兴奋和激动，等着观赏村长李世民用法律断公羊串门的官司。场面和选村长时很相似。不同的是这一次人们围成了一个圆圈。他们在议论着，像苍蝇一样。

圆圈的中间扎了两根木橛，分别拴着王满胜家的那只公羊和胡安全家的那只母羊。它们的主人王满胜和胡安全分别蹲在它们跟前，低着头。公羊和母羊并不像两位主人那么难堪，它们支棱着耳朵。公羊一摆头，就会把脖子上的铃铛摇响。圆圈的一边放着一张木桌、一条木凳，现在还空着。

有人说：来了来了。

人们的目光转到同一个方向。

圆圈裂开了一个缺口。村长李世民夹着十几本法律书，领着乡上法庭的老刘从缺口处走进来，走到木桌跟前，坐在了木凳上。李世民把法律书放上桌子，咳嗽了一声。

全场立刻安静了。

李世民一脸严肃：我先给大家介绍一下，这位是咱乡上法庭的刘同志。我叫他来作个见证。他不断官司，我断。

人们哄一声笑了。

李世民没有笑的意思：笑，你们笑，笑完了我再断。

人们立刻收住了笑声。

李世民又咳嗽了一声，开始断官司了。

李世民：王满胜到了没有？

王满胜：来了。

李世民：你家的公羊到了没有？

王满胜：来了。

李世民：是不是串门的那一只？

王满胜：是。

李世民：胡安全到了没有？

胡安全：来了。

李世民：你家的母羊到了没有？

胡安全：来了。

李世民：是不是配了羔又流产的那一只？

胡安全：是。

李世民：都到齐了。到齐了就好。现在我来断这个官司。大家都看见了，这一位是咱吉祥村的村民王满胜，他的旁边是他家的公羊。这一位也是咱吉祥村的村民胡安全，他的旁边是他家的母羊。王满胜胡安全两家险些闹出了人命，是由他们旁边这两只惹是生非的公羊和母羊引起的。我就先说公羊和母羊。

公羊和母羊听不懂人话，也不太关心李世民和围观的人群的目光。

李世民：母羊寻羔当然要叫唤。公羊听见叫声就串了门。公羊的主人王满胜要收配种钱，母羊的主人胡安全说公羊犯了强奸罪……

王满胜似乎有些惊诧，看了胡安全一眼。

李世民：这就是矛盾。母羊的主人说公羊是送上门的，配羔钱不该出。公羊的主人说母羊用叫声勾引公羊，钱一定要收……

胡安全似乎也有些惊诧，看了王满胜一眼。

李世民：这也是矛盾。矛有矛的说法，盾有盾的道理。法律呢？(拿起一本法律书晃了晃)按照法律，强奸要在二十四小时以内报案。胡安全，你没有在这个时间里报案，你家母羊也没有。还有，母羊不情愿，以公羊的能力和具体条件，也不可能强奸成功。能强奸成么？母羊不情愿，就是不乱跑乱蹦，光把屁股东一摆西一摆，公羊也弄不成。所以，强奸不能成立。事实只能是，两只羊互为邻居，长期见面，声息相闻，产生了感情，应为通奸。法律不管通奸，胡安全，不信你看法律书去。

李世民把桌上的法律书朝胡安全扔过去。十几本书全落在胡安全的脚跟前。

胡安全：我不看我也不信，法律不管通奸，让世上的人都通奸去。大家说——

村民们又嘈嘈起来了。

李世民：今天是我说，我说完大家再说。

村民们又安静了。继续专心地听李世民的说辞。他们已经被李世民的说辞吸引住了，甚至进入了情境之中。

李世民：法律虽然不管通奸，但是，听着，我还有个但是，两只羊违犯家庭纪律，私自幽会，引起两家主人的矛盾，并造成一定的后果，法律就要管了。按照法律，不满十六岁的少年儿童，法律上叫未成年人，还有智力不全的人，行为后果要由监护人负责。以此类推，羊是畜牲，不通人事，行为过失应由主人承担责任。根据以上的论证，现对公羊串门一案宣判如下——

李世民从衣袋里掏出一页纸。

老刘拨了一下李世民的胳膊：是调解不是宣判。

李世民照纸上写的念：现对公羊串门引起的纠纷调解如下：第一，公羊强奸既不成立，母羊家应全额给付配种费。第二，母羊流产是因公羊的主人脚踢所致，公羊家应给予一定的补偿。第三，公羊在母羊家受到非法拘禁并强行被迫劳役，劳役的收入，除出饲料费，全额退还公羊主人。这是一笔细账，要坐下来慢慢算……

王满胜的脸上堆满了笑纹。

胡安全的脸阴了下来。

李世民的调解引起全场村民长时间的鼓掌。他看着给他鼓掌的村民，脸上满是自得的笑。

……

68. 李世民家 黄昏 外

小学操场上的热烈气氛一直延续到李世民的家里。

屋子里坐着许多村民，你一言我一语夸奖李世民，没想到他真从书本里挖到了学问。看李世民在小学校操场上的架势，能到县法院当大法官。有人说当法院院长也够格了，可惜不是正式的国家干部，等等。

李世民媳妇的脸上飞扬着兴奋的光彩，为李世民感到自豪。她忙着给大家倒茶递烟。

王满胜也在场。

李世民的脸上布满那种谦和的笑。他感到接受的赞扬差不多了，再让他们赞扬下去就会离谱，便转了话头。

李世民：哎哎满胜，给你解决了问题，你也不说句感谢的话？

王满胜：感谢么，感谢么。

李世民：虽然是我解决了你的问题，可我是谁？是吉祥村全体村民选出来的村长，追根求源，你得感谢咱村上的人。

王满胜：感谢么，感谢么。

李世民：你真要有心感谢，就请咱全村人看场电影，咋样？

王满胜：行么，行么。

李世民：满胜，我说的可是认真的，大家也都听见了，别哄人啊。

王满胜：不哄不哄。

69. 村街 傍晚 外

广播里叽里哇啦放着流行歌曲。

银幕已经挂了起来。全村的男女老幼提着板凳正往银幕前集中。

几个小孩用砖头给他们家大人占着有利的位置。放映员正在倒片子。

银幕上几只手在做出各种动物形状。

王满胜两口早就坐在了人群中间，位置最好。因为钱是他们出的。

70. 李世民家 夜 内

李世民正在喝酒。很自得。

电视上放着《秦之声》。

李世民媳妇：我去看电影啊。

李世民：去吧去吧。

李世民媳妇：你不去?

李世民：不去。

又把一盅酒灌进了喉咙。

71. 胡安全家 夜 内

胡安全在喝着啤酒，很闷气。

媳妇走进屋来。她的肚子已经凸了起来。

胡安全：你咋不去看电影?

媳妇：不去!

胡安全：你去嘛！我没事!

媳妇：我不去！我明儿回娘家呀。

胡安全：回回回，万一跌一跤，跟母羊一样流产了咋办？我不更惨了。

72. 胡安全家羊圈 夜 外

卧着的母羊好像有些心绪不宁。它突然叫了一声。

73. 王满胜家羊圈 夜 外

羊栏里的公羊抬起头来。脖子上的铃铛时而发出一声响。

能听见村街上播放电影的声响。

74. 村街 夜 外

播放的是一部武侠动作片《英雄》，打斗的场面不时让吉祥村的村民们发出啧啧的声音。

一阵风吹过来，银幕被吹掉了一边。有人朝前看，有人朝后看，不知发生了什么事。

有人喊：快，快绑银幕。

没有绑银幕。放映机继续转动着，银幕上的画面少了一个角。村民们就这么看着。

电影上的声响效果很精彩。

75. 王满胜和胡安全家门外 晨 外

两家的门同时响了一声。王满胜和胡安全从各自的家门里走出来，进了各自的茅厕。

王满胜：安全，这几天我一直想问你没顾上问，你给李世民告我家公羊强奸啊？你可真会想，真能想。

胡安全：我一直没顾上问你，你说我家母羊勾引你家公羊啊，你也会想能想么。

王满胜不接安全的话茬：我一想你告我家公羊强奸就觉得好笑。法律不承认是强奸，是通奸。你虽然想得绝，想得妙，还是白想了。

王满胜家的羊群从门里拥出来，王满胜也出了茅厕。媳妇把干粮、收录机和拦羊鞭递给王满胜。王满披挂齐整，赶着羊走了。

胡安全还在厕所里站着，看着村街上越走越远的那群羊和王满胜。

王满胜和羊群快要出村口了。

76. 胡安全家院 日 外

胡安全和了一盆食料，端给母羊。他蹲在母羊跟前，点了一根纸烟，看着母羊吃。

77. 山上 日 外

群羊散乱在沟坡上。

王满胜从干粮袋里取出干粮，坐在沟坡上吃着。

羊们勤奋地吃着草。

公羊跳上了沟岸，东张西望。王满胜扔过去一块土坷垃，打在公羊身上。公羊立刻下了沟坡，老实吃草去了。

78. 胡安全家门外 日 外

胡安全拉开门走出来。

胡安全不知要去哪里，从王满胜家门口过，无意地朝里看了一眼——

79. 王满胜家 日 外

王满胜的媳妇正在打扫羊圈。

胡安全从大门外走进来。

王满胜媳妇没有发觉。

胡安全走到羊圈跟前，咳嗽了一声。

女人抬头看见是胡安全，似乎有些诧异。

胡安全：忙着哩？

女人给安全笑了一下，算是招呼，然后继续打扫羊圈。

胡安全似乎动什么心思了。

王满胜媳妇：你媳妇呢?

胡安全：回娘家了。

王满胜媳妇：不是回来了嘛，看电影的时候我见了。

胡安全：又走了。

王满胜媳妇：噢噢，有身子了，不放心你，怕你晚上胡来，是不是?

胡安全：就是。

王满胜媳妇：那你一个人多恓惶的。

胡安全：就是。哎哟!

他突然叫了一声，捂住了眼睛。

王满胜媳妇：咋啦?

胡安全痛苦地揉着眼：啥东西钻到我眼里了，你扫帚蹦上来的。哟，哎哟。

王满胜媳妇：是不是?

女人放下扫帚，在衣服上抹抹手，从羊圈里出来了：我看看，你甭胡揉，我看看。

胡安全伸过脸去让女人看。

胡安全突然抓住女人的手用力一拧，把女人的手拧到了背后。女人叫了一声，肚子腆了起来。胡安全把女人往屋里推。

女人：快放开你把我的手拧疼了。

80. 王满胜家屋 日 内

胡安全已经把女人推进了屋。他用另一只手关上屋门。女人挣扎了一下，胡安全又加了一点力，女人的肚子腆得更高了。

女人：安全快放开我给你取眼里的东西。

胡安全：我不让你取了，我要弄你。

女人拧过脸看着胡安全。她忽然笑了。她不敢相信。

胡安全：别笑!

女人不笑了。她挣扎了几下，挣不开，又看着胡安全。

胡安全，看吧你看吧，看够了我再弄。

他又用了一下力，女人叫了一声，不看了，大口地喘着气。

胡安全：我不管你愿意不愿意，我不许你喊叫，你敢喊我就掐死你。

胡安全也喘着气。

胡安全：你记着，这不是强奸，是通奸。炕上去——

胡安全把女人压到了炕上。

胡安全动作粗暴。

女人一声尖叫。

81. 山上 日 外

王满胜平躺在沟坡上，吼着一首歌：我们亚洲，山是高昂的头，我们亚洲……

羊在吃草。

82. 王满胜家院 日 外

屋门打开了。胡安全走出来，拉上屋门，出了大门。屋门又一次开了。女人走出屋，整整衣服和头发，去了羊圈。女人进羊圈，重新进行中断了的工作。

女人突然停了下来。

女人坐在羊圈里，捂住脸，似乎在哭。

83. 村口 黄昏 外

这里永远有娱乐消遣的人。

胡安全在理发。

一阵铃铛声。胡安全很敏感地扭过头。

王满胜赶着羊群回来了。

胡安全很紧张地看着王满胜。

84. 王满胜家门外 黄昏 外

王满胜赶着羊群朝他家门口走去。

胡安全在挺远的后边跟着。

王满胜和羊群走到了家门口。

胡安全也站住了。

王满胜媳妇出来了，她的表情很平静。她接过王满胜身上的披挂，赶着羊群走进门去。

天渐渐黑了下来。

85. 吉祥村 夜 外

夜里的吉祥村安静得像一只猫。

86. 胡安全家 夜 内外

胡安全被一阵不知从什么地方发出的声响惊醒，忽一下从炕上坐了起来。他下炕，走出门去。他来到了院墙边，朝王满胜家房子看去。王满胜家一片漆黑，无声无息。胡安全长出了一口气。

87. 胡安全家 晨 内外

天已亮了。

王满胜家的大门响了一声，胡安全跳下炕出屋，站在大门后听着外面的动静。王满胜在撒尿，然后，王满胜赶着羊走了，听不见外边有什么动静了。

胡安全抽开门关，拉开门走出去—

89. 胡安全家门外 晨 外

胡安全向街道上瞄了一眼，早已没了王满胜的踪影。胡安全放心了。进茅厕撒尿，然后出茅厕，朝王满胜家门口看了一眼。门闭着。

他经不住好奇心的驱使，走过去推开了王满胜家的门——

90. 王满胜家院 日 外

窗户开着，王满胜媳妇正在梳头。

胡安全走到了院里，点燃烟，看没什么危险，便开始说话。

胡安全：哎，你没给满胜说?

女人在梳头。

胡安全：就是，咱俩的事儿，别给满胜说。

女人在梳头。

胡安全：我走啊。

女人开口了：安全，你进屋来，我给你说句话。

胡安全没动：你说。

女人：你进屋来说。

胡安全：你说么。

女人：你进来我再给你说。

胡安全拧灭烟头朝屋内走去。

门关上了。

91. 李世民家 日 内

李世民媳妇拿出两件衣服要李世民换。

李世民：算了吧?

媳妇：换上换上，上了电视，全县的人都看你，衣服不像样子，没人说你会说我的。

李世民换衣服：把他的，断了个公羊串门的官司，还断出名声来了……

92. 村街 李世民家 日 内外

一年轻村民跑着。村街有些乱。有些村民朝相反方向跑着。年轻村民气喘吁吁，穿街越巷。他跑进了李世民的家。

村民：村长快快，满胜把胡安全砸死了。

李世民和媳妇都愣了。

李世民有些急了：你说啥我没听清再说一遍！

村民：满胜用镢头把胡安全砸，砸死了，快，快！

李世民：快个尿这得找公安！

93. 县公安局拘留室 日 内

以下是警察对王满胜媳妇的调查询问。警察边问边做记录。

警察：你和胡安全发生过几次性关系？

王满胜媳妇：两次。

警察：第一次是啥时候？

王满胜媳妇想了一会儿：日子记不清了。

警察：记得不记得当时的经过？

王满胜媳妇在回忆：……那天，我当时在扫羊圈，他来了。他说他眼里钻了个东西，让我给他拨。我就给他拨。他就拧我的胳膊，把我推进屋里，就把我……

警察：你愿意不？

王满胜媳妇：不愿意。

警察：你反抗没有？

王满胜媳妇：他不准我叫喊。

警察：脱衣服没有？

王满胜媳妇：……没有。

警察：裤子呢？

王满胜媳妇感到警察问得有些过分，看着警察：你问得也太详细了。

警察：谁解的裤带？

王满胜媳妇：……他。

警察：你反抗没有？

王满胜媳妇：他说我要动就掐死我。他会这么做的。

警察：他进入没有？

王满胜媳妇似乎不明白。

警察：他进入你的身体没有？

王满胜媳妇听明白了，涨红了脸：……你为啥问这话？他要做那事情你说他进——你为啥要问这话？

警察锲而不舍：进入了没有？

王满胜媳妇：……进了。

警察：你有啥感觉？

王满胜媳妇又听不明白了，看着警察。

警察：他进入以后，你有啥感觉？

王满胜媳妇低下了头，再抬起来的时候已是一脸羞愤：我没啥感觉我不说了，你再这么问我就不说了你为啥这么问我嘛呢啊啊……

她哭了，哭得很厉害。等她慢慢平静下来以后，警察又开始询问。

警察：你给别人说过这事没有？

王满胜媳妇：……给满胜说了。满胜看我眼睛有些肿就问我，我就说了……

警察：第二次呢？

王满胜媳妇：他又来了，我正梳头。

警察：这次你愿意了？

王满胜媳妇：不愿意。……屋里就两个人……我不让……没完满胜就回来了。

警察：第一次完了是不是？

王满胜媳妇：嗯。

警察：我再问你，你有啥感觉？他和你那样的时候，你有啥感觉？比如说，你感到舒服……

王满胜媳妇憋了好长时间，突然爆发了：你问的话我听不懂我不说了我受不了你们这么问我，你为啥要这么问我你们杀了我吧我也不想活了啊啊啊………

调查询问无法进行了。

94. 村口 晨 外

两辆蹦蹦车、一辆手扶拖拉机满载着村民朝村外驶去。

李世民骑着摩托在后边跟着。

95. 山路 日 外

车辆在山路上行驶着。

96. 县城街道 日 外

车辆随着李世民的摩托车拐向另一条街道。

97. 县法院法庭 日 内

法官：你认识这把镢头吗？

法警把那把带有血迹的镢头拿给王满胜。

王满胜：认识，是我家的。我用它砸死了胡安全。

法官：你为啥要砸死他?

王满胜：他强奸我女人。

法官：你咋知道他是强奸?

王满胜：我女人给我说的。我当时就想用镢头砸胡安全去。我怕我砸不过他。他有杀猪刀。我当时就这么想的。

法官：后来呢?

王满胜：我想我会有机会的。

法官：你记不记得砸胡安全的经过?

王满胜：我做的事我不会忘。那天，我赶着羊（在以下台词中闪回相应的画面），我就知道胡安全又想弄我女人。我就回来了。我在院子里掂了一把镢头。让他弄！我让他弄！我进去照准他就是一撅头。（闪回结束）

法官：后来呢?

王满胜：他哼了一声。他说：(闪回。胡安全：兄弟，你把我的腰砸断了。）我说：呸谁是你兄弟。他说：（闪回胡安全：你不该砸我你该找李世民去。）我说：呸你想得倒好我不想找李世民我想自个儿解决。他说：(闪回：胡安全：我以为你不知道这事我还想再弄一次。）我说：(闪回：王满胜：好你说得好我也想再砸一次。）我就又砸了他一下（闪回：镢头高高抡起，刨在胡安全的头上。）

静场。吉祥村的村民和李世民沉默不语。

法官：后来呢?

王满胜：没有后来了。后来，李世民就来了。那就是李世民，我们村的村长。

许多人都看李世民了。

李世民：满胜你说你的别说我。

王满胜：说到你了么。

法官：你砸了一镢头为啥还要砸另一镢头？

王满胜：第一镢头砸在了他的腰上，我想砸的是头，不是腰。

法官：你知道不知道你会把人砸死？

王满胜：知道。

法官：知道会砸死人你还砸？

王满胜：你这话问得怪。他活着我难受。

王满胜的质问惹笑了一位法官。

王满胜：笑啥？

旁听席上也有人笑了，王满胜更为生气。

王满胜：笑啥，你们为啥要笑？这儿是法庭你们为啥要笑？

法庭宣布暂时休庭。

98. 通往小学的路上 日 外

一辆囚车由几辆警车开道，朝小学开去。

村民们也一群群向小学走去。

警笛刺耳地尖叫着。

村民们纷纷躲避。

99. 小学操场 日 外

满操场的群众议论纷纷，与选举那天的情景很相似。

几个小孩跑着。有一个孩子绊了一跤。

主席台上，李世民和几个警察说了几句什么。

几个法官和几个县乡干部在说着什么。

李世民走向话筒。

100. 吉祥村 日 外

高音喇叭里传出李世民的声音：公判大会！赶紧！赶紧！公判大会。

101. 村口 日 外

村口空无一人。只有几只鸡在刨食。

102. 村街 日 外

村街寂静。广告墙上新刷上了法制教育的新标语。

103. 王满胜和胡安全家门外 日 外

门外寂静。

门轴轻响。王满胜家的公羊从门缝里挤了出来，大摇大摆地走到邻居胡安全家门口。

大门敞开着，公羊走进门去。它站住了。公羊转过头来，给我们做出一个笑。

（定格）公羊笑容暧昧。

大兵

献给曾经和正在服役的士兵们

1. 江南某城市　日

一只巨大的彩色气球正缓缓移过这座新兴城市的上空。能看见城市的建筑物和街道。

城市繁忙，美丽，充满生机。

大伟的画外音：人的生命里有许多偶然性。你不知道你会遇见什么。有人说这就是命运。

正在缓慢移动的气球下面是一所学校。

2. 学校操场　日

阳光灿烂。高中学生王大伟正在这里和他的同学们举行“我的理想”主题班会。他们围成一个圆圈，和阳光一样鲜艳。一位漂亮的女学生正在描述她未来的理想。

大伟的眼睛直勾勾地看着那位女同学。

女学生：我喜欢女兵服，多神气。所以我想当兵，做一名女飞行员，驾驶着银燕，翱翔在祖国的蓝天，看山，看海，看我们这座美丽的城市，还有我们的学校和教室的屋顶……

大伟认真地听着，被女同学迷人的设计吸引了。也许，他很喜欢这位女同学。

大伟被人用手捅了一下。大伟没动。又捅了一下。大伟转过头——

是坐在他身边的一位男同学，一副赖里赖气的样子。脖子似乎有些短，就叫他短脖子吧。

大伟：干什么？

短脖子：别看她。

大伟：你管不着。

短脖子：不让你看！

大伟转过头，继续看着那位女同学。

短脖子又捅了大伟一下。大伟被捅疼了，捂着被捅疼的地方，盯着短脖子。

短脖子挑战似的迎着大伟的目光。

同学们正在为描述理想的女同学鼓掌。

老师突然地：王大伟！

鼓掌声戛然而止。几十双眼睛一齐投向大伟。大伟满脸发窘，站起来。短脖子立刻像什么也没发生一样，规矩地坐着。那位女同学已经回到她坐着的地方。短脖子拨了一下大伟的腿。

短脖子：该你了。

大伟走到圆圈里。他一时不知道该说什么，脸憋得通红：我，我想当兵。

同学们哄一声笑了。

大伟更加局促和尴尬。他以为同学们笑他的志向太小，强辩似的：当将军。

哄一声，笑声更响了。甚至有人起哄，发出噢噢的叫声。短脖子的叫声最响。

大伟更加不知所措了。他急眼了，指着短脖子：他偷我的书！

短脖子也急了，站起来：没有！

大伟：就是！

短脖子：就没有！

他们的争执并没有人在意，哄笑声更高更杂乱。大伟惶惑地看着起哄的同学们。

大伟的画外音：我说的是心里话，他们却笑我……

3. 文化宫旱冰场 日

许多男孩和女孩在滑旱冰。今天是星期天。

大伟也在其中，他刚刚学会，滑得很不老练，险些摔倒，赶紧扶住了栏杆。他羡慕地看着那些滑得很好的男孩和女孩。他们体形优美，动作矫健，从他身边飞速划过。他受到了鼓舞，小心地向前滑去。

他站住了，看见了什么——

短脖子和两个同学从入口处走过来。大伟感到他们的到来和他有关。

短脖子和两个同学在栏杆外站住了，盯着大伟。大伟有些紧张，站着没动。

短脖子：去，让他学狗爬。

两个同学朝大伟走来。站在大伟跟前了。

不断有滑冰的孩子从他们身边滑过。

大伟看着栏杆外的短脖子。

同学甲：他要你学狗爬。

大伟不看他们，像没听见一样，依然看着栏杆外的短脖子。

同学乙：学吧。

大伟不动。同学甲使劲推了一下大伟。大伟肚子一腆，突然向前滑去，然后，重重地仰面倒了下去，痛苦地叫了一声，正好倒在了距离短脖子很近的地方。

短脖子跳进栏杆，看着地上的大伟。

大伟小心地站起来，看着短脖子。

短脖子：人家想当兵，你也想，想得美，美死你了。

大伟瞪着短脖子。

短脖子：看什么看？美你的去吧——

短脖子猛推大伟一把，大伟又一次滑倒了，很狼狈。

许多滑冰的停下来，看着大伟。有人在笑。

大伟抬起头，寻找着短脖子。

他们已经不见了。

4. 教室 日

大伟值日。他扫完地，把笤帚背在身后，像军官指挥士兵一样，检查桌椅是否排得整齐，口中念念有词。

大伟：应该这样，这样。你，还有你。

桌椅们很整齐了。大伟走到讲台上，站上一把椅子，扫视着桌椅们。

大伟的画外音：这是我喜欢做的游戏。每次值日，我都这么做。

大伟对他的“士兵”们发号施令了：我是将军。你们是士兵。听我的口令。立正——稍息。立正——齐步走——

“走”字刚出口，有人突然抽掉了大伟脚下的椅子，大伟摔倒了。

是短脖子。他不知什么时候溜了进来。他拉过大伟刚才站的那把椅子，坐上去，得意又有些鄙夷地看着摔倒在地表情狼狈的大伟。

短脖子：就这样当将军啊？（对门口站着的几个同学）你们看，被我摔倒的窝囊将军。

有同学笑起来。有的同学对短脖子的恶作剧不满，从短脖子身边走过去，坐在了自己的座位上。

短脖子：哎，你们为什么不看？

又有一些同学拥进教室。

短脖子：请看，被我摔倒的窝囊将军。

那位漂亮的女学生进来了，看见地上的大伟。大伟也看见了她。大伟的脸红了。

漂亮的女学生回到了自己的座位上。

短脖子很得意：快看快看……

大伟的脸扭曲了。他突然一跃，愤怒地朝短脖子一头撞过去。随着同学们的一声惊叫，短脖子和他前后的桌子一齐倒了。短脖子的头和脖子折在两个桌子之间。痛苦地叫了一声。

短脖子：我的脖子——

5. 另一所学校的大门口　日

大伟的画外音：不知他该是个短脖子，还是因为我撞了他，他的脖子一直没长到足够的长度，也歪了。我转到了另一所学校……

大伟背着书包朝学校门走来。

短脖子和那两位同学从旁边蹿过来，堵住了大伟。短脖子的脖子确实有些歪了。

短脖子：看你能变成老鼠，钻到地洞里去。

大伟不吭声。

短脖子：赔我的脖子。

大伟躲闪着要走，又被他们堵住了。两个同学架住了大伟。大伟不挣扎，一脸任人宰割的样子。

正在分发报纸的校门卫朝这边看着。

短脖子：给你爸要点钱，请咱哥几个撮一顿。

大伟不吭声。

短脖子：要不，学两声狗叫。

大伟不吭声。

短脖子的同伙：快，门卫朝这儿看呢！

短脖子：那就让我扇你10个耳光。见你一次扇10个耳光，怎么样？

大伟一脸木然。

短脖子抡起手，要扇。

短脖子的同伙：来了！

撒手跑了。短脖子回头看去——

校门卫晃着锁大门的铁链朝这边跑过来。

短脖子撒腿跑了：大伟，我和你没完！

大伟看着跑走的短脖子，泪水从眼里流了出来。

门卫：快去，要上课了。

大伟擦擦眼泪，转身朝学校里走去。

大伟的画外音：我转了几次学，他总能找到我。世界太小了——

6. 郊外　日

各种车辆扬着灰尘呼啸而过。灰尘在散去。我们看见了一脸茫然的大伟，他坐在路边的路碑上。落叶正在飘落。他已是一位高中毕业生了。又一辆卡车开了过去。灰尘弥漫。穿过弥漫的灰尘，三辆自行车停在了大伟跟前。大伟转过头去，有些诧异——

是短脖子和那两位同学。依然是那种赖皮样。他们用腿撑着自行车。

短脖子歪着：你也没考上大学？

大伟不吭声。

短脖子：你不是要当将军吗？正在征兵，去报名吧。

大伟依然不吭声。

短脖子他们蹬车走了。

又几片树叶掉下来。

大伟看着他们远去的背影，想着什么。突然，他转身朝另一个方向跑去。

7. 大伟家 日

穿着一身新军装的大伟站在屋子当中。父亲背着手，一脸鄙弃的表情，绕着大伟看了一圈。

母亲坐在一边抹着眼泪。

父亲：你去问问，现在谁还愿意当兵？干临时工也比当兵强10倍！

母亲呜咽出声音来了。

大伟想安慰母亲，却找不到合适的话语。屋外有什么响动。大伟抬头看去——

是短脖子，一脸羞愧，想进屋又不好意思进来。

大伟走出屋，到短脖子跟前了。

短脖子低着头：……你真当兵了？

大伟伸出手：我们和好吧。

短脖子抬起头，对大伟的态度很感激。

短脖子真诚地：也许你真能当上将军。

大伟一脸质朴的笑。

火车车轮声——

8. 运兵列车 夜

闷罐车厢像一只摇篮，悠悠地在北方的原野上行进。几个新兵挤在窗口，想看出去。

远处是城市的灯火。

新兵甲：北京！

新兵乙：不是，北京大多了。

新兵甲：肯定是。

有一位新兵从衣袋里摸出一支烟，点着吸了一口。

带队的：不许抽烟！

大伟一脸茫然，站在车厢的角落。

大伟画外音：我不知道我们会去什么地方……

车厢里的新兵们睡着了。

列车在夜色中向北疾驰，车轮滚滚。

9. 新兵训练营地 日

大伟和新兵们正在走正步。

队列中的大伟全神贯注，动作和表情因过于认真而显得有些滑稽。

大伟的画外音：我很认真。我想当个好兵。

10. 新兵训练营地 日

大伟单独做着卧倒和起立的动作。

教官给大伟喊着口令。

大伟一次次卧倒又起立，直到精疲力竭，趴在地上起不来了。

教官：起立——

大伟没有起来。他大口喘着气，看着教官。

教官：起立——

大伟突然翻过身，支起膝盖：它烂了——

大伟的膝盖处磨穿了两个洞。膝盖上的皮磨出来血。他又伸出两个胳膊肘，“四脚”朝天。

大伟：还有这儿——

两个胳膊也烂了，露出的皮肉一样地渗出血来。大伟憨态可掬。教官想发作，却不知该怎么说大伟。转身走了，气咻咻的。

围观的新兵们忍俊不禁，哄一声笑了。

11. 营房 日

新兵们在床铺上打闹着，有的敲着刷牙缸唱着家乡的小调。

大伟正在给胳膊肘和膝盖上抹紫药水。磨烂的衣服已补好了。

大伟的画外音：我把衣服补成双层。胳膊和膝盖不用针线，抹上药水，它自个儿就补好了……

紧急集合号声。

营房里立刻紧张起来。大伟动作快捷地捆绑着铺盖，第一个冲出门去——

12. 山地 日

大伟和新兵们在进行长途越野训练。

山，还是山，似乎永远也爬不到尽头。

沉重的负荷和长途跋涉使他们面目肮脏，举步维艰。

大伟因为尿憋，满脸通红，不时夹一下腿。

教官：怎么啦?

大伟：报告，不怎么。

教官：那就爬吧。

他们艰难地跋涉着。

号声响了，队伍停了下来。许多战士软在了地上。有的放下背包，到一边去尿尿。有的则打开了水壶，往喉咙里灌着水。

大伟和尿尿的新兵们站成一排尿着。

大伟的画外音：我憋了整整一天，我觉得我还能永远尿下去。

都尿完了，只有大伟一个人还在尿。新兵们惊讶地看着大伟的背影。

有人说：他真行。

大伟终于尿完了，系好裤子，舒服地躺在了背包上，一脸幸福，闭着眼睛。

大伟的画外音：你要像我这么憋一天，你再排泄，你就知道什么叫舒坦了。

有人凑过来，拍拍大伟。大伟睁开眼，看着凑过来的几个新兵。

新兵甲：你真能憋尿。

大伟：战争期间是需要憋尿的。

新兵乙：战争？战争在哪儿？

新兵甲、乙看着高远的天空。

新兵甲：你这儿是不是缺根弦？

大伟莫名其妙，看见两个新兵一脸嘲笑的表情，似乎有些恼了。

大伟：我听不懂你的话。

大伟又靠在背包上，闭上了眼睛。

新兵甲对新兵乙：他有问题。

大伟的画外音：确实，我没有看见战争。三个月后，我被分到了一个边防连队……

13. 连队驻地　日

茫茫戈壁中的连队驻地，显得孤单、渺小。

14. 连队宿舍　日

大伟一个人坐在床上擦着枪，全神贯注，动作熟练。他已戴上了帽徽和肩章。

中尉走进宿舍：王大伟——

大伟答了一声“到”，弹下床，立正敬礼：报告中尉，五连战士王大伟正在擦枪。

中尉：枪号？

大伟：58432415。

中尉：好记性。稍息。听说你在新兵连训练很卖力？

大伟又一个立正：是。

中尉：为什么？

大伟像背书一样：我按口令做每一个动作，不胡思乱想，全神贯注。

中尉：好你个王大伟，立正——

王大伟把身板挺得笔直。

中尉发布口令：正步——走！

大伟迈着正步朝宿舍门外走去——

15. 连队宿舍外　日

大伟按中尉的口令正步走了出来，走到一辆吉普车跟前，没法再走了。

大伟：报告，没法走了。

中尉：上车。

大伟愣了，有些不相信。

中尉跳上吉普车，大伟还在眨眼。

16. 戈壁　日

吉普车在戈壁上行进着。中尉一脸坚毅的神情直视前方。大伟不知中尉要带他去什么地方，却不敢发问，不时看着中尉的脸。

大伟的画外音：我是最后一个被分配的新兵……

在戈壁中行进的吉普车。

17. 菜地 日

菜地被一圈矮墙围着，抵挡风沙。

吉普车在小土门跟前停下来。中尉刚跳下车，小土门里就钻出一位老兵向中尉行礼。中尉像没看见一样，钻进小土门。大伟跟着钻了进去。

园子里竟长着许多蔬菜。还有塑料薄膜搭成的菜棚。大伟很惊奇，在这种地方竟能种出蔬菜来。山东兵也跟了过来。

中尉：看见了吗?

大伟从惊奇中醒过来：报告，这是菜地。

中尉：好眼力。从今天开始，你接替他，种菜。

大伟习惯性地：是——

立刻又醒悟过来：不，我不要种菜。

大伟乱了方寸。中尉不理他，向那位老兵交代着。

中尉：你好好给他讲讲。传帮带。

老兵：是。

中尉转身走了，扔下大伟。大伟愣了。这是他没想到的。他看着中尉钻出小土门，钻进了吉普车，啪一声扣上了车门。

大伟急了，追过去：不——

回答他的是一团远去的烟尘。

大伟：不——

老兵跟了过去。他想和大伟说话。

大伟看着远去的吉普车。

老兵：我叫冯国庆，山东人。在这儿呆了八年，今年退伍啊。

大伟似乎没听见，痛切地看着越来越远的吉普车。

老兵：你是哪儿人？

大伟要流出眼泪了，一动不动。

老兵：咱聊聊吧。这儿难得见个人。走，我领你去园子里转转，你得了解这个地方……

大伟突然甩脱老兵的手，向戈壁滩奔去。

那团烟尘快要消失了。

老兵：傻瓜，五十多公里地你追吧——

大伟没有停住，他决然地追着那团烟尘。

18. 戈壁　日

大伟在跑，沿着那条依稀可辨的路。

19. 连队驻地　日

大伟跑进驻地，满头大汗，一身尘土。士兵们看着向宿舍跑去的大伟，很惊讶。

大伟向宿舍跑去。

几个士兵好奇，跟了过去。

20. 连队宿舍　日

大伟坐在床沿上大口喘着气。汗水把脸上的尘土冲成了几道泥沟。

士兵甲端来一杯水：你真行，跑了一百多里。

大伟摇摇头，表示他不喝。他还在喘气。

士兵乙端来一盆水：快，洗洗。

大伟大口喘气，没动。

士兵们七嘴八舌问大伟是怎么回事。

士兵们突然不说话了——

中尉进来了，一脸严肃，看着大伟。

士兵们小心地退了出去。放下茶缸和脸盆。

大伟的喘气小了一些。

中尉：喝水。

大伟拿过旁边的茶缸喝水。

中尉：洗脸。

大伟摇摇头。

中尉目光犀利，乜斜着大伟：说。

大伟木桩一样坐在床沿上，目视前方，口中念念有词：我不要种菜，我不想。

中尉：就这些？

大伟：我不想，我不想……

中尉：知道我想什么吗？我想回家……

中尉的语气透露出他心底深处的某种东西，使大伟很为惊诧。他把目光投向中尉。中尉立刻意识到了，恢复了铁一样坚硬的表情。

中尉：看什么！咱连队也有一个中心，两个基本点。连队驻地和哨所是基本点，中心在哪儿？就是菜地！你在全连的中心，还有比你更牛气的么？立正——

中尉突然喊出一声口令。他不耐烦了。

大伟下意识一个弹跳，立正了。

中尉：正步——走！

21. 宿舍外 日

大伟正步走出宿舍，又到了那辆吉普车跟前，像孩子遇见了大灰狼，边甩着正步走向它，又一脸恐怖：不！我不去！

22. 戈壁　日

中尉和大伟坐在吉普车上，在戈壁滩疾驰。他们谁也不吭一声。

菜地快到了。

23. 菜地　日

山东老兵从小土门里钻出来，举手行礼。

吉普车没停，拉过一团烟尘，把山东老兵裹在烟尘之中。

吉普车继续前行，急驰而去。

24. 哨所下　日

哨所在一座山包上。哨楼直耸蓝天。哨楼下是战士们简陋的宿舍和厨房。一条陡峭的石路通到山下。

中尉推车门下车。大伟跟下。

大伟跟着中尉沿石路向上走去——

25. 哨所　日

三名战士从宿舍里走出，排成一行。等中尉和大伟到跟前时，战士们立正行礼。中尉面无表情，看着三位战士。

中尉：李杰。

一名战士应声跨前三步，立正。

中尉：请摘下军帽。

李杰摘下军帽。头上的头发快秃了。

大伟看着快要秃顶的李杰。不知中尉为什么要这样做。

中尉：杨海呢?

李杰：报告中尉，他正在哨楼执勤。他成了夜盲眼，晚上不能执勤。

中尉停顿一会儿：去，把你们吃过的菜盒子拿出来。

李杰应声进了哨所。

中尉不看大伟。他取出一根烟，要点。李杰提出一个麻袋。

中尉：抖开。

李杰一抖，抖出来的是一堆各式各样的罐头盒，发出叮叮当当的响声。

大伟惶惑了，对着那堆罐头盒。

中尉狠狠地看了一眼大伟，把未点着的烟装回去，转身下山了。

这回，大伟没追。他木然地看着下山的中尉。

大伟的画外音：就这样，我被分配了。

中尉在下山，身板笔直。

26. 菜地宿舍 日

阳光下，一只鸡蛋打碎在铁锨上，很快就炒熟了。山东老兵冯国庆把鸡蛋端进宿舍。他尽其所能款待大伟，一脸热情。

冯国庆：几天前就说要来新兵接替我。这些都是我给你准备的。

大伟似乎很饿了，一口吞掉一个鸡蛋，噎住了。冯国庆递上水。

冯国庆：别急，喝一口。

大伟连吃带喝，无所顾忌。

冯国庆打开一只木箱，取出三枚军功章，排列在床铺上。

冯国庆：大伟，你来看——

只有大伟吃过的空碗。大伟不见了。

冯国庆一脸诧异，用目光四下搜寻着。

不见大伟的身影。

冯国庆跑出菜园。

茫茫戈壁滩。没有大伟。

27. 戈壁滩 日

大伟漫无目的地走着。

大伟的画外音：我想一个人走走。

大伟在走。

无边无际的戈壁中，大伟像一个孤独的影子。

28. 一棵树 傍晚

大伟走过一片草场，走到一棵树跟前。在这种地方竟然会有这么一棵树，很让人惊奇。

大伟看着那棵树，似乎要从树上看出什么深意来。

孤独的一棵树。树冠很大。

大伟给树做了个手势：再见。

大伟继续朝前走。

29. 沙漠 傍晚

大伟已走进了大漠深处。身后是他的脚印。

大伟还在走。

大伟的画外音：我一直往前走。我一个人。我不知走了多少路、多长时间。走着走着，我突然感到害怕了。

大伟站住了。看着寂静的大漠，脸上有一种恐怖的表情。他突然转身，开始朝回走去。

大伟越走越快，沿着来路的脚印。

风刮了起来。大伟走得更快了，跑了起来。

大伟的脚印没有了。

大伟更为恐慌。风沙更大了。

大伟硬着头皮朝前跑去。

风沙中奔跑的大伟。

大伟跑上一座沙山。他满脸沙尘，已上气不接下气了。

大伟从沙山上滚了下去。

30. 菜地宿舍 夜

外边是吼叫的风沙。

冯国庆一脸焦急，谛听着外边的动静。

什么东西被风吹倒了。

冯国庆拉开门，风沙立刻把他呛了回来。他推上门，吐着嘴里的沙土。

冯国庆在屋里来回走着。他看看表，已是凌晨一点了。他下了决心，拉开门，冲进了风沙里。

风推拉着门扇，往里喷灌着沙土。

31. 菜地 晨

风沙后的菜地。

32. 戈壁 晨

风沙后的戈壁。

33. 沙漠 晨

风沙后的沙漠默然无声。

枪声，遥远而清脆。

中尉、冯国庆和战士们在鸣枪寻找大伟。

枪声惊醒了埋在沙窝里的大伟。他蠕动着，摇去满头沙土，从沙窝中伸出头来。他看着远处的人影，干涸的眼睛有些湿润了。

他们没看见大伟，盲目地寻找着。

大伟想喊出来，但喊不出。

他们似乎要去别处寻找了。

大伟急了，想挪动自己。他努力着，终于从沙窝里站了起来，正要喊，又软了下去。

有人发现了大伟。

中尉和战士们朝这边跑来。

大伟无力地支着下巴，在沙子上。他看着朝他跑来的中尉和战士们。他看见他们像踩在海面上一样飘忽。

大伟的画外音：在这种地方，生命太脆弱了……

34. 菜地宿舍　日

门口支着铝锅，水已沸腾了。

冯国庆从菜地里拔着几株菜，很有限的那么几株。

冯国庆在水管上冲着那几株菜。

冯国庆把菜揪成几截，下进了锅里，又打进去几个鸡蛋。

大伟软绵绵地靠床坐着。

冯国庆：这回可不能猛吃猛喝了，得一点一点滋养。先忍着，一会儿就好。

冯国庆又去翻他的小木箱了，取出那几枚军功章，铺在床上。

冯国庆揭开锅，盛好菜汤：给，边喝边听我说。上次的话没说完。

大伟喝了一口菜汤，给冯国庆笑了一下。

冯国庆坐到床边：这都是我得的。

大伟看着那几枚军功章。

冯国庆：铁打的营盘流水的兵。我20岁来这儿，待了8年，媳妇天天写信催我回去。我没指望了。你好好干。这都是三等功，再多也不顶事。要立就立一等功。没一等功，就提拔晋升不了，和我一样，转志愿兵。

大伟：中尉呢？

冯国庆：他和我们不同。他是军校毕业生，是个好兵，立过两个二等功。

大伟似乎明白了，点着头。

大伟的画外音：几天后，中尉立了一次一等功……

35. 山地 日

一声巨响。烟尘腾起。一群实弹训练的士兵愕然地看着腾起的烟尘。

大伟的画外音：但他没有晋升。他死了。投弹训练的时候，一位新兵把手榴弹扔在了脚跟前，中尉扑上去，像新闻和课文上讲的英雄那样……

36. 中尉的追悼会 日

似乎是在一个大厅里。部队首长当着几百名官兵，把一身军装、一顶军帽和两枚闪闪发光的军功章郑重地交给了中尉的媳妇。她还很年轻，甚至有些漂亮。一位5岁左右的男孩子拉着她的衣襟。她接过中尉的遗物，转身对孩子说了一句什么话。小孩不懂事，把中尉的军帽戴在头上，冲着官兵们笑着。有人看不下去了，流着泪。中尉媳妇捂着脸抽噎着。

大伟的画外音：我知道了中尉为什么说他想回家。他想和他们在一起。可他没有。他回另一个家去了……

小孩抱着中尉的遗物，不知道他妈为什么要哭，他大概是害怕了，突然张开嘴哭了起来。惹得全体官兵不忍卒看，抹着眼泪。

37. 菜地 日

山东兵冯国庆提着行李背包，领着大伟看菜地。

菜地里的菜苗少得可怜。

菜棚里干脆一株菜苗也没有。

冯国庆：我想在这里边种西红柿。三年了，没种成。

冯国庆把背包抡上脊背：你接着种吧。

伸手和大伟告别：祝你好运。

38. 戈壁 日

山东老兵冯国庆在戈壁上边走边唱着《妹妹你大胆地往前走》那首歌，他背着行李，不时回头朝镜头挥手，越走越远了。

大伟的画外音：他回家去了。他是个爱吼歌的人。

冯国庆走得很远了，变成了一个小点。

39. 菜地 黄昏

大伟的画外音：剩下我一个人了……

戈壁滩上的菜地显得渺小而孤单。

大伟的画外音：还有两匹骆驼……

40. 骆驼棚 黄昏

卧在骆驼棚中的两匹骆驼，目光茫然无助。

大伟的画外音：难熬的是晚上……

41. 菜地宿舍 夜

大伟躺在床上，看着一本军事书。床头上放着好几本书，都是关于军事方面的。

夜很静。

风声。

大伟似乎有些害怕。他谛听着外边风声。然后，他跳下床，走出门去——

42. 戈壁 夜

茫茫大漠，明月如水。

风吹着孤单的大伟。

远处似乎有狼的叫声。

大伟的画外音：我哭了一场……

43. 菜地宿舍 夜

大伟坐在床上，头埋在两腿间在哭。

大伟的画外音：然后，我就种菜了……

44. 菜地 日

大伟从井里用桶吊水，往菜地里倒着浇菜。当他转过脸来的时候，脸上已满是太阳长久烤过的颜色了，长满了茬茬胡子。

45. 骆驼棚 日

大伟在喂那两匹骆驼。它们和他已很熟悉了，很亲热。

46. 菜地宿舍门口 日

大伟用铁锨炒着鸡蛋，不时朝那两匹吃草料的骆驼那里看着。

大伟在吃自己的饭菜，吃得津津有味。

大伟的画外音：我学会了一个人过日子……

47. 戈壁滩

大伟的画外音：看日出日落……

隔壁日出日落的镜头，美丽无比。

大伟的画外音：每次的日出和日落都是不同的……

雨中的戈壁滩的镜头。

大伟的画外音：还有雨，还有彩虹。

大伟拉着两匹骆驼，在彩虹的跟前，一抬脚就能走上彩虹一样。

48. 菜地宿舍门前 日

大伟的画外音：还有太阳。

大伟的两只脚泡在水盆里。水盆中有一轮发白的太阳。大伟赤裸的脊背上炸开了皮。他抬起头往天上看去，张着嘴喘气。他太热了。

天上的太阳一动不动。

大伟的画外音：有时候，你真想给太阳拴上根铁丝，把它拽下来，埋到地底下去。

大伟受不了阳光的酷烈，他端起水盆，把盆里的水从头上浇下去。他抹着脸，叶叶吹着气。

大伟的画外音：还有风沙……

风沙声由远及近。

49. 菜地宿舍 日

风沙肆虐。大伟缩在床上，捂着耳朵，似乎很害怕。

风沙在吞食着菜园……

50. 菜地 日

大伟和许多战士在清理被风沙几乎填平了的菜地。他们把沙子往矮墙外清着。

蔬菜和菜棚没有了。

沙子清完后，剩下的是光秃秃的菜地。

战士们提着工具上了卡车，要走了，剩下大伟一个人。

连长要上车，回头看着大伟。

大伟一脸无助的表情。

连长走过来，想安慰大伟，拍拍大伟的肩膀。

连长：再种吧。

跳上卡车走了。

大伟看着远去的卡车。

大伟的画外音：我很难过。一年里，这已是第三回了。

51. 菜地 日

许多天以后。

大伟一个人顶几个人用，在整理好的菜地上刨出渠沟，然后下菜种，埋好。

大伟累了，在地头喝水。

菜地的另一头搭着菜棚。

一样什么东西落在大伟的身后。他转过头去。是一只鸽子。它并不害怕。大伟伸手逮住它，放在手心里。它没有飞走，在大伟的手掌上。

大伟的画外音：我为它盖了一座鸽子楼……

52. 菜地鸽子楼 日

一群鸽子从新盖的鸽子楼里扑打着翅膀，飞向天空。阳光给它们的翅膀涂上美丽颜色。

大伟的画外音：它引来了一群。

大伟清扫着鸽子楼里的鸽子粪，很辛苦。

大伟的画外音：我用鸽子粪上菜。

53. 菜地宿舍门口　日

大伟提着一个鼓囊囊的麻袋一抖，抖出来一堆罐头盒。

大伟的画外音：我觉得我开窍了……

54. 菜地　日

每一株嫩芽上套着一个罐头盒。风沙轻轻打击着它们，发出悦耳的声音。菜已长得很高了。

大伟的画外音：这是我想出的办法……我想让它们飞长……

55. 菜地　日

大伟取着蔬菜芽上的罐头盒。

菜地里一片葱绿。

大伟的画外音：奇迹出现了。只要你心里想着，奇迹就会出现。它们真的在飞长。这是我种出来的第一茬菜。

56. 菜棚　日

大伟在移栽西红柿苗。每栽好一棵，就浇上水，再套上一个罐头盒。

大伟的画外音：我想我会种出西红柿来。这是迟早的事……

57. 胡杨林　日

我们先听到的是大伟喊口令的声音，像指挥着许多士兵一样：

卧倒——起立！齐步走！一二一，一二一，能听见杂沓的脚步声。

然后，我们看见了那两匹骆驼。驼背上是水和蔬菜。大伟像一位将军，神气十足。骆驼是听话的士兵。他继续喊着口令和骆驼走出胡杨林。骆驼昂头迈着蹄脚，步态矫健。

大伟的画外音：我隔几天就去哨所和连队送菜，送水。我说过，戈壁上的路很长很长，像没个尽头一样……

58. 沙山 日

大伟拉着骆驼在沙漠中跋涉。

大伟的画外音：从这儿到哨所，可以近5公里的路程。

翻过沙山，又是茫茫的戈壁滩了。大伟和骆驼显得很孤单。

59. 哨所 日

大伟的画外音：我又见到了他们——

哨所的战士帮大伟卸菜和水。

大伟看着那位秃顶的战士和夜盲的战士，心里有一种说不清的滋味。

60. 戈壁 日

大伟的画外音：没人和我说话，我就一个人自言自语……

大伟背着手，跟在两匹骆驼后边，嘴里咕隆着，给自己说着什么。

大伟的画外音：也和骆驼说话——

61. 戈壁 日

两匹骆驼卧在依稀可辨的道路旁边。大伟给它们许愿。

大伟：等我当上将军，我就领你们去北京逛街，逛天安门。不信？告诉你们，我们军区的赵副司令也种过菜……

骆驼站起来，吃着骆驼草，不理大伟。大伟生气了，坐在一边，很委屈。一只骆驼伸过嘴来，似乎想和大伟亲近，被大伟拨开了。

大伟：去去去，不理你。

62. 戈壁 日

大伟的画外音：更多的时候是这样的……

大伟在驼背上躺着，似乎睡着了。骆驼步态悠然。驼背成了摇篮。

大伟听见了什么声音，从驼背上坐起来，在戈壁上搜寻着——

是一只野兔。它看着大伟。

大伟乐了，从骆驼背上跳下来。野兔跑了起来。大伟追上去。

63. 一棵树 日

大伟追野兔追到了一棵树跟前。

野兔在树下绕了一圈，不见了。

大伟蹑手蹑脚朝树后摸去。他突然一扑。扑空了。没有野兔。它不知钻到哪儿去了。

大伟似乎并不沮丧，他把自己吊在树枝上打着秋千。他成了一个快乐的小伙子。

大伟爬上树，看着无边无际的戈壁。

那两匹骆驼迈着蹄脚，踩着鼓点一样朝这边走来。

大伟摘下一张树叶，吹着叶笛。

夕阳照耀着戈壁。

64. 鸽子楼 日

大伟正在清扫鸽子粪。传来几声羊羔的叫声。他转头看去——一只小羊羔从围墙外边挤了进来。

大伟放下笤帚，下木梯，走过去要抱那只小羊羔。

一个女孩的声音：别动！

大伟看去，一个蒙古族少女骑着一匹骆驼跑过来。她勒住驼缰，跳下驼背，走到大伟跟前，抱起那只小羊羔，转身要走。

大伟：哎！

少女站住了，看着大伟。

大伟：你——

少女：我叫乌云，乌云其其格。

大伟若有所思的样子：唔，唔。

少女跨上了驼背，要走了。

大伟：哎，你别走。

少女拍了一下骆驼，走了。

大伟一脸失落的表情，看着走远的乌云。

大伟的画外音：她好像一道霞光……

65. 路上 日

骆驼在行走。驼背上骑着大伟。

大伟的画外音：后来，我们成了好朋友。她和爷爷随水草迁移，每年都有几个月在这儿的草场放牧……

他听见了悠扬的马头琴声，眼前一亮。

他看见了远处的蒙古包。那位蒙古族少女在向他招手。少女的爷爷在蒙古包前拉着马头琴。

大伟眼睛一亮。

乌云其其格：大兵哥——

大伟：哎——

大伟拍了一下骆驼。骆驼没动。这时，大伟才看见路中间卧着一只刚刚出生的小羊羔。母羊生下它，去路边的草场吃草去了。路两边的草场上是羊群和骆驼。

乌云：大兵哥——

朝大伟跑过来。一只长毛狗跟着她。

大伟跳下骆驼，抱起路上的小羊羔朝乌云跑去。

两匹骆驼也扬蹄跑了过来。

乌云的爷爷手中的马头琴突然变得热情奔放起来。他看着奔跑的大伟和乌云。

跑到跟前了，站住了。乌云的眼睛天真无邪，看着大伟。大伟一脸憨笑。

大伟：来了？

乌云点点头。

大伟：羊羔。

乌云接过羊羔，转身朝拉琴的爷爷喊着。

乌云：爷爷，大兵哥来了——

爷爷仿佛没听见一样，摇头晃脑，自顾自地拉着琴——

66. 蒙古包外 日

拉马头琴的乌云爷爷。长毛狗在跟前卧着。跳舞的乌云其其格。她15岁左右。比大伟幻想中的朴素，但一样美丽动人。

大伟坐在一边，抱着那只小羊羔，看着跳舞的乌云，一脸幸福。

大伟的画外音：每一次她都要这样给我跳舞。然后，就拉我去旁边的敖包……

67. 敖包 日

乌云拉着大伟的手向敖包走来。大伟的手里拿着一块石头。

大伟的画外音：她和爷爷像敖包的守护人一样，守护着吉祥和幸福。

大伟把手里的石头放上敖包。

乌云的爷爷远远地看着他们俩。

乌云看着大伟憨厚的目光，很满足。

68. 蒙古包 日

大伟的画外音：我们像一家人一样……

大伟和乌云及乌云的爷爷喝着奶茶；

大伟在帮乌云做奶酪；

大伟和乌云在剪羊毛。大伟动作笨拙，惹笑了乌云。大伟给乌云做鬼脸。

大伟的画外音：我教乌云写字了……

69. 草场 日

大伟在教乌云写字。自制的写字本上写有“乌云其其格”、“草场”、“骆驼”等字样。大伟的憨厚和乌云的纯真制造出一种亲和动人的气氛。草场上一幅风吹草低见牛羊的景致。

大伟的画外音：我这才知道，虽然没考上大学，可能写的字还是很多的……

卧在一边的长毛狗不知什么时候站了起来，朝远处叫着。狗叫声使草场更显辽阔。

70. 蒙古包 日

冬天快来了。草场上的草已经黄了。

乌云和爷爷在收拾制好的奶酪，要走了。

乌云不时地向戈壁的路上瞭望着。

爷爷：你就别看了。他昨天刚送完菜，今天不会来的。

乌云突然放下手中的活，朝一匹骆驼走去。

爷爷：乌云——

乌云已跳上骆驼背，手一拍，骆驼扬起蹄脚，朝戈壁深处奔去。

71. 菜地 日

大伟以罐头盒作士兵，按兵法书上所讲的摆着兵阵。

一阵骆驼的蹄脚声。大伟扭头看去——

乌云骑着骆驼已到了矮墙外。

乌云：大兵哥哥。

乌云跳下骆驼。大伟迎上去。

大伟：乌云，你怎么来了？

乌云：不能来么？

大伟显得很兴奋：能，能。你看，这是我的兵阵。这是我的菜地。

乌云看着大伟的菜地：就你一个人啊？

大伟：还有它们——

他说的是他的那两匹骆驼和鸽子们。

大伟：我是将军，他们是我的士兵。

乌云笑了。

大伟：就是没有士兵。乌云，我给你炒鸡蛋吃？要不，给你开罐头？

乌云摇摇头。她在想着什么。

大伟：你想啥？

乌云转过头，看着大伟：孤单么?

大伟想了想，点点头。

乌云：我和爷爷要走了，去很远的地方。

大伟：什么时候再来?

乌云：明年。

大伟：我去送你们。

乌云：不用。

大伟故意地：要送。

乌云也故意地：不用。

大伟：要。

乌云笑了。

两人走到骆驼跟前。大伟跳上去，然后把乌云接上驼背。

72. 蒙古包前 日

大伟正在帮乌云和爷爷拆帐篷。家当已差不多都装上了拉拉车。

大伟在捆绑拉拉车上的东西。乌云摸着长毛狗，看着努力劳作的大伟，满眼怜惜的目光。

爷爷已坐上了拉拉车。收拾完拉拉车的大伟有些发呆。

大伟的画外音：我真舍不得离开他们。

爷爷招呼乌云：快。

乌云没理睬爷爷，拉着长毛狗走到大伟跟前。她不看大伟，看着长毛狗。

乌云：你跟着大兵哥哥吧。（对大伟）它是你的卫兵。

长毛狗很听话，蹲到了大伟跟前。

大伟不知该说什么，看着乌云。乌云低着头。

拉拉车起程了。爷爷拉响了马头琴。

乌云扬起头，看着大伟。大伟的嘴唇动了动，依然不知道该说什么。乌云突然转身跑了，去追拉拉车。

大伟看着乌云。

乌云并没跳上拉拉车，而是随着爷爷的马头琴声边走边跳起了舞，她后退着。旋转着。她是为大伟跳的。她满脸快乐的红晕。

拉拉车和跳舞的乌云远了。

大伟突然地：连里让我学吹号。明年你来的时候，我给你吹号——

乌云和拉拉车越来越远了。

大伟呆呆地看着。长毛狗蹲在他的跟前。

大伟的画外音：它是我心里的一道霞光。

满天云霞。

73. 蒙古包拆掉的地方 日

另一天。乌云和爷爷离去的地方空空荡荡。

依然是站着的大伟，蹲着的长毛狗，身后多了两匹送水送菜的骆驼。大伟的背上背着一把金黄色的圆号。他似乎很失落。

出现大伟幻想中乌云跳舞的镜头。

乌云跳舞的情景消失了。大伟转过头去，看着旁边的敖包。

敖包像一个象征，比从前高了，大了些。

大伟走过去，往敖包上加了一块石头。

大伟的画外音：每次路过，我都这么做。敖包上的石头都是我添上去的。

大伟看着敖包。骆驼的驼铃在微风中摇晃着，发出轻轻的响声。

大伟拉着骆驼上路了。

74. 戈壁路上 日

大伟坐在驼背上，学吹圆号。

大伟的画外音：我每天都吹它。我答应过乌云。男子汉说话应该算数……

行走的骆驼，吹号的大伟。他已能吹出完整的乐句了。

大伟的画外音：晚上，我就看星星……

75. 菜地 夜

大伟安静地坐在菜园里，看着漫天星斗。

大伟的画外音：也会想起乌云……

似乎听见了马头琴的声音。

夜已深了。

长毛狗睡着了。

骆驼在吃着草料。

鸽楼很安静，不时有鸽子的一声响动。

大伟一个人在那儿坐着，若有所思。

大伟的画外音：也做将军梦。

76. 军营 日

大伟在一支小型军乐队中卖力地吹奏着迎宾曲。部队正在欢迎一位来这里检查工作的将军。

一群校级军官陪同将军走过来。

列队的边防战士刷一下举手行礼。

将军向战士们还礼。将军肩上的那颗星在阳光下熠熠闪光。

战士们：首长好！

大伟吹着号，眼睛却盯着将军肩上的那颗星。看着看着，眼睛发直了——

穿着将军服的将军变成了大伟，和那群校级军官从战士们面前走过。

战士们：首长好！

大伟：同志们好！

有人高喊：王大伟！

大伟抱着圆号，突然睁开眼睛，慌乱地看着周围。

乐队早散了，只剩他一个人。他因幻想忘记了吹号。

喊他的是连长。

大伟从梦幻中醒过来：到。

连长一脸愤怒：你在搞什么名堂！

大伟：报告首长，我在做梦。

哄一声，一旁看着大伟挨训斥的战士笑了。

大伟认真地：我没说谎。

战士们又哄一声笑了。

连长气歪了脸：放下家伙，回菜地去。

连长甩手走了。

大伟一脸莫名其妙的神情，不知他做错了什么，看着嘲笑他的战士们。他抱着那支圆号，显得可笑而又可怜。

77. 戈壁路上　日

大伟一脸沮丧，拉着他的那两匹骆驼在回菜地的路上走着。还有那只长毛狗。背上的圆号不见了。

大伟的画外音：圆号被收缴了。我不知道该怎么给乌云其其格说。我说过要给她吹号的，都怪我，这永远也办不到了……

行走的大伟站住了。他看见了什么——

远处的戈壁滩上，几个军官陪着那位将军在那儿捡石头，很悠闲。

大伟的画外音：他们在捡石头。这里能捡到很好看的石头。

将军和那几个军官走远了。

大伟还在路上站着，远远地看着他们。突然，他跳上驼背，拍打着追过去——

78. 戈壁 日

将军和军官们听到了骆驼奔跑的蹄脚声，扭过身来，大伟的骆驼已到了跟前。大伟跳下骆驼，向将军行军礼。将军认出了大伟。

将军：你不是那个吹号的么？你的号呢？

大伟看了连长一眼：收了。

将军：为什么？

大伟：我犯了错误。

将军：噢……

大伟：将军同志，我知道你是谁了，你种过菜？

将军：种菜不好么？

大伟：我也是种菜的。

将军兴奋了：噢？

连长：他菜种得不错。

大伟：我想种西红柿。

将军兴致更高了：噢？

大伟：还没种成。

将军感到站在他面前的这位士兵很有意思。

将军：你的菜地在哪儿？

大伟指着远处：那儿，50多公里。

将军：不邀请我去看看？

大伟兴奋了：真的？

将军：将军是不说假话的。

连长为难了：没带车子来。

大伟打了声口哨，另一匹骆驼跑过来。将军骑上去：这不是现成的车子么？士兵同志，上啊。

大伟跳上另一匹骆驼。他很兴奋，满脸喷红。

将军：连长同志，能不能把他的圆号还给他？

连长：是。

将军对大伟：我的面子不小吧？走——

将军和大伟拍驼而去。

79. 菜地宿舍 日

将军很有兴致地看着大伟床头的那几本军事书：都是你的书？

大伟：嗯。小时候总想当将军，同学们都嘲笑我。

将军：我也被人嘲笑过。

大伟拿出几本种菜的书：也看这些。

将军翻看着。

大伟：可没一本讲在这种地方怎么种菜。等我种成了，我自己写一本。

将军：这就对了，小同志。

大伟有些不好意思了。

车子响。

大伟：接你来了？

连长抱着圆号来了。他把圆号递给大伟。大伟接过圆号，向连长敬礼：谢谢连长。

将军：不谢我了？

大伟笑着。

将军：好了，士兵同志，再见。

将军和连长走了。

大伟突然想起了什么：将军同志——

将军回过头来。

大伟：你真好。

将军给大伟做了个调皮相，走了。

车子走远了。

大伟抱着圆号：将军同志，再见——

80. 菜地 日

大伟吹着圆号，和风沙敲打菜地里的罐头盒的声音合成快乐的乐曲。

长毛狗跟在他的屁股后边。

81. 菜地 晨

大伟正在装菜，要送菜去。

大伟的画外音：我的心情和我种的菜一样好……

菜地里的菜确实长得很好。

鸽子们扑扇着翅膀，从鸽楼里向天上飞去。

大伟看着飞上天的鸽子们。

大伟的画外音：还有它们。它们也给了我好心情……

菜都装好了。大伟给骆驼饮过水后，在骆驼的厚嘴上亲昵地拍了拍。

大伟：咱们上路吧。

82. 戈壁滩 日

在路上行走的大伟和骆驼，还有那只狗。

突然，大伟的眼前出现了戈壁滩上最神奇的景象——海市蜃楼，美妙无比，如梦似幻。

大伟并不感到惊奇，朝海市蜃楼走去。

大伟的画外音：它是可望而不可即的……

大伟继续走着。

大伟的画外音：我老觉得它像天安门。其实，我没去过北京。我只是想去……

83. 连队驻地 日

拉着骆驼的大伟到驻地大门口了。一阵歌声吸引了大伟的视线——

打靶归来的一排士兵唱着那首《打靶归来》的歌曲走过来，从大伟身边走过，进了连队驻地。他们神采飞扬，令大伟很羡慕。有人和大伟打着招呼。大伟给他们笑着，点着头。

几个炊事班的战士跑过来，接过骆驼的缰绳，对大伟很亲热，把大伟拥了进去。

84. 连队伙房 日

炊事班的战士们正在往伙房里搬运大伟送来的菜。他们不让大伟动手，又是倒水又是递烟。大伟喝着水，但不抽烟。

有人在洗菜，切菜，准备做饭。

大伟的画外音：他们对我真好。

士兵甲：哨所的哨兵执值一个月，回到连队连话也不会说了，叫失语症。大伟，你可别失语。想说话就和我们说，说啥都行。

大伟一脸质朴的笑：我不会失语。我想说了就和骆驼说，和鸽子说。

士兵乙：说什么？说给我们听听。

大伟只笑不语。

士兵乙凑过来：说说，别不好意思。哎，你们愿不愿意听？

士兵们：愿意——

士兵乙：听见没有，大家都愿意听。

大伟：说给骆驼和鸽子的话只能让骆驼和鸽子听。不说。

士兵们笑了：说得好！

士兵乙不甘心：要不，我和你掰手腕，你输了，就给我们表演表演和骆驼、鸽子说话。

大伟：掰就掰。

士兵乙：一言为定？

大伟：来。

大伟和士兵乙掰手腕。士兵们为大伟喊加油。大伟和士兵乙都憋红了脸，难分上下。

连长进来了。

士兵们纷纷返回自己的岗位，大伟要松手，士兵乙趁机掰倒了大伟。

士兵乙：我赢了！

跳起来，正好看到了连长的目光，立刻闭了嘴，回去洗菜了。

连长：大伟，你跟我来。

大伟不知连长叫他有什么事，没动。

士兵乙：还不快去。

85. 领奖台　日

大伟走上台来。

部队首长把一枚三等军功章挂在大伟胸前。

大伟的画外音：连长告诉我得了一枚军功章，说我种菜有功。

官兵们为大伟热烈鼓掌。

胸佩军功章的大伟似乎有些腼腆。鼓掌声更热烈了。

大伟的画外音：这是我的第一枚军功章。然后，我回了趟家……

86. 敖包 傍晚

大伟和乌云其其格在敖包下坐着。能看见草场上的羊群和骆驼。还有蒙古包。他们已说了一会儿了。大伟说，乌云神情专注地听着。那只长毛狗蹲在他们的跟前。乌云的手里拿着那本练习写字的本子。

大伟：……刚来这儿的时候，我一个月写一封家信，后来不写了，每封信都那么几句话：我一切都好，我种菜，送菜，就这么几句。

乌云笑了。

大伟：可我妈惦记我，她说她想我，还要回去相亲。

乌云：相亲？什么是相亲？

大伟拿过练字本，工整地写出"相亲"两个字。乌云看着，还是不懂。摇着头。

乌云：想不来。

大伟不知该怎么解释：就是，就是和一个女的见面，说话……

乌云没等大伟说完，就以为懂了：我知道了，那一定很好玩，是么？

大伟看着远处，一脸茫然：不知道……

乌云：大兵哥，你说过要给我吹号的。

大伟这才想起他脊背上的圆号：嘿，差点忘了。本来就是要给你吹号的。我吹号，你跳舞。

大伟吹出了一支欢快的曲子，乌云随着乐曲跳起了舞……

87. 大伟家 晨

大伟妈：大伟，起来吃饭。

大伟一个激灵，从床上坐起来，穿衣、叠被，像在部队军训时一样，动作简捷利落。然后，整好军容军纪，走进院子，一脸认真的神情，对着虚拟的士兵或者骆驼：立正——向右看齐——立正——齐步走——一二一，一二一。

有人在街道上跑步，诧异地扭过头看着大伟。

大伟认真地喊着口令。

大伟妈把盛好水的牙缸和牙刷拿到大伟跟前：大伟，不喊不行么？

大伟给他妈笑了一下，开始刷牙。

大伟妈回到客厅，大伟父亲已经开始吃饭了。大伟妈打了一下父亲的手。

大伟妈：等等大伟。

大伟父亲：谁知道他下来还要演什么戏，说不定要射击投弹呢。

大伟进客厅，端坐在饭桌跟前。

大伟妈：快吃，吃。

大伟呼噜噜吃着饭，让人感到不知哪儿有些怪样，又说不出来。

父亲对大伟的动作明显不满：如果看上人，就把事情办了，省得我们做父母的操心。人一辈子得操多少心。我的心快榨成油条了。

大伟妈：别听他的，这是一辈子的大事，可得看好。

大伟冷不丁对着父亲：油条比罐头和压缩饼干好吃多了。

大伟父亲没听明白，看着大伟：嗯？

大伟一脸诚恳：真的。

然后，又呼噜噜喝稀饭了。已喝第三碗了。

88. 街道 日

大伟在街道漫步走着。忙碌的街道使大伟显得像个局外人。

大伟的目光被蔬菜市场吸引了。他看了一下手表，感到时间还早，便走过去——

89. 蔬菜市场 日

各种各样的新鲜蔬菜使大伟目不暇接。它们和他的菜地形成多大的反差！

一捆蔬菜掉到了大伟脚下，大伟赶紧捡起来，吹了几下蔬菜上的泥土，递过去。

买主正给卖主付钱：谢谢。

大伟一脸憨厚的笑，摇摇头。

正在收款的卖主看着大伟愣住了。他竟是短脖子。当他认出前面的这位大兵是他的同学大伟时，脸立刻像开花了一样。

短脖子手里的钱纷纷跌落。他从菜摊后跳了出来，一抱就搂住了大伟，在大伟的脸上使劲亲了一下：是你啊大伟！

又亲了一下：哈哈！

这种亲热的方式使大伟多少有些难堪和被动。但短脖子并不顾及，扭头对一位年轻漂亮的女人喊着：老婆，看好摊子！

又拉着大伟：走，找个地方聊聊。

大伟看着那位漂亮女人。

短脖子：噢噢，介绍一下。老婆，他就是我常给你说起的老同学，大伟，边防军，最可爱的人……

大伟的画外音：他发福了，在蔬菜市场办了个摊位，过得很好，娶了个郊区的漂亮姑娘……

90. 康乐宫 日

短脖子和大伟正在脱衣服。服务生递过浴巾。

短脖子：我老婆怎么样？漂亮吧？

大伟憨笑着，算是回答。

短脖子：把咱的几个同学都震了。走，往里走——

两人进了洗澡间。这里设施齐全，冲浪，瀑布，冷水，药浴，应有尽有，还有一排淋浴设施。大伟第一次进这种地方，很陌生。短脖子一一给他介绍着。

洗澡的人并不多。但许多淋浴喷头都打开着。它们吸引了大伟的视线。

短脖子：别往那儿看，先下池子，最后再冲。过来。

短脖子已下浴池了。

大伟没下。他朝那一排淋浴喷头走过去，把没人使用的挨个儿关上了。

几个洗澡的人也在看大伟。

大伟朝浴池走来，正要下浴池——

一位冲完淋浴的人进了桑拿房，没关淋浴喷头。

大伟转身要过去。短脖子伸手抓住大伟的胳膊，一把把大伟拉下浴池。

短脖子：你以为这是在你们戈壁滩啊？好好给我洗吧你。

大伟不甘心地朝那只喷头瞄了一眼。

大伟：这水可真好。

短脖子：花钱买的就是这个好，不好还行。这儿，把腰顶在这儿，强力按摩，感觉到了吗？酥酥的，过电一样。

大伟：真好。

大伟已不想那只喷头了。

喷头开到了最大，底下站的已经是大伟了。

他仰着脸。水猛烈地冲在他的脸上、身上，飞珠溅玉。

短脖子：舒服吧？

大伟不说话，任水冲击着。

短脖子：别见你妈说的那个人，肯定不好。我给你介绍一个，保你满意，怎么样？

正在任水冲击的大伟：行。

短脖子：这就对了。

91. 公园 日

坐在木长椅上的大伟被旱冰场上滑旱冰的孩子们吸引住了。他远远看着他们，脸上满是笑。

一只冰淇淋伸过来：给。

是一位青年女子，很像高中时的那位漂亮的同学。她吃着一只，把另一只递到大伟鼻子跟前。大伟接过冰淇淋，目光还在旱冰场上。

大伟：他们真好。

女青年在大伟身边坐下来。

大伟：我小时候也爱滑。就是滑不好。

旱冰场上，一小孩险些摔倒。

大伟站起来，叫了一声：小心！

小孩没摔倒，又滑了。

女青年：他听不见。

大伟笑了，坐下来，吃了一口冰淇淋。

女青年：说话啊。

大伟这才想起他正在约会，有些不好意思了：嗯？噢噢，对不起……

女青年笑了一下：你在部队做什么？

大伟：种菜。

女青年又笑了：你还挺幽默的。

大伟：幽默？不幽默。我一个人在那儿，种菜、浇菜、送菜、喂骆驼。自个儿做饭，自个儿打扑克，自个儿给自个儿说话……

大伟滔滔不绝地说了起来，手上的冰淇淋一滴一滴往下掉着。

大伟：还有鸽子。我给它们盖了一座鸽子楼。它们飞走以后，我就收拾鸽子粪。那儿的景色美极了……

大伟说得两眼放光。他沉浸在一种说话的快感之中了。

女青年：瞧你，冰淇淋化完了。

大伟手上的冰淇淋真的化完了，只剩下了一根棍儿。

大伟：我一个人在那儿，一年说不了几句话，想说。

女青年：你真有意思。

大伟不好意思地笑了，摆弄着手里的冰淇淋棍儿。

92. 街道 日

大伟和女青年在繁华的街道上走着。大伟对什么都有兴趣，看不够一样。

女青年：为什么要在街上转?

大伟：我喜欢。街道上人多。

女青年：你是个爱热闹的人?

大伟：我看见每一个人都觉得亲。

大伟的视线被什么东西吸引住了——

远处的交叉路口有一伙人正在往一棵大树上拴绳子，似乎要把那棵树搬走。树冠很大，和戈壁滩上的那一棵差不多大小。有人围观。

大伟朝那棵树走过去。

女青年跟了过去。

93. 交叉路口 日

这里正在修一座立交桥。一棵大树必须挪走。拴绳的人已从树上跳下来。有人指挥着，让把大树朝安全的方向往倒拽。

电视台的记者正在作现场直播。

节目主持人：……大家关心的立交桥工程正在加紧施工。为了在十月一日前顺利通车。指挥部已加强了施工力量。我身后的这棵大树一会儿就会被拽倒。代之而起的将是我们这座城市的另一道风景……

工人们已开始拽那棵大树了。

许多人在围观。

指挥者：听我的口哨，哨声一响，就一齐用力。预备——

正要吹哨，大伟从人群中突然挤了出来。

大伟：停下——

大伟跳到了大树根下，一脸焦急的神情，使正在施工的人和电视台的工作人员愣住了。他们都有些莫名其妙了：

"怎么啦？"

"怎么回事？"

"他是什么人？"

围观的人更多了，交通立刻堵塞。人声、喇叭声响成一片。

94. 大伟家 日

大伟父母正在看电视。

电视节目主持人：各位观众，这里是南口立交桥施工现场，我们正在作现场报道。一位叫王大伟的人阻拦施工人员挪走我身后的这棵大树……

大伟妈：那不是咱大伟吗？

主持人拿着话筒走近大伟：你为什么要这样做？

大伟头上冒着汗。

主持人：你能告诉我，你为什么要这样做吗？

大伟头上的汗滚落下来。

主持人：请你给我们说说，好吗？

交通堵塞得更加厉害。围观者更众。

大伟一脸执着和诚恳：一棵树，好好的，我不让他们挪走……

大伟父亲：看你的宝贝儿子，他怎么跑到这儿来了。这不是没事找事嘛，丢人！关了我不看了。

大伟母亲没关电视：你看嘛，大伟也许有他的道理。

大伟父亲：狗屁道理。

大伟母亲：别吼，不看你不看，我看。

大伟父亲：看吧看吧，看他惹更大的事吧。

电视画面上出现了两名警察。他们走到大伟跟前：你已严重影响了这里的施工，请你马上离开。

大伟：不。我一走，他们就会把树搬倒。

警察：你不走，我们就要采取措施。

大伟：我不管。

警察没辙了，对现场一位负责人：他是现役军人，我们无权处理他。

负责人：那可怎么办？

警察：只有叫宪兵了。

大伟父亲：听见了没有？

大伟母亲也慌了：你就只会对我吼叫。你就不能去看看？

大伟父亲：我不去。

大伟母亲：你不去我去。

正要出门。短脖子慌慌张张骑着一辆摩托来了：你们看电视没有？大伟出事了——

大伟父亲：都是你！

短脖子：别急别急，我怕你们慌张，来打招呼。我这就去。

说着，调转车头，风一样走了。

95. 交叉路口 日

大伟和施工人员僵持着。

有人喊：宪兵来了。两名宪兵拨开人群，走到大伟跟前。

大伟啪一个立正，一个标准的军礼：85306部队四连战士王大伟。

宪兵还军礼：证件。

大伟掏出证件，递过去。

宪兵看完证件：跟我们走吧。

大伟：是。

大伟跟着宪兵走了。

大伟扭过头，看了那棵大树一眼。他知道它保不住了，一脸遗憾的表情。

短脖子喊叫着挤过来：大伟——

大伟已消失在拥挤的人堆里了。

一施工人员：让宪兵带走了。

短脖子：他女朋友呢？

施工人员：女朋友？

短脖子：个子高高的，挺漂亮的。

施工人员：没见。

短脖子在慢慢疏散的人群里看着，寻找着。

没有那位女青年的影子。

短脖子：完了，肯定吹了。

施工人员：哎，他是你什么人？

短脖子：管得着吗？

指挥拽树的人对短脖子：闪开——

短脖子慌忙跳到一边。

那棵大树正在缓缓倒下。

96. 大伟家 夜

大伟一脸沮丧，坐在床沿上。

大伟父亲：还逞能不？亲没相上，还惹了一堆事，舒服了不是？

大伟拉开被子，倒在床上，蒙头睡了。

大伟父亲：你看你看。你怎么给我生了这么个儿子！

大伟母亲很难过，但更同情儿子：大伟心里不好受。不成就是没缘分……

97. 郊外 雨

大伟一个人在雨里转悠着。

大伟的画外音：我喜欢到这儿来。这儿人少。雨天人更少……

确实没几个行人。偶尔有骑自行车的人披着五颜六色的雨披过去。路边是大片的菜地。

大伟的画外音：我想着我的菜地，那儿能下雨就好了——

98. 菜地 雨

绵绵细雨敲打着蔬菜上的罐头盒。

大伟的画外音：要下雨，就该把罐头盒拿掉……

99. 蒙古包 日

乌云和爷爷正在制奶酪。

草场上是他们的羊群和骆驼。

大伟的画外音：也想乌云其其格……她大概又该迁移到另一个地方去了……

乌云不时地往戈壁滩的路上看着。

爷爷：想大兵哥哥了？

乌云：他正在相亲呢。

乌云想象着什么。

乌云：爷爷。

爷爷：嗯？

乌云：等大兵哥哥回来咱再走吧。

爷爷故意地：为什么？

乌云：不为什么。

爷爷：你看，草黄了。

乌云不吭声了。爷爷同情地看着乌云。

乌云突然地：我要去菜地。

说着就站起来，朝一匹骆驼走去。

100. 菜地外 日

乌云拍打着骆驼朝菜地奔来。

乌云跳下骆驼，朝菜地走去——

101. 菜地 日

一位士兵（大伟掰手腕的那位）替大伟照看着菜地。

乌云走进菜地，在宿舍、骆驼棚寻找着。

士兵：哎，小姑娘，你找谁？

乌云：我找大兵哥哥。

士兵：大兵哥哥，噢，你是不是乌云？

乌云：你怎么知道我的名字?

士兵：猜的。我还能猜你是找那位叫大伟的大兵哥哥，是不是?

乌云：是啊。

士兵：他还没回来。

乌云有些失望：那就算了。

要走。士兵叫住了她。

士兵：哎，等会儿。

士兵不知从哪儿提出来一只手工制作的鸽子笼，里边有一只鸽子，带着鸽哨。

乌云一脸迷惑。

士兵：这是大兵哥哥留给你的。说你要迁移，就带走它，要回来时，让鸽子带信回来。

乌云看着笼里的那只鸽子。

士兵：放心，它不会迷路的，保证把信传到，还有哨哩。

士兵吹出一阵鸽哨声。

乌云乐了，接过鸽子笼：谢谢你，你也是大兵哥哥。

士兵也乐了。

102. 大伟家 日

大伟在收拾行李，要走的样子。他把那只熊玩具装进了行李包。

父亲在生闷气。

母亲在抹眼泪。

大伟的画外音：我不想让父亲看着我生气。所以，我提前回部队了。

门外停着一辆破旧的客货两用车。短脖子把头从车窗里伸出来：大伟，快点。

哗一声，父亲把一筐萝卜干掀翻了。

大伟看了一眼父亲，拉上行李包的拉链，提着行李包，走到抹泪的母亲跟前。

大伟：妈，我会给你写信的。

母亲哭出声了。

大伟提行李出门。

短脖子殷勤地把大伟的行李放上车厢，让大伟坐在前边。大伟要上车。

母亲追了出来：大伟——

大伟停住了，看着母亲，然后，朝母亲走过去。母亲的头上已是缕缕灰丝。大伟也很难过。母亲抱住大伟：大伟……

短脖子握着方向盘，泪水盈眶，喃喃自语着：可怜天下父母心啊……

不小心，竟按响了货车的喇叭。

103. 连队驻地 日

连长和一群战士正在练习翻单杠双杠。

一战士：大伟回来了！

连长扭头看去——

大伟一身风尘，提着行李包，快走到跟前了。他放下行李包，给连长敬礼。连长和战士们围上去。

连长在大伟胸脯上砸了一拳：好你个大伟，情系边防，心在部队，至少给你一次嘉奖。

大伟：不，不是。我父亲看我不顺眼，跟我生气。

战士们笑了。

连长：是么？

大伟一脸认真：真的，我没骗你。

战士们又哄一声笑了。大概是笑他的愚憨。大伟莫名其妙，不知道他们为什么发笑。他摸摸头，也憨憨地笑了。

104. 拆掉蒙古包的草场 日

大伟的画外音：乌云和爷爷走了。

大伟走到敖包跟前，添上一块石头。

冬天的草场有些荒凉。

105. 空镜 日

夏天来了。

106. 菜地 日

大伟正在给蔬菜浇水。鸽哨声。大伟抬头看去——

一只鸽子从天空飞来。

大伟伸开手。鸽子落在大伟的手掌上。

大伟看见了鸽子带来的“信”。他看着，眉梢展开了。他兴奋地叫了一声，手一扬，鸽子飞上天空，鸣着鸽哨。

大伟跑进宿舍。从行李包里取出那只小熊玩具，看着。

大伟向天上看去——

那只鸣着鸽哨的鸽子在天空飞翔着。

107. 胡杨林 日

大伟骑着骆驼，催骆驼快走。骆驼昂头挺胸，快步走着，大伟还嫌不快。

大伟骑着骆驼，出了胡杨林。

108. 草场 日

大伟骑着骆驼在戈壁上走着。

长毛狗欢快地叫着，朝大伟奔来。

大伟看着远处的蒙古包，没看见乌云和爷爷。大伟扭头朝草场看去——

乌云和爷爷正在拦着羊群和骆驼。

长毛狗围着大伟叫着。大伟跳下骆驼，抱起长毛狗，在脸上挨着。

远处的乌云和爷爷没看见大伟。乌云的裙子在风中飘动着，是一团鲜艳的色彩。

风声从远处传来，大伟的脸突然变了。他看见从西北方向升起一道黑色的云坎一样的东西，遮天蔽日，席卷而来，呼啸着，拔起地上的东西，卷上天空。

大伟脱口而出：沙暴！

乌云和爷爷在狂风中驱赶着四处奔突的羊群和骆驼。沙暴离他们越来越近。

乌云绊倒了。

大伟：乌云——

乌云又爬起来，挥着羊鞭。

大伟扔下长毛狗，跳上骆驼，朝乌云奔去。

长毛狗朝涌来的沙暴狂吠。

狂风中的乌云和爷爷，羊群和骆驼已失去控制。

拍打骆驼迎风而上的大伟。

沙暴吞没了乌云和爷爷。

大伟：乌云——

大伟拍打骆驼冲进沙暴。沙暴抓起他抛上天空。那只小熊玩具掉下来，骆驼的蹄脚踩了上去。

沙暴狂吼着吞没了一切……

109. 医院病房 日

几个病号正在打扑克。

身着病号服的大伟独自躺在病床上，正在看一张画片。

是天安门。

有人喊了一声大伟。大伟抬起头——

连长和几个战士拥了进来，围在大伟床前，把几袋水果一一放上床头柜。

打扑克的几个病员扭头朝这边看着。

一战士：还有更好的。

连长把一个精致的盒子捧到大伟跟前。

大伟似乎有些茫然，看着连长。

连长：打开。

大伟打开盒子，是一枚三等军功章。

连长：高兴吧？

大伟一脸真诚，点点头。然后，又去看那枚军功章。

盒子里的军功章闪闪发光——

110. 医院病房 日

镜头从盒子里的军功章上拉开时，已没了连长和战士们，围观的是那几个病员。他们摇着头，很遗憾的表情。

一病员提起军功章，又放回盒子里：三等功，没用。

另一病员：咱们出去吧。

病员们很同情地看着大伟，朝病房外走去。

大伟脸上的神色黯淡下去。他看着盒子里的那枚军功章，很难过的样子。

一只好看的手伸过来，拿起那枚军功章。

大伟抬起头——

是乌云。

大伟没想到乌云会来：乌云……

乌云不吭声，把那枚军功章认真地别在了大伟的胸前。她看着大伟，双眸闪着清澈的光泽。

大伟愣愣地看着乌云。

乌云一脸俏皮的笑。

大伟的眼里涌满泪水。她让他感动了。他感激她。

乌云：大兵哥，你怎么啦？

大伟：你真是个，好姑娘。走，我们也出去，看太阳。

大伟跳下床，拉着乌云的手，往外走去。

111. 医院草坪　日

阳光下，坐着大伟和乌云，乌云一脸天真烂漫，抱着双膝，歪着头，听大伟和她说话。

大伟：……本来，我想当将军。

乌云：会的。只要你想，奇迹就会出现。

大伟兴奋了：我想把我的骆驼拉到天安门广场。我一直这么想。

乌云有些听不明白了。

大伟：我也不知道我为什么有这种怪想法。我经常有许多怪想法。你呢？

乌云：我要和爷爷走了。

大伟愣了，看着乌云。

乌云：这儿的草场被沙暴毁了。

大伟不吭声了。他知道他无力留住乌云。

乌云：大兵哥，我会想你的。

乌云和大伟站起来。乌云拉起大伟的手。乌云深情地看着大伟。

乌云：等我长大了，就去找你。

大伟点着头。

乌云要走了。

大伟：乌云。

乌云回过头来。

大伟取下胸前的军功章，递给乌云，放在乌云的手心里。

大伟：你拿着。

乌云看着军功章，又把它别在了大伟的胸前：你会用得着的。

乌云转身跑了。

大伟看着远去的乌云。阳光在他的背后……

112. 菜地 日

两个战士把大伟的那两匹骆驼从棚里拉出来。骆驼不肯跟他们走。他们强拉着，拍打着，终于把骆驼拉出了菜园，朝连队驻地的方向走去。

大伟的画外音：我的骆驼退役了，他们拉走了它……

两匹骆驼随那两名战士走远了。

113. 胡杨林 日

那把圆号蹲在胡杨林边的沙丘上。

静静的胡杨林。

长毛狗在另一边蹲着。

大伟躺在沙窝里，一动不动。

大伟的画外音：我很难过……

骆驼的蹄脚声响了起来，很遥远。

大伟侧过脸。半边脸上沾满沙子。

骆驼的蹄脚声大了起来。

起风了。胡杨林摇动着。

大伟没有起身。他看着前边，眼睛里射出一种奇异的光彩。

骆驼的蹄脚声，很空洞。

大伟拼力喊出嘶哑的口令：立正——

114. 天安门广场 日

几千匹骆驼按大伟的口令收住了蹄脚。

半边脸上粘着沙子的大伟正在指挥一支庞大的驼队。

大伟嘶哑的口令：向右看——齐！

刷。骆驼们的头一起摆了过去。

大伟：向前——看！

刷。骆驼们的头一起摆正过来。

大伟：稍息。

骆驼们一起稍息。

大伟：立正——

骆驼们一起收回蹄脚。

大伟：齐步——走！

几千匹骆驼迈着整齐的蹄脚，在广场上行进着，发出惊心动魄的蹄脚声。

大伟：卧倒——

庞大的驼队一齐卧倒了，寂静无声。

大伟：起立——

驼队站了起来。

大伟：齐步——走！

驼队在行进。到观礼台前了。

大伟：正步——走！

驼队在正步行进。

大伟：敬礼——

驼队挨个儿齐齐地摆过头去，向观礼台行注目礼。

惊天动地的驼队在行进……

大伟像一尊雕塑，拼力喊着口令：一二一，一二一……

115. 练车场 日

大伟在学开一辆军用卡车，教练在教他。

长毛狗在旁边蹲着。

大伟的画外音：我学了两个月车……

大伟和教练跳下车。长毛狗跑过来。大伟抱起长毛狗，接过教练递过的军用水壶，喝了几口，然后，给长毛狗喝水。

大伟的画外音：然后，我又回到了我的菜地。

116. 菜地 日

大伟抱着长毛狗走出菜园的小门，上了一辆客货车，开走了。

117. 草场 日

大伟开着客货车朝草场驶来。

客货车在乌云和爷爷搭蒙古包的地方停下来。大伟抱着长毛狗跳下车。

大伟放下长毛狗，看着这块地方。

大伟的画外音：不知为什么，我总感到他们会在这儿出现……

马头琴的声音。

乌云轻盈优美的舞姿。

大伟朝敖包走去。

大伟把一块石头放在了敖包顶上。

大伟的画外音：每次路过，我都要这样做。这是我添上去的第1081块石头。

长毛狗的叫声惊扰了大伟的沉思，长毛狗在沙窝里叼着一样什么东西，朝大伟叫着。大伟走过去，捡起来——

是乌云的练字本。

大伟取过本子，翻看着。翻到一页，停住了。

练字本上写着几个字：我想和你相亲。

大伟被触动了，抬起头，看着草场。

草场一片辽阔，直到天边。

长毛狗叫了两声，朝远处跑去。

长毛狗越跑越远，消失了。

大伟的画外音：它也出走了，大概是找它的主人去了……

大伟在跳舞，响着乌云爷爷的马头琴声。他跳得笨拙而动人。

远远看去，大伟和那辆客货车在夕阳照射的草场上，显得很小。

大伟在跳着。

118. 菜地 日

大伟坐在鸽子楼下，正在剪鸽子们的翅膀。鸽子们围绕着他。

大伟的画外音：我只有它们了。我不想让它们离开我。也舍不得鸽子楼……

菜地的蔬菜长势很好。

119. 菜棚 晨

大伟在采摘西红柿。西红柿在绿叶之间，鲜艳可人。

大伟的画外音：我到底把它种成了。

大伟把一筐西红柿倒进车厢。车厢里已装上多种蔬菜。

120. 连队文化活动室 日

活动室布置一新，墙上挂着“庆祝八一建军节”等字样的横幅。

十几位军嫂坐在会议桌周围，每人跟前放着一瓶矿泉水。

连长：你们都是军人的妻子，我们的军嫂。今天是军人的节日。也是你们的节日，军功章上，有我们的一半，也有你们的一半，歌子唱得没错。请你们到边防来，是想让你们看看，你们的男人是怎么生活的，也想向你们表达我们的感谢。这里很艰苦，缺菜缺水，更缺你们这些愿意嫁给军人的女同志。这矿泉水，是连队专门派人到城里买来的。一人只有一瓶。打开喝吧——

有人打开矿泉水，有人没动。

连长：都喝都喝。喝完矿泉水，还有大会餐。我们把蔬菜的问题基本解决了。今天会餐的蔬菜，是我们的战士在戈壁滩上种出来的，现在嘛，在路上走着哩……

121. 连队伙房 日

炊事班的战士们兴高采烈地洗刷着炊具。

士兵乙：大伟这回可给咱连队露脸了。

122. 戈壁 日

大伟开着客货车朝连队驻地疾驰而来。

大伟的车离开道路，开进了戈壁。

大伟的画外音：我可能是急了点，想走近路……

大伟拼命搬动方向盘。车在戈壁中颠跳着。

迎面一道高坎，快撞上去了，大伟一个急转，客货车一声尖叫，翻倒了……

123. 连队伙房　日

炊事班的战士静等着大伟送菜来。

士兵乙：怎么还不来?

124. 戈壁　日

大伟的脚被夹伤了，鞋上渗出血来。他全然不知，从倒扣的车厢底下往外拉着菜筐。

到底拉出来了，可是，西红柿成了一筐烂泥。大伟急了，在里边刨着，刨的两手全是西红柿肉浆。

他还在刨着。

125. 连队伙房　日

炊事班战士们等不见大伟，急躁了。

士兵甲：大伟是怎么搞的?

士兵乙：这狗日的大伟!

连长急匆匆进伙房：还没来。

战士：没有。

连长说：还坐着干啥? 找去!

几个战士正要出门，愣住了——

大伟一身泥土，脸上有明显的擦痕，很狼狈的样子，抱着一筐蔬菜。

连长：你搞什么名堂?

大伟：翻，翻车了。

连长的眉毛竖了起来。

大伟：这是我从车底下刨出来的。

一战士接过蔬菜。

连长一肚子气，却无法发作。

大伟：还有西红柿……

大伟从两个衣兜里掏出6个西红柿：也是我刨出来的。

连长嘿了一声，走了。又歪过头来：熬菜汤！

大伟站着，表情可怜。一战士走过来，拿走了大伟手中的6个西红柿。

炊事班长：愣着干什么？洗菜！

战士们忙乎起来，没人理大伟了。

大伟依然没动。他似乎感到疼了，朝脚下看去——

大伟的一只胶鞋正往外渗着血，在地上流着，已一大摊了。

大伟一阵晕眩，倒了下去——

士兵乙：大伟！

正要离开的连长回过头来，一愣，扑过来，抱住了要倒下去的大伟，对愣着的战士们：都成木头了？送医院！

126. 连队食堂　日

全连战士围成十几桌，还有十几位军嫂。他们每人面前放着一碗菜汤。

连长端起菜汤碗：这是大伟的菜汤，6个西红柿做的，喝！

战士们端起碗，站起来：大伟的菜汤，一二三！

他们抱着碗灌了起来。

军嫂们也喝着，噙着泪水。

……

127. 医院手术室　日

大伟躺在手术台上，睁着眼。

医生们正在给他做截趾手术。

大伟的画外音：我失去了一根脚指头……

手术进行得有条不紊。

医生甲：没压死，命大。

医生乙：评个三等残废没问题，不影响什么，还能够照顾安排工作。福气。

大伟在听着，眼睛一动不动。也许他什么也没听。

大伟的画外音：我没当上将军。我当了三年兵，两年志愿兵，然后，我离开了部队……

128. 菜地宿舍　日

大伟在擦枪。

大伟的画外音：这是我最后一次擦枪。我的枪号是54832415……大伟把擦净的枪械重新装好，动作熟练。

129. 菜地　日

大伟在练瞄准。

大伟的画外音：这是我每天必做的功课。分配我种菜以后，我没打过枪。我请求在我离开部队前打一次实弹。连长批准了我的请求……

130. 靶场　日

连长把一箱子弹重重地放在掩体跟前，亲自为大伟装弹夹。他把装满子弹的弹夹装上枪支，递给大伟。然后装第二个弹夹。

大伟爬进掩体，瞄准着。

枪声突然响了。

大伟痛快地打着连发。

大伟的画外音：我打得很痛快。就像我在新兵连野战训练时憋尿的感觉一样。我真想永远这么打下去……

大伟已打出了一堆空弹壳。

枪还在响着：啪啪啪啪……

131. 菜地鸽子楼　日

大伟的枪声变成了鸽子扇动翅膀的声音。

大伟的鸽子们向天空飞去。

132. 哨所　日

大伟背着蔬菜和水向哨所跋涉着。大伟快到哨所跟前了。几个战士走出哨所，迎接大伟。

大伟的画外音：我认真地走完了我作为军人的最后时刻。

哨兵们从喘气的大伟身上卸下水袋和蔬菜。

大伟舒了一口气，看着哨楼。

哨楼高耸入云，在崇山峻岭之间。

大伟扶正军帽，面对哨楼，右手庄严地挨上帽檐。

歌声起。是那首军人很熟悉的歌曲：

> 十八岁，当兵到部队。
> ……

133. 连队草场　日

歌声延续着。

大伟已站在了猎猎招展的军旗下，和一排退役的老兵面对军旗行最后一个军礼，庄严、神圣。

部队官兵在他们的身后，刷一下，也举起了右手，面对招展的军旗。

歌声在继续：

一辈子有过当兵的历史
终生不后悔……

两颗泪珠从行军礼的大伟眼里滚落而下。

红色的军旗迎风展动。

134. 连队宿舍 日

大伟正在整理行装。

连长走进，把一张证书递给大伟。

是一张三等残疾军人证。

连长：它对你会有用的。

大伟看着连长，把证书放在了行李包内，拉上拉链。然后——

大伟取过那把圆号，郑重地交给连长。

连长：你带回去，留个想头。

大伟和连长对视着。他们的心里都翻滚着同一种情感。眼睛都湿润了。

大伟突然抱住连长，哭出了声。

连长也噙着泪花，手在大伟的肩膀上拍着。

135. 城市郊区大伟的小楼 日

几年后，客厅的墙上醒目的地方并排挂着三枚三等军功章，还有一张残废军人证书。还有那支圆号。

大伟的画外音：我立过三次三等功，这是对我当兵的馈赠。我没让他们安排工作，我在郊外租了几十亩地。几年后，我成了有钱人，这也是我当兵的馈赠。

大伟漂亮的小楼。

136. 大伟的菜地 日

大伟正在浇菜。他打开开关。自动喷水器喷洒着水雾。

大伟的画外音：还有鸽子……

大伟的鸽子楼。和戈壁菜地的鸽子楼很相像，楼檐上落着许多鸽子，一片祥和。

大伟的画外音：鸽子粪确实是最好的肥料。他们都爱吃我的菜，亲切地叫它们“大兵的黄瓜”、“大兵的西红柿”……

137. 菜地 日

大伟的画外音：短脖子每天都来我这儿拉菜。我们相处得很好……

短脖子正和几个工人往车上装菜。大伟给他们帮着手。

138. 大伟的小楼 日

大伟母亲把炒好的菜端上桌子，亲切地看着大伟和父亲喝着酒。

大伟的画外音：父亲常来我这儿小住。父亲不再生我的气，母亲也不再抹眼泪了。

有人敲门。大伟打开门——

是短脖子，领着和大伟曾经相过亲的那位女青年。

大伟和父母热情招待着短脖子和那位女青年。

大伟的画外音：他们给我介绍过好几个对象。有人也愿意嫁给我……

139. 大伟卧室 夜

月光探窗而入。大伟在床上躺着，但没睡着。

大伟的画外音：我没订婚。我常常会想起乌云说过的话。她说她长大了会来找我……

140. 大伟的小楼 日

大伟的父母和短脖子朝小楼走来。

大伟的画外音：只要你想，奇迹就会出现。有一天，我接到乌云的信……

大伟拿着一封信，从小楼里冲出来：妈，乌云给我来信了！还有照片。

大伟父母和短脖子争相看照片。

是一张合影照，很多人。

大伟妈：哪个？哪一个？

大伟指着中间的一位：她，就她。

大伟妈仔细地看着，微微摇着头：看不清。

短脖子：我看。

大伟妈惋惜地看着大伟：妈看不清楚。

大伟一脸甜蜜的憨笑，让人心动。

短脖子还在看着那张照片，想看清楚一些。

141. 大伟的菜地 雨

细雨濛濛。

大伟的画外音：下雨的时候，我一个人，我会想起那儿——

142. 戈壁菜地 雨

雨滴轻轻敲打着蔬菜上的罐头盒。

大伟的画外音：那儿有我的生命，我无法忘记……

143. 戈壁 日

日出的镜头；

日落的镜头；

驼铃声隐约可闻。

圆号声响起——

144. 大伟的菜地 日

大伟坐在菜棚跟前，吹着那支圆号，是一支舒缓悠扬的曲子。一只大气球从远处升起来，缓缓移向那座大城市——

145. 江南某大城市

气球在城市上空缓缓移动，和影片开始时何其相似，但城市已非昔时可比。高楼林立，气势更加宏伟。

气球上突然吊下来两幅商业广告，传单如雪片，飘向城市，纷纷扬扬。

飘向高楼的尖顶。

飘向街道和各色如蚁涌动着的人群……

一九九七年十月十五日二稿

一九九七年十二月十五日再改

一九九八年四月九日定稿

生 日

（根据鬼子《瓦城上空的麦田》改编）

主要人物表

李四：60岁，秃顶，红光满面，身体健壮。

胡来成：15岁，念过五年级，聪明，穿着另类，喜好打扮，常用清水稳定发型。

老胡：60岁左右，喜兴人，精瘦、乐观、话多，得意时会来几句醋熘普通话。

李香：38岁，李四之女，纺织厂下岗工人，看上去比实际年龄大许多。

刘大奇：40岁左右，李香丈夫，耳背，前货车司机。

艳艳：16岁，李香刘大奇的女儿，高一学生，好打电话。

李瓦：35岁，李四之子，部队转业干部，某政府部门科长。

李欣：25岁，李四之子，技校毕业，正在找工作。

1. 李四家院 傍晚

傍晚的村街，几个老头在打花花牌，有人观看。远处几个孩子在追跑打闹。一辆满载着苹果的手扶拖拉机驶过。（画外收音机在播报时间：刚才最后一响，是北京时间，十九点正。）

院子里，蹲在一块石头上的李四，旁边放着一台半截砖头一样大小的收音机，正唔哩哇啦播放着节目。老伴坐在门槛上正在分拣苹果。

李四：把灯拉着去。

老伴进屋拉亮了电灯，又回来坐在门槛上，坐在了光线里。她继续分拣着苹果。

收音机里已是戏曲节目了，在唱秦腔《三娘教子》里“左边尿湿换右边，右边尿湿换左边”的那一段。

李四：不回来了……

老伴：再等等……

收音机里的三娘唱得情声并茂。

李四：不回来了！

老伴：或许在路上呢……

不知是收音机里的唱段加重了李四的郁闷情绪，还是他实在等得不耐烦了，啪哒一下关了收音机，起身转了几个来回。

老伴有意无意地看了一眼李四：把那个纸箱子拿过来……

李四的脚步声。李四走到老伴跟前，不走了。老伴抬头看看李四。

老伴：让你拿纸箱子呢！

李四不看老伴的脸。他拨了一下老伴的左腿，又拨了一下右腿。老伴有些莫名其妙，看看自己的两条腿，又抬头看李四。

老伴：咋咧？

李四：你看你给咱倒出来的都是些啥！

老伴明白了李四的意思：你去，歇着去。

李四：我不歇！

李四回屋去了，不知在翻腾什么。

老伴侧身看屋里：你弄啥呢？

李四的声音：你甭管……

2. 某镇公共汽车停靠站 晨

从一辆行驶的公共汽车车窗内，可以看见路两边的各式摊点。

公共汽车停下来，车门打开，售票员从车门探出身子招揽：省城的去省城的有座——

几个正打台球的年轻人扔下台球杆，提拿行李，跑向公共汽车。

售票员：去省城的麻利快些有座位——

另几个年轻人提拿着行李挤上公共汽车。

（透过拥挤的人群）李四背着草编筐和老伴朝汽车走过去。

车上售票员和那几个提拿行李的年轻人争吵起来，要他们把行李放上车顶。

李四挤上车，从他们身边经过。

车顶上，那几位打工的年轻人在捆绑行李。

售票员挨个儿让新上车的乘客买票。

车窗外一个中年妇女正向乘客兜售矿泉水。

售票员走到李四身边。

李四的手从衣兜里掏出一堆东西，其中有钱和身份证。他从那堆东西里捡出买票的钱递给售票员。

车开动了。

背身的李四对车外的老伴：你回。

李四老伴和纷乱的摊点、台球桌、追赶一头猪的几个人渐渐远去。

李四转过头来，面无表情，随车摇着，摇着。

胡来成的画外音：就是这个人，他叫李四。我不认识他。他给我惹了一屁股的麻烦……

3. 山区公路A　日

公共汽车在爬坡。

4. 山区公路B　日

蜿蜒行驶的公共汽车。

5. 城西客运站内　日

公共汽车驶入车场。

旅客纷纷下车。

最后一名乘客下车了。李四背着自己的筐也下了车。

6. 城西客运站外　日

背着筐的李四在站牌前等车。

一辆市交车开过来，挡住了李四。

市交车开走了，留下站牌和几个下车的乘客。

7. 市交车上　日

行进的市交车上，李四没坐，他一手抓着扶杆，一手扶着筐。

8. 北门 日

市交车进了北城门，向市里驶去。

片名字幕：六十块

9. 政府住宅小区 日

（跟拍）背着筐的李四拐向小区。他在传达室办进小区的手续。一辆豪华小车驶出小区。

10. 电梯外及李瓦家门外 日

电梯指示灯显示电梯正在上升，停在十九层。电梯门开了，李四绕过一对衣着时髦的男女走出电梯。

胡来成的画外音：这儿是李四的大儿子李瓦的家……

背着筐的李四走向李瓦家。

背着筐的李四站在门外，有些木然，不知该敲门还是按门铃。其实门是虚掩着的。李四正要伸手，里边传出一阵响动。李瓦的媳妇抱着几瓶茅台酒匆忙地推门而出，被站在门口的李四吓了一跳。楼里光线有些暗。

李瓦媳妇：哎呀你——

但立刻就认出了李四。

李瓦媳妇：是，爸……你咋不进来，门是开着的，快进来进来。

李瓦媳妇把李四让了进去。

11. 李瓦家内 日

李瓦媳妇并没放下手里的东西：我刚从外边回来拿东西，拿酒。不知道你来。李瓦要请他们局长吃饭，早就说好了，局长一直腾不出时间，就拖到了今天。

李四：噢……今天是啥日子？

李瓦媳妇：啥日子也不是，就是正好局长能腾出时间。李瓦当科长三年了，该上一级了……

李瓦媳妇边说边拨通了李瓦的手机：我，是我。咱爸来了。

李瓦的声音：他来干什么？

李瓦媳妇：我不知道你看咱爸来了要不一起吃？

李瓦媳妇看了李四一眼。

李四：我不去。

李瓦媳妇：你听见没有，咱爸说他不去。

李瓦的声音：楼下有饭馆让他想吃什么吃什么。

李瓦媳妇挂断手机：爸，你想吃啥？

李四：你吃你们的去，我歇一下去你姐家。

李瓦媳妇：那就随你了爸，他们在等我呢。

李四：去吧去吧。

李瓦媳妇风一样出去了。防盗门咔一声关上了。

剩下了李四一个人。他环视了一下客厅，然后放下筐。他有些渴了，找水喝。他从茶几上拿起一只玻璃杯，找到了饮水机，试了试冷热出水口，似乎被热水烫了一下手指头。他接了一杯水，回来坐在了沙发上。他心里很不是滋味，摸了摸被烫的那根手指头，然后把水杯送到了嘴跟前，又停住了。

墙上的钟嘀嗒嘀嗒响着。

“啪”一声，玻璃杯被重重地放在茶几上，水花四溢。

李四走到他的筐跟前，把它提了起来。

12. 纺织厂平房区　黄昏

背着筐的李四走进了纺织厂生活区，远看去像一只蚂蚁。

13. 李香家 黄昏

院内，李香一家三口正在吃饭，已到尾声了。

胡来成的画外音：李四的女儿李香和女婿刘大奇都是下岗工人……

女儿艳艳边吃饭边和什么人通着手机，吃饭似乎是说话的佐料，有一口没一口。

艳艳：……对呀……是啊……陈楚生，我当然投他啦！……苏醒没戏！哇——姥爷！

艳艳无意间抬头看见了背着筐站在门外的李四（可看见门外停放的一辆出租车），尖叫了一声，挂断手机。

李香和丈夫刘大奇抬头看看李四，放下筷子起身。艳艳已经到了门口。

艳艳：姥爷你怎么来了，还背个筐啊！

李香和刘大奇接过李四背上的筐。

李香：爸你没吃饭吧先吃饭。

李四：我从李瓦那儿过来的，饱了！

李香没听出李四话中的真意：噢噢，我们也吃完了，你要没吃我给你另做，冰箱里菜啥都有，现成的。艳艳给姥爷倒水。

艳艳领李四进客厅

刘大奇跟进客厅：爸你招呼一声我去车站接你嘛，我承包了一辆出租车。

艳艳倒来了一杯水。李香也走进客厅，在衣服上抹着手。

刘大奇：洗完了？

李香：没洗，回来再洗。

一家三口站在李四跟前，突然没话了。

李四：你们都有事是不是？

李香：租人家的车，天天跟打仗一样，只怕包不住本……

刘大奇：油价越来越高，要挣钱就得多跑……

李四：噢噢……

李香：你看爸你刚来，该陪你说说话……

李四：你也会开车了？

李香：我押车，我怕他拉不到生意去和那帮烂人打麻将。

李四：噢噢……

李香：艳艳，你陪姥爷说说话。

艳艳：我要补英语，你们不是要我上大学吗？

刘大奇：那就让爸看电视，爸你看电视吧，喜欢看哪个节目我给你调。

艳艳抢过遥控板：我调。姥爷喜欢看啥？边问边调着。

李四有意无意地：今天几号了？

李香：我都不知道几号了忙昏头了，艳艳今天几号了。

艳艳：今天礼拜四……

李四：行了行了你们忙去。艳艳你也忙去，你给我，我会调。

李四从艳艳手里拿过遥控板：你们都忙你们的去。

刘大奇：那就让姥爷自己调，（对李香）咱走。

李香：爸你来了就多住几天，有时间让大奇拉你逛逛街。

李四：我不想逛街我不是来逛街的。你们去吧我一个人歇会儿。

刘大奇：那就让爸歇会儿，爸那您歇着啊。

刘大奇和李香出去了。很快就听见出租车开走了，最后走的是艳艳，从里屋背着书包，走过沙发上的李四。

艳艳：姥爷你慢慢调，四十多个台呢！

门响了一声。剩下李四一个人了。他拿着遥控板调了几个台，调出一个唱歌的女人。

李四突然生出一种厌恶，他扔了遥控板，把杯子里的水灌进喉咙，然后起身朝草编筐走过去。

李四出门了，留下了电视里唱歌的女人。

14. 城中村 暮

背着筐的李四在敲门。

房主话外音：你找谁呢？

李四：我找李欣，他是我儿子，我来过……

房主从麻将桌上抽身走到门外，伸脖子抬头往上：李欣！

李欣和女朋友从楼顶花台探出头。

房主话外音：李欣！你爸来了！

李欣松开女友往下看：啊？啊……

15. 李欣屋内 夜

李欣拉着灯，转身坐到李四旁边，透过他们可看到窗外闪烁的霓虹灯。

胡来成的画外音：李欣半年前从技校毕业，正在找工作，谈第三个女朋友……

李欣：您去我哥我姐家没有？

李四：去咋了没去咋了？

李欣：不咋不咋，我就问问。

李欣一时找不着话了。

李四：对象？

李欣：才谈呢。

李四：咋不叫她进来？

李欣：她说她等我一会儿。

李四：噢噢，那你快去，别让人家等。

李欣：您看，总得和您说几句话嘛。

李四：你先跟人家谈去，咱有话慢慢说。

李欣：那您……

李四：你先别管我，你先跟人家谈去。

李欣：不是，我是说，您晚上……住哪儿？

李四明白了李欣的意思，眉头皱了起来。

李欣语无伦次，有些说不清了：爸您千万别误解我的意思，我是说，我这儿条件差，就一张床，您睡不好……那女娃，我和她在外边谈一谈，也许还要回屋里再谈，我是说怕影响您……

李四突然想开了一样，眉头舒展了：我不住我不住，你哥你姐那儿有的是地方我为啥住你这儿？你谈你的去，我来看看我歇一会儿就走。

李欣：爸，我可没别的意思。

李四：我知道你没别的意思你对你爸能有啥意思，你赶紧谈你的去我歇一会儿就走。

李欣：真的？

李四：真的真的赶紧去。

李四把李欣往门外推。

李欣：真的爸？要不要我给我姐打个电话？

李四：不要不要我知道路。

李四把李欣推出门，把门推上了。

李欣画外音：真的爸？

李四不吭声。

李欣画外音：那我走了？

李四依然没吭声，听着李欣走了。

李四一脸茫然，坐回到床边，软了一样。

床上的被子胡乱卷着。有一个简易衣柜，挂着几件衣服。桌上排列着几本书……

李四起身叠床上的被子，随意拉过枕头，看见几个避孕套。他似乎不认识，拿出一个放在手心里看着，然后又冲着电灯看，看见里边有一个圆圈。然后，他把它放回原处。然后，他走到筐子跟前，把筐子拖出画，关电灯开关声，拉门声。窗外依然是不知疲倦的霓虹灯。

16. 烤肉小摊（兴庆公园） 夜

李四背对镜头正在吃烤羊肉夹馍，大嚼大咽。似乎把一直积压着的情绪都使在了嘴和牙齿上。当然他确实也饿了。一辆电动三轮车进画，出画，潇洒地绕了一圈，又进画。

老胡下电动三轮车，朝李四走去。

胡来成的画外音：我爸就是这时候遇上李四的。他看中了李四屁股底下的那一片瓦楞纸板，然后就和李四搭上了话……

李四屁股下的瓦楞纸板越来越清晰。

老胡下车，看李四和李四屁股下的纸板。

胡来成的画外音：……他就是我爸，认识的人都叫他老胡。他给别人也这么介绍自己……

老胡对摊主和李四：我是老胡……

摊主胡乱应着：好好好……

老胡看见了筐里的酒坛：酒吧？

没人回应他。

李四看了老胡一眼。

老胡：你的？

李四大嚼大咽，看着老胡。

老胡把鼻子放在筐里闻了闻：酒！

李四在嚼咽。

老胡：吃烤肉不喝酒？有酒不喝？

李四在嚼咽着。

老胡：就这么干坐着，吃呀?啊?

李四在嚼咽着。

老胡：你咋不说话？嗯？问你呢。

李四咽下了一口：你要我说啥?

老胡：说啥都行，想说啥就说啥，别啥也不说。

李四又嚼咽他的烤肉夹馍了。

老胡蹲在李四跟前，审视着李四：乡下来的吧？这你瞒不过我老胡。走亲戚？那该到亲戚家吃喝么。看儿女？那也不能背一坛酒啊……

老胡又扳着筐子看了一眼筐里的酒坛，抽了几下鼻子。

老胡：我觉得你这人是个怪人。说你不爱酒吧，你进城来啥也不带，背着一坛酒。说你爱酒吧，你吃烤肉却不喝酒，你说你这人怪不怪？怪，怪人！你说你怪不?

老胡再看李四的时候，发现李四的眼睛有些湿了，不嚼咽了。

老胡：哎哎，我可没说啥啊，你咋啦？咋啦?

李四突然地：你说我咋啦？你说我咋啦?

老胡：我不知道啊。

李四：今天是我六十岁生日你说我咋啦？我六十岁生日没有一个人记得起来你说我咋啦？我背着一坛酒跑到城里来就是想让他们想起今天是我六十岁生日，没一个人能想起你说我咋啦？三个儿女都忙自己的事没有人记着他爸的生日你说我咋啦……

李四满脸涨红，向老胡也向虚空发泄着他压抑太久的委屈和愤怒。老胡有些瞠目结舌不知所措了。

李四还在发泄，好像对着全世界一样：咋啦？咋啦？你说我咋啦……

17. 街道A（南大街） 夜

那一块瓦楞纸板和李四都已在老胡的电动三轮车上了。李四扶着他的筐子。电动三轮车正在繁华的街道上行驶。

胡来成的画外音：我爸是捡垃圾的。他说捡垃圾也能成为有钱人……

18. 街道B（西高新） 夜

老胡的电动三轮车在灯火辉煌的市街上行驶着，行驶得自信自在，就像一条鱼在它熟悉的海水里一样。

19. 街道C（鼓楼小吃街） 夜

老胡的电动三轮车停下来。老胡下车朝牛肉店窗口走过去。车厢上的李四看着老胡的背影。

胡来成的画外音：……五年前，我妈让我们县上的一个包工头偷走了，我们家炕上就空了一个人……

看老胡的背影，似乎正在付钱。

胡来成的画外音：……我妈比我爸年轻很多很多，也愿意被人偷走……

老胡拿着一包牛肉朝三轮车走过来。

胡来成的画外音：……我爸去县城找过我妈几回，没找回来，就突发奇想，提着我的胳膊，把我从五年级的课堂上提出来……

老胡把牛肉递给车厢上的李四：拿着。

老胡的电动三轮车又启动了，又自在地穿街过巷了。

20. 街道D（含光门外） 夜

胡来成的画外音：……走了几天几夜，走到了这座城市，让我和他捡垃圾……

老胡驾车的姿势和表情舒展自信。迎风而行。

21. 街道E 夜

街巷的灯火越来越稀少了，旁边的建筑物也越来越简陋。

胡来成的画外音：……我说我想念书不想捡垃圾……

22. 烂尾楼 夜

胡来成的画外音继续：我爸说念书不顶用钱才顶用。他说捡垃圾的人也是捡钱的人……

老胡的电动三轮车驶进了烂尾楼大院。镜头升起——

巨大的烂尾楼好像要插进天里去一样。

老胡提着酒筐，李四相跟着，走进烂尾楼，东拐西拐着。能看到有人在洗刷啤酒瓶子，有人在卖西瓜，卖冷饮，有人在打麻将，有人在弹棉花，有小孩在赢易拉罐……时髦的音乐声时强时弱，老胡和他们胡乱打着招呼，引领着李四走进自己的家。

23. 老胡家内 夜

李四已坐在“客厅”里了。他的对面摆放着十几台旧电视和录放机，有两台电视有画无声。

李四一脸茫然，似乎想不通，看不懂。他还是在看，老胡在厨房案板上摆弄着那包牛肉。

一扇三合板门响了一声，李四扭过头看去。

门口站着一个十五岁的男孩，一身不良青少年的打扮，头发明显收拾过，一丝不乱。他就是胡来成。他两手插在裤兜里，目光冷漠地看着李四，看了好大一会儿。

李四的目光明显软了。

胡来成：你是谁？

李四不知该怎么回答。

胡来成不问了，进厨房，看着他爸的背影，他爸正在切牛肉，刀功很好，也很专心。

胡来成：他是谁?

老胡：你不认识。

胡来成：不认识才问是谁呢。

老胡不停下手里的活：今天是他六十大寿，背了一坛酒……

胡来成：你看上他那坛酒了吧?

老胡：没错。

胡来成：知道你就是。

老胡：自酿的枣酒，肯定是好酒，你也喝两口。

胡来成：我饿了。

老胡：这不正切肉呢嘛。

胡来成：我有事要出去。

老胡：不耽误不耽误。人家大老远从乡下来过生日，六十岁的生日，得好好给他整一整，人嘛，不就这么回事嘛……

胡来成已经到客厅了。他坐在沙发上（也是旧物改造的），拿起遥控板，挨个儿打开了那十几台电视。李四感到惊奇，睁大眼睛看着。十几台电视播放着不同的节目，唔哩哇啦响成一片。

李四扭头看胡来成。胡来成没看电视，双手抱在脑后躺着在看水泥屋顶……

胡来成的画外音：在我的眼里，李四和我没有任何关系，也不会有任何关系，他就像我爸捡回来的一只啤酒瓶、易拉罐……

突然响起一阵刺耳的警笛，然后是刹车声，脚步声。不是电视里的，在楼外的院子里。李四有些紧张，不知发生了什么事，看沙发里的胡来成，竟像什么也没听见一样。李四想问又没问，起身到窗口往外看——

一伙公安和工商人员从对面屋子里扭出几个造假酱油的人，还抬出了许多纸箱，往车上装着。一个家属模样的人又哭又喊：不能啊你们不能啊……

李四回头再看胡来成。胡来成依然没有反应。

李四再看窗外，他张着口，看不懂——

楼下的院里停着几辆执法车，闪着警灯。许多人从楼里跑出来看热闹。

那几个人被推进警车。警车拉着警笛开走了……

……

现在，老胡和李四已经坐在墙角的一张方木桌跟前了。桌上放着一盘牛肉，被切成六十个方块，整齐地堆成一个精致的图形。还有两碗红色的枣酿酒，似乎能闻见它的醇香。还有一碗蒜水汁。还有那只瓷酒坛。

十几台电视已经有画无声了。胡来成也不见了。

老胡有些得意地看着李四。

李四看着盘里的牛肉，眼里似有泪花。

老胡用一个小提子在往碗里舀酒。

胡来成的画外音：一个想过生日的和一个想喝酒的碰在了一起，就这么回事。我觉得很无聊，不愿和他们搅在一起，就吃了几块我爸切剩的牛肉，又喝了几口李四的枣酿酒，走了……

李四又看碗里的枣酿酒了。

胡来成的画外音……李四的那坛酒确实好，很香……

李四又看老胡了。

老胡的瘦脸上满是笑：咋样？

李四真诚地点着头。

老胡：六十块牛肉，一块不多，一块不少，不信你数数。

李四摇摇头。

老胡：你数数，绝不会是六十一块，也不会是五十九。

李四看看那盘牛肉，点着头。

老胡：四棱四正，一样大小，纹丝不差。

李四的泪水在打滚了。

老胡：还有蒜汁子，放了七种佐料，牛肉醮蒜汁满口香。再加上你的这坛枣酿酒，你六十岁的生日也就有质有量，有声有色，有模有样了……

李四还是点头。

老胡端起酒碗：来，咱开始。

李四也端起酒碗。

老胡：六十年一个轮回，再六十年你我都成灰了，来——

两只酒碗碰在了一起，就这么吃喝起来了。

十几台电视一直有画无声。

24. 小酒馆 夜

胡来成也在喝酒，和他一起的是一个二十多岁的社会青年，胡来成叫他毛哥。

胡来成的画外音：和电视上的丐帮黑帮一样，捡垃圾的也各有自己的地盘，井水不犯河水。井水犯了河水就会起事……

毛哥已喝得两眼发红了：胡来成，你他妈的人小胃口大啊……

胡来成：全靠毛哥帮忙……

胡来成的画外音：……我要做的正是这么一件事……

胡来成给毛哥又打开一罐啤酒：毛哥喝好。

胡来成的画外音：李家园有一块地方旧城改造，居民要搬迁。我瞄上了他们的旧电器旧家具。那里不是我的地盘，我想让毛哥帮我摆平……

毛哥已喝软了身子：没事，我帮你，帮……

25. 老胡家内 夜

老胡和李四也有些喝高了。六十块牛肉已不见了大半。

老胡：我那儿，我说我儿子，你看见了是吧？胡来成。他瞧不上我。我说胡来成啊胡来成，你瞧上我是你爸，瞧不上我还是你爸，学校开除学生工厂开除工人没听谁说谁能开除他爸，开除了也是你爸……我说胡来成啊胡来成你就好好记着你的名字吧，人有时正来不成胡来却能成，但人不能事事胡来，（对李四）你说是不是？

李四的心情很复杂，他也许想起了他的几个儿女。他没法回答，大口喝着酒。

老胡：……人不会走的时候想走，会走了想跑，会跑了想飞……我儿子胡来成就是这号人。他跟我捡垃圾，捡着捡着不捡了，不安分了……

老胡摇晃着站起来，端着酒碗指着那些电视：你看这些，都我那儿子整的。他狗日的只念了小学五年级咋就有本事把旧的整成新的，把不响的弄响，没图像的弄出图像来，然后就忽悠着卖出去……

老胡把碗里的酒全灌进了喉咙，把碗扔在了沙发上，自己也软在了沙发里：酒好……好酒……我老胡喝遍了各种酒……就是，就是没痛痛快快地喝过茅台、五粮液……

李四两眼发红，灌了一碗酒，又从酒坛里倒满一碗，往喉咙里咕咚咕咚灌着：我请你喝。我大儿子李瓦是国家干部，当官的，他有……以后……以后吧……

老胡在说醉话了：……捡垃圾的，没错，我是捡垃圾的。换个说法就是环境卫生工作者。我上班，可我不用赶时赶点，我随我自个儿的意愿，有酒喝就是半个神仙。我不制假贩假不怕工商。我不偷不抢不怕公安……哎，你有身份证没？（摸出自己的身份证）这个……

李四也喝到了高处，把自己的身份证拍在了桌子上：有！

老胡：那就喝，放心喝……

老胡吐字不清了，打起了呼噜。

李四也趴在桌子上，睡着了。

胡来成的画外音：那天晚上我没有回去。我和毛哥在外边混了一夜……

26. 老胡家内　晨

李四醒了。

李四看着沙发上的老胡。

老胡低一声高一声打着呼噜。

李四把目光移到了他们喝过的酒碗上，酒坛上。李四的眼睛在找他的筐子，找到了。

李四起身抱起酒坛朝筐子走过去。走到跟前又停住了。他摇摇酒坛，还有酒。他想了想，看看沙发上的老胡，又返身把酒坛放回酒桌。然后走到沙发跟前，推摇着老胡。

李四：老胡，老胡，我要走了。

老胡睁开眼：啊？走？走哪去？

李四：回去，回乡下去。你找两个瓶子，把剩下的酒给你留下，坛子我拿回去。

老胡：还有？

李四：还有。

老胡起身过去，抱起酒坛摇了摇：没多少了嘛。

李四：多少都给你留下。

老胡已完全醒了。他把两只酒碗找过来，咣咣放在了桌上，往里倒酒，正好倒满两碗。

老胡：要留就留在肚子里。来，咱一人一碗。

李四：我不喝了，我要赶路。

老胡端起两只碗，递给李四一碗：不回去。喝完酒咱就找你那几个兔崽子去，我帮你。

李四：不找不找，生日已经过去了，不找了，算了。

老胡：不能算了，不能算！一定要让他们知道昨天是你的生日，六十岁生日！人一辈子有几个六十？六十岁的生日喝不上儿女的酒，不成！要喝！该喝的一定要喝，该要的一定要要……

胡来成的画外音：早上一醒来，我就想起了李四的那坛枣酿酒。为了讨好毛哥，我说我家有世界上最香的酒……

27. 烂尾楼院子　晨

胡来成和毛哥走进烂尾楼院子。

能看到烂尾楼上有人在刷牙、倒水、劳作，新的一天和往常一样，平常中透出一种生机。

28. 老胡家内　晨

胡来成和毛哥进门。

胡来成的画外音：我和毛哥回来的时候，我爸和李四已出门了……

毛哥摇着空酒坛：酒呢？

胡来成：不会吧？一大坛酒，他们不会吧？

毛哥似乎不甘心，又摇了摇。

胡来成：绝对是世界上最香的酒。

毛哥举起酒坛，张嘴接着酒坛里的酒。胡来成殷勤地在酒坛上拍了几下。到底滴出酒来了，一滴，又一滴。

胡来成给接喝酒滴的毛哥笑着，笑得很尴尬：香吧？

再也接不到一滴酒了。

毛哥：锤子！

胡来成依然尴尬地笑着。

毛哥把酒坛摔了出去。酒坛砸在水泥墙上，碎开来。

胡来成脸上的笑立刻僵住了。

几乎是同时，响起刺耳的刹车声——

29. 街道 晨

李四撕裂一样的喊叫声：救命——救人啊——

惊愕的路人。跑动的人群向停在路中间的一辆大卡车围拢而来，然后是摩托警和警车。

胡来成的画外音：我爸就是这时候出的事……

李四的喊叫声：救人啊！让他们救人啊！

警察们拨开人群。

李四坐在地上，抱着老胡的尸体，仰头哭嚎着。

地上有血迹，但看不清老胡的模样。

警察们察看着现场，在地上画着标志。

胡来成的画外音：……就是这辆卡车，撞飞了我爸的半个脑壳……

那是一辆装载木头的大卡车。

两位警察拉李四起来，李四紧紧抱着老胡不松手，他目光呆滞，哭一样的嚎叫变成了短粗的自语：救命！救命……

两个警察抠开了李四的手，拉起李四，按着他，怕他往前扑。

李四没扑，还是气短一样的自语：救命！救命……

一个警察对一个小头目：死了。半个脑壳飞了。

小头目点点头，朝李四走过来：他死了。

李四像没听见一样：救命！救命……

来了一辆救护车，下来几个人抬老胡的尸体。

李四：老胡你驴日的不能死，我答应你喝茅台五粮液呢啊！

李四突然挣脱警察，扑向担架，又被警察按住了。李四急眼了，满脸涨红，挣脱着，踢着，甚至伸嘴要咬警察。警察使了点手段，李四“噢”地叫了一声，肚子立刻腆了起来，一脸痛苦……

30. 郊外垃圾山 日

坐在垃圾山跟前的李四。

胡来成的画外音：我不在家。李四没找见我，然后就到处找……

风吹着垃圾山上的垃圾。

李四站了起来。

胡来成的画外音：……满城满街找。他拿着我爸的身份证，说他要找这个人的儿子……

31. 许多条街道 日

李四已经在跑了。他手里举着老胡的身份证。他似乎不是在找人，而是在奔跑，仅仅只是在奔跑。没有人能明白一个奔跑的人手里为什么要举着一片身份证。

奔跑的李四满头大汗，没有停下来的意思。

胡来成的画外音：……李四给我说，他心里一急就想跑的毛病就是那天得下的……

李四朝一条街道的尽头跑去……

32. 交警部门 日

李四已经坐在这儿了，满脸是汗，但不喘气。他低着头。

警察：人呢？

李四：找不见。

警察：找不见你来干什么，再去找啊。

李四：我找不见。我不找了。

警察：那怎么办？

李四：你看着办。

警察：死者是你什么人？

李四：不是我什么人。

警察很诧异：嗯？你说……

李四：一块喝了一坛酒，住了一夜。

警察：那就是朋友嘛。

李四没否认也没承认。

警察：他儿子是干什么的？

李四：捡垃圾的。

警察的表情似乎有了变化：噢……死者呢？

李四：也是捡垃圾的。

警察：噢。那你呢？

李四：我不捡垃圾。我种地。

警察：噢噢，你们都不是城里的……难怪你找不见，捡垃圾的你到哪儿找去？

李四：就是的。

警察：那这事……怎么办呢？

李四：你随便办。

警察似乎有了办法：是这，你先把死者送到火葬场烧了，等找到他儿子再说事情。总不能让尸体臭了烂了你说是不是？放在太平间每天还要收费，没必要花这个钱，你说是不是？你既然是死者的朋友，你就……你说呢？

李四在想着。

警察：你看我们这儿，每天都处理几十起这种事，死的伤的吵的闹的，像一锅糨糊……

李四朝窗外看了一眼，确实有哭的闹的吵的骂的，乱哄哄人来人往，脚步匆匆。

警察已在写东西了：叫什么名字？

李四收回目光：嗯？噢，李四。

警察边写边念：木子李，一二三四的四。

警察给死亡证明书上写上了李四的名字，攒进了一个信封。递给李四：你跟着车到火葬场去，有这个东西，会很顺利的……

李四拿着信封，一脸茫然，不知该点头还是摇头。

胡来成的画外音：我爸就这么被处理了。这都是李四后来给我说的……

33. 火葬场办手续窗口 日

一个老大不小的光头男人抽出信纸看了一下：李四……

李四以为叫他：嗯。

光头把信纸放回信封递给李四：你明天来吧。

李四：啊？明天？不成，我要回家，我家在乡下，很远……

光头抬头看李四了。李四一脸焦急。

光头：你的意思是告别仪式追悼会这些就不弄了？人一烧你就把骨灰盒拿走？

李四：对对对，就是这意思。一烧我就拿走。

光头男人觉得李四有些怪，连摇了几下头。

李四：我和他是朋友，一面之交，他想帮我个忙，没帮成就出了事，我找不见他儿子，警察就让我来了。他是捡垃圾的，他儿子也是捡垃圾的。我家在乡下，我等着回去……

光头男人：噢噢，难怪不开追悼会……

他似乎有些同情死者和李四了。

光头男人：那你就等等，我帮你去问问，让他们给你加个塞，要烧的太多，烧不过来，怎么就不多弄几个火葬场呢！实在让人想不通……

光头男人边念叨着边走了。

李四看着离去的光头男人，有些没捉没拿了。

34. 告别仪式厅　日

李四有心无心地朝这边走过来。

这里摆着许多花圈。花圈上写着各样的挽联。厅堂正中挂着死者的遗像，似乎是个离休干部。有几个工作人员正在布置现场，为明天的仪式做准备。

李四一脸茫然。

35. 火葬场烧纸处　日

李四又转到这儿来了。

有人在为死去的亲人烧纸烧香。

李四看了一会儿，突然想起了什么，转身快步离去。

36. 告别仪式厅外　日

李四像做贼一样，看看里边的工作人员，乘他们不注意，拿走了最外边的一个花圈。

37. 火葬场烧纸处　日

花圈已经点着，正在燃烧。

李四跪着，看着燃烧的花圈。

李四对着快要烧尽的花圈磕了三个头……

38. 火葬场门外 黄昏

抱着骨灰盒的李四一脸茫然，似乎不知该去何处。没有行人。没有公交车。

几辆小车从火葬场开出门，从李四身边开了过去。天正在黑下来。

39. 南门外广场 夜

灯火。喷泉。游人如织。

有一堆人在有组织地笑，显得有些怪异。没有人知道他们为什么要聚在这个地方这样笑。

抱着骨灰盒的李四走到广场边上，站住了。他眼睛迷离地看着广场和广场上的游人。

李四的目光正跟随着一对儿女陪父母游玩的一家人。他们其乐融融，儿女不时给父母指点着广场上的景致，说着什么。

李四似乎被触动了。他咽了一口唾沫，看着他们。李四心里似乎发急了，表情变得有些怪异。

李四突然抬脚奔跑起来。

李四从广场上的人群中跑过。越跑越快。

游人迷惑地看着奔跑而过的李四。

李四边奔跑边短促地喊出一个字：塞！塞！

李四跑进城门——

40. 城街 夜

跑进城街的李四还在跑，似乎没有停下来的时候。

但李四突然站住了。

李四在衣兜里摸出两张身份证。是他和老胡的。

李四看着手里的身份证，看着骨灰盒。

他似乎有了什么想法。

他把身份证重新装进衣兜里。

李四起步走了，迈着从容的脚步。

李四拐进了一条街巷。

41. 李香家门外 夜

李四从容地走过来。

李四站在李香家院门外了。

李香家似乎没有人。

李四推开小栅栏门，走到屋门跟前，往里看了看，听了听，确实没人。他掏出自己的身份证，把身份证放在骨灰盒上，然后把它们放在了李香家的屋门口……

李四从栅栏门里走出来，往平房区外走去。

李四又站住了，回头往李香家那里看看。

他似乎有些不放心，用目光四下找人。

终于过来两个人。李四拦住了其中的一个，另一个走到小卖部前买烟。李四对拦住的那一位指着李香家方向说着什么，开始时那个人还不时点着头，但很快就不点了，似乎有些惊愕。等回过神来想问个清楚，李四已经走了。那人对李四的背影“哎”了几声。李四好像没听见一样，大步走了……

胡来成的画外音：李四说，你爸死了，然后就给我讲我爸是咋死的，讲那辆大卡车，讲警察和火葬场，然后就讲到了骨灰盒……

胡来成的哭声……

42. 老胡居处 夜

胡来成在哭。

李四埋着头，在沙发里。

胡来成坐在李四和他爸喝过酒的那张木桌上。他背对李四。

胡来成哭了很长时间，终于停了下来。

他们都一声不吭，时间似乎停止了。

胡来成的画外音：……我爸死了，我想不通我爸怎么就死了。我满脑子装的都是我爸的骨灰盒。我知道我爸已经变成了一盒骨灰，可我想的不是骨灰，而是我爸，他变小了，很小很小，在那只骨灰盒里躺着……

李四：……我只是借用一下，很快就还你。很快。

胡来成不吭声。

李四：很快。他们看见骨灰盒，就会想起我……想起我为啥来城里……想起我的生日……

李四顺着自己的思路一厢情愿地往下想着。

胡来成不吭声。

李四：……我当时突然就这么想了，也就这么做了。已经这么做了，我就是想让他们想起我的生日。他们不该忘记他爸的生日。你爸也是这么说的。六十年一个轮回，再没个六十年了……就当你帮我……

胡来成不吭声。

李四：……本来我不想找他们了，你爸说“要找，我帮你”，就拉着我去找他们，就出了事……

李四拿出老胡的身份证看着。身份证上的老胡也看着李四。

胡来成起身，从李四跟前走过去。

李四：这是你爸的身份证，你——

胡来成：我不要，我要我爸的骨灰盒！

胡来成进自己的房间了，倒在床上，眼睛看着屋顶。

客厅里有响动，似乎是李四在收拾打碎的酒坛。

43. 老胡居处 晨

胡来成醒来了，想起李四，翻身坐起，看看屋外。李四的背影在沙发上，一动不动。

胡来成出门给尿桶里撒尿。

李四还是一动不动。

胡来成：骨灰盒呢？

李四：我在等你呢。

胡来成：等我？

李四：你跟我去取。

胡来成：你什么意思？

李四：我一夜没睡，就坐在这儿等你……

胡来成看那一堆酒坛碎片不见了，都装进了那只筐子里，客厅也比往常整齐了许多。

李四：……我想了一夜，我还是不想见他们。你跟我一起去，我告诉你地方，你去拿，我在外边等你，等你拿到了，我就回乡下去，不回你这儿了……

李四说得有些伤感。

胡来成没吭声。

李四：你洗个脸。你还没洗脸呢？

胡来成：洗什么洗，不洗。

李四：咱去拿你爸的骨灰盒，该洗个脸，干干净净的……

胡来成的表情似乎有些肃然了……

44. 城街 日

胡来成用电动三轮车带着李四穿过城街。

45. 纺织厂平房区外 日

电动三轮车停下来。李四给胡来成指地方。他看着胡来成朝平房区内走去了。他没下车厢，坐在车厢里等着，埋着头。不一会儿，就听见胡来成跑过来的脚步声。他抬头看着胡来成。

胡来成的手空空。表情不对劲。

李四：咋？他们不给？

胡来成：他们抱着我爸的骨灰盒回去了！

李四立刻张大了嘴：啊？

胡来成：回乡下给你奔丧去了！你的几个儿女都回去了！天没亮就走了！

李四又一次蹲在了车厢里，抱着头。

胡来成：你说话呀！

李四突然喊了一声，满脸泛红，抬起头看着胡来成：好！这样更好，让他们尝尝他爸死了的滋味！让他们知道他们对不起他爸，他爸死了他们是个啥滋味。让他们难受去，哭去！

李四的声音和表情似乎吓住了胡来成。胡来成也张着嘴，看着情绪激动的李四，一时不知该说什么了。

46. 垃圾胡同 日

李四在胡来成的垃圾棚里分拣垃圾，细心认真。

胡来成的画外音：李四没回乡下。他求我让他在这儿待几天，他帮我分拣垃圾，抵住店的费用。我问他具体是几天，他说七天。他让我相信他，等他的儿女们难受过了，哭过了，明白应该怎么对待父母了，他就好好地把我爸的骨灰盒还给我……

47. 垃圾棚 日

李四在垃圾山上捡垃圾。

胡来成的画外音：……他还说要用五粮液茅台酒祭奠我爸，他说他答应过的……

走下垃圾山的李四，孤独却充实。

胡来成：……他打死也想不到他家发生的事情……

48. 李四家村口　日

一辆出租车和一辆小车朝李四家徐徐开过来。一伙小孩子前后左右追逐喊叫着，使两辆车没法开快。有路人驻足观望，面有迷惑之色。

李四的门虚掩着。

两辆车停下来。出租车里走出来的是李香一家三口。小车里走出的是李瓦和李欣。每个人的胳膊上都戴着黑纱。李瓦的怀里抱着一样东西，用黑纱盖着。

观望的路人各怀狐疑围拢过来。孩子们则围着两辆车追逐呼叫，有人竟跳上了车顶打闹。

李香一家和李瓦李欣艳艳站在虚掩的门口了，却没有一个人有勇气推门。

还是李香鼓起了勇气：妈……

没有回应。

李香李瓦李欣同声：妈——

门开了。李四的老伴看着门口的几个儿女。他们也看着她。李四老伴终于看到了李瓦抱着东西，狐疑的神情变得惊愕了。

李四老伴：你爸……

儿女们突然跪在了他们妈跟前，泪如雨下。

李瓦：妈，我把我爸抱回来了……

李瓦他们的哭声。

49. 室内灵堂 日

李四老伴拥着被子靠墙壁半躺着，闭着眼。

李四的灵堂前摆放着那只骨灰盒。

李香跪在灵堂前默然抹泪。李瓦李欣刘大奇或蹲或站，默然无语。

艳艳端来一盆水，为姥姥擦脸。李四老伴一直不睁眼，也不问话说话，以这种方式表示着她对儿女们的态度，使屋里的气氛更加压抑。

艳艳放下脸盆，也不知该做什么了。

刘大奇有些耳背，看着李四的三个儿女，怕他们说了什么自己听不见。但他们什么也没说。他们都好像憋着一肚子话，但不知从何说起。

艳艳憋不住了：你们咋都不说话呢？

还是没人说话。

艳艳：真郁闷！

她掏出手机摆弄看了一会儿。

艳艳：你们都认为我是问题女孩，岂不知你们比我更有问题。

刘大奇：艳艳！

艳艳：咋啦？你们都不说话，我就不能说两句？

刘大奇：这是大人的事，你是小孩。

艳艳：偏要说。

她走过去，拉了一下跪在灵堂前的李香：妈，你是老大，你先说。

李香满脸是泪。

艳艳：姥姥说姥爷去城里是找你们过生日的，你们咋就没一个人想起姥爷的生日。

李四老伴的眼泪从闭着的眼里流了出来。

李香捂着嘴哭出声了。

李欣终于开口了：姐，你还记得前年吗？

几个人的目光立刻乱窜起来，互相看着。

李欣：前年我是真记起咱爸生日了，不信你们问姐。姐，你说实话是不是？我还在上学。我为咱爸的生日专门跑到姐家去，我说姐，后天是咱爸的生日，要不要回去一趟，姐，你是怎么说的？

李香似乎有些慌乱，但还是动作麻利地抹了一下泪眼：咋说的？说什么了？

李欣：你说你忙，你下岗了，承包了一辆车，你有时间你回。你就是这么说的。

李香：你瞎编！我能这么说吗？

李欣：你就是这么说的。

李香：你是为咱爸的生日找我的？你每次找我都是为咱爸的生日？你上学是靠谁上学的？你哪一次来不多少给你一点？

李欣：但那一次确实是为咱爸的生日。

李香：为咱爸的生日你怎么没回来？怎么没回来？

李欣：我是因为你不回来我才没回来，我一个人咋回来？

李香：你咋不找李瓦，找你哥，你们两个不行吗？

李欣：我找了，你问我哥。我说后天是咱爸的生日，我哥说后天？再说他很忙他刚当科长很忙。我就等我哥的话，没等到。哥，这是不是事实？

李瓦很老练，他没接李欣的话茬：有一年我是想过要回来的，那时候，我刚从部队转业不久，我还给朋友要了车，朋友都答应了，后来不知碰到了什么事，就给忘了。这事我还给姐说过的。

李香：啥时候说过？没有，我根本就没这个印象。今天是咋啦？什么事都往我这儿推，都往我身上扯！

李瓦：那也许是和老三说过，反正和你们谁说过。

李欣：你绝对没跟我说过！

李瓦：行了行了，说过没说过已经是过去的事了，都是因为忙。实在是忙，各有各的忙。不忙行吗？那么多人抢饭碗，不忙怎么活？我觉得咱爸也是，过生日就过生日，你来说今天是你的生日，咱还能不给咱爸过么？再忙也得过。可咱爸呢？啥也没说。给你们说了没有？

李香：没有。

李欣：没有。

李瓦：给我也没说。其实我连咱爸的面都没见，我在外边请人吃饭，叫他出去一块吃饭，他不去。等我和我媳妇回去，他已经走了。我知道是去你们那儿了，也就放心了。咱爸要是提说一句，不管给咱谁提说一句，不就没这回事了吗？你们说呢？

李香和李欣同意李瓦的话，但谁也不敢首肯。都扭头看他们妈。

李四的老伴：我听明白了，是你爸的错……

几个儿女又急了：妈，你可千万别这么想，我们不是这意思，妈……

李瓦：我再也不会忘记我爸的生日了。

李香抹泪了：我一回去就给我爸放一张大照片，挂在家里，天天给我爸烧香……

李四老伴的眼泪从闭着的眼睛里往外流涌着……

50. 村外山路 黄昏

李四老伴在前，李香紧跟着，然后是提着一盏玻璃灯的李瓦，然后是撒纸钱的李欣，然后是刘大奇和艳艳。

他们在为李四招魂。

李四老伴边走边喊：你回来吧你个死鬼，你不能丢下我一个人啊死鬼……你听见我在喊你吗你跟我回家吧，你不能躲在外边当孤魂野鬼啊李四……

51. 田野 夜

招魂在继续。

李四老伴：你跟着我回家吧李四……你听到了就跟我回家吧李四……

招魂的路好像没有尽头一样。李四老伴没有停下来的意思。

李香不安地给她妈解释：妈你千万别生我们的气，我们没有给我爸怪不是，要怪只能怪我们忘了我爸的生日……

李四老伴继续走着喊着。

他们正走过稻草人。

李四老伴像被绊了一下坐了下去。

李香惊慌地叫了一声：妈！

儿女们乱了。李瓦扔了玻璃灯，李欣扔了盛着纸钱的竹笼，几个人围着他们的妈一片哭叫。

纸钱乱飞。风中的稻草人。

胡来成的画外音：李四老伴就这么死在了给李四招魂的路上……

52. 坟地 晨

全村人在欢快的唢呐声中为李四和李四老伴攒起了一座新坟。坟前立着一块李四和老伴合葬的墓碑。

李瓦李欣李香跪在路边，给攒完新坟散去的村人磕头。

新坟和墓碑。

胡来成的画外音：没有人会想到和李四老伴埋在一起的是我爸老胡……

53. 李四家 日

村长领着一个男人走过来。

艳艳在和同学通电话：……是啊对，对，晚上就到了，回去就给你电话。是吗？哇噻！

艳艳给村长让过道，继续通电话。

村长进门。

灵堂上添加了李四老伴的灵位。李香李瓦李欣的眼都已肿了。围着灵堂默然守灵。他们站起来，招呼村长和来人。

村长：不用招呼了，他就是买房子的人，钱也带来了。

村长示意买房人掏钱。买房人把钱交给村长。

村长：你们点一下。

李瓦李香李欣没人接钱，互相看着。

村长：李香，你是老大，你先拿着，随后你们自己处理。

钱到了李香手上。村长和买房人告辞了。

李香：这钱……我不能拿吧……李瓦，你……

李瓦：我不要。

李香看李欣。李欣抬头往上看着，不接李香的目光。

李香：你不要我不要那还咋办？

李瓦：那就……给老三吧。老三还没成家，正在找工作，给老三吧。

李欣还在看屋顶。

李瓦：老三，你就拿着吧。

李欣：看姐跟姐夫有意见没。

刘大奇：听你姐的。

李欣：姐——

正在通电话的艳艳不耐烦了。走过去从李香手中拿过钱，拍给李欣：让你拿你就拿着（对电话里的同学）我和我舅说话呢不说了回来见。

艳艳扣掉了手机。

拿着钱的李欣看了一会儿手里的钱，突然转身跪在了灵堂前。

李欣：爸！妈！我是老三！我一定要给你们找一个孝顺媳妇，在你们的生日祭日给你们烧香烧纸……

艳艳觉得小舅很可笑：傻……

54. 李家园 日

几幢居民楼上写有“拆迁”的字样，楼下排列着十几辆电动三轮车，车主都是胡来成的同伙，正在收购旧电器旧家具，几辆车已装满了。

胡来成的画外音：就在那几天，我们和西城区的人发生了火拼……

一阵车声后，开进来十几辆电动三轮车，车未停稳，跳下来一伙小年轻，朝胡来成一伙扑冲过来，两伙人立刻打在了一起。

胡来成被几个人扑倒了，拳打脚踢。毛哥坐在一辆车上看着。

胡来成的画外音：……毛哥没帮我，也许因为没喝上李四的那坛酒……

火拼现场一片混乱。胡来成一伙明显不是对手。有人已弃车而逃。

……

55. 老胡居处 日

一伙邻居家的孩子正好奇地看着胡来成给他们摆弄那些电视和录放机。胡来成脸上带着伤，边摆弄边推销。

胡来成：怎么样？好看吧？这，这，还有这，都是名牌。看清了没有？

孩子们：看清了。

胡来成：旧货比新货好，明白了没有？

孩子们：明白了。

胡来成：明白了就好，明白了再亲自试试，来——

他把几个遥控板分给孩子们，让他们调节目。

孩子们互相抢着遥控板，调着各自喜欢看的节目。

胡来成：别抢别闹，慢慢调慢慢看，想看什么调什么，想调什么有什么。调了看了，就回去给你们爸你们妈说去，只花几百块，就可以搬到你们家天天调天天看了……

李四一直坐在一边一声不吭。他有自己的心事。

李四突然坐不住了，在屋子里跑起了圈了。

有孩子不专心了，看着跑动的李四。

李四在跑，头上冒汗了。

孩子们觉得李四很怪，笑李四。

胡来成的生意被打搅了，对孩子们：好了好了，都回去找你们爸你们妈去。

他收回了孩子们手上的遥控板。哄走了孩子们。

胡来成对跑动的李四：咋啦？

跑动的李四：我心急了。我心里发急了。

胡来成看着李四。

李四：我心里发急了。我得回去。

胡来成：没到七天啊。

李四：我要回去——

说着，就向门口跑去了。

胡来成跳过去，把他拉了回来：那不行——

李四原地跑着：我得回去……

胡来成：我爸的骨灰盒呢？

李四：我还你，我会还你，我心急，你让我回去……

胡来成看着原地踏步满头冒汗的李四。

胡来成的画外音：我不放心他。我得要回我爸的骨灰盒……

56. 村长家　日

一村民失眉吊眼地叫喊着猛力推开门跑进：李四活了！李四回来了！村长，李四活了！他回来了！

村长正在吃饭：咋啦咋啦咋啦？

村民：李四没死！他活着回来了！

村长手里的饭碗晃了一下，险些掉了：你你你说李四……

村民狠狠地顿了一下脚：他活了！

57. 村街 李四家外　日

村长和那个村民匆匆走过村街。

走过村街。走过村街……

李四和胡来成在离他家不远的地方坐着。

几个人正在拆李四家的房子，快拆完了。他们似乎不敢拆了，愣着，看着远处的李四。

李四好像木头一样。

村长和一伙村人匆匆走过来。

李四好像没看见一样。

村长：李四，李四，你这是咋回事嘛你李四。

村长拨了一下李四。李四一动不动。

村长：你咋能把事弄成这个样子呢嘛李四！丧事办了房子卖了你咋可活了呢嘛你看这事……

58. 墓前 日

李四跪在坟前长时间一动不动。

胡来成提着镢头和铁锨等得有些不耐烦了。

胡来成：你到底想咋办嘛你？我是为我爸来的，不是来陪你的！

李四还是不说话。

胡来成要动手里的铁锨刨坟了。李四伸手拉住了铁锨。

胡来成：我要把我爸刨出来！

李四摇着头。

胡来成：我要刨！

李四点着头，站起来，站到胡来成跟前了。他看着情绪有些激动的胡来成。

李四：我知道。就因为我知道才不让你刨你爸。先让你爸在这儿安安然然地待着，等我的事完了，咱再把你爸好好地请回去。你爸跟我虽然只有一个晚上一坛酒的交情，可也是生死之交……

李四伸手似乎想摸一下胡来成的头，胡来成本能地闪开了，他不信任李四的这种情感表示，也不习惯。

李四：你现在把你爸刨出来能咋？你一个碎熊娃抱着你爸咋办？往哪儿放？放你住的地方？找个地方埋了？这么潦潦草草地处置，我过意不去。我说的是真心话，不能潦潦草草地对待你爸。你听我的，相信我……

胡来成：相信你？让我相信你？

李四：你就当我迷糊了。人都有犯迷糊的时候……

胡来成：那你说咋办？

李四确实也不知道该咋办：你让我想想，想想……

两个人就这么站着，说着，在空旷的田野上，坟场前……

59. 田野 黄昏

李四和胡来成已在田野上的稻草人跟前了。这里离李四家不远，李四家的房子只剩下几堵屋墙。

胡来成在田埂上坐着。李四心无头绪，看着收获过的田野，看着他家的那几堵屋墙，然后又看跟前的稻草人了。稻草人歪斜着，几乎只是一个空架子，画上去的眉目因雨水已模糊不清。

李四：这是我家的地……

胡来成一脸不屑，因为他想听的不是这些。

李四把稻草人扶正，插深了一些。然后坐下来，歪头看着天。

李四：……几天办了两个丧事，也难为他们了……

胡来成：还不都怪你！还能怪谁？

李四：难为他们了……

胡来成：我不想听你说这些。你只说你咋办！

李四：咋办……咋办……

胡来成不愿听李四的自语，把头埋在了臂弯里。

李四：……他们都以为我死了，可我没死……

李四：……老伴倒是死了，实实在在死了……

李四不再自语了。胡来成歪头看了一眼李四。

李四在抠土，两只手一下一下抓抠着地上的土。再看李四的脸，没有表情，两眼空洞，脑门和额头却不断地渗着汗水。

胡来成有些惊愕了，想说句什么，没说出口，李四突然起身，脱下身上的衣服，穿在了稻草人的身上。然后，李四又脱裤子。

胡来成站起来了，紧张地看着李四。

李四把裤子脱到半截，又不脱了，提上去，一边系着裤带一边走了。

胡来成：李四！

李四已系好裤带，大步顺着田野走去。他光着膀子，越走越快。

胡来成：李四！你去哪儿？

胡来成瞥了一眼穿着李四上衣的稻草人。

胡来成追了上去。

李四走得很快。胡来成边追边喊。

胡来成：等等，李四！

他们都远了。

胡来成的画外音：我以为他神经出问题了……

60. 老胡居处 日

李四已躺在老胡的床上了，他浑身是汗，大张着眼，大口吹着气。

胡来成倒了一杯水。

胡来成的画外音：……没有，他没出问题……

胡来成把水递给李四，李四把水灌进喉咙，又躺下去大口吹气了。

胡来成的画外音：……我有些同情他了……

胡来成找来一块毛巾，想让李四擦擦身上的汗水，到床跟前，李四已睡着了。

胡来成看着李四的光膀子。他走到墙角，打开一只箱子，翻找着他爸的衣服，找出了一件上衣，抖开，打量着是否合适李四穿。

李四睡得很香。

天又一次黑了……

61. 老胡居处 晨

李四穿上了胡来成给他的那件衣服。胡来成在洗漱间。

李四走到胡来成的身后，看着胡来成用水修饰着头发。

胡来成又擦了一阵皮鞋，然后又在镜子里照了一下头发。

62. 城街 日

胡来成驾着他的电动三轮车，车厢里坐着李四。

63. 纺织城街 日

驾车的胡来成和车厢里的李四。

李四看见了什么，突然叫了一声：艳艳！

胡来成没听清：啊？

李四：停！停！

胡来成刹住了车：怎么啦？

李四指着：你看——

胡来成胡乱看着。

李四：那儿，对面，照相馆！

胡来成看过去，看见一个女孩抱着两个镜框，正准备过马路。

李四：艳艳，我外孙女。

胡来成这下看清了，镜框里装着的是李四的照片。

艳艳已经过马路了。

胡来成跳下三轮车，朝艳艳跑过去。

胡来成抢前几步，拦住了艳艳：艳艳！

艳艳狐疑地看着胡来成：你是谁？

胡来成：你先说你是不是艳艳？

艳艳：是不是与你有什么关系？

胡来成：这镜框里的照片是你姥爷。

艳艳有些意外了：你是谁？

胡来成：我叫胡来成，捡垃圾的。我认识你姥爷，他叫李四，对不对？

艳艳：就算你认识又怎么样？你想怎么样？

胡来成笑了一下：你姥爷没死。

艳艳立刻睁大了眼睛。

胡来成：真的，他活得好好的。你们以为他死了，可他没死。我没有骗你……

胡来成：我今天就是跟你姥爷来找你们的，给你们说你姥爷没死……

胡来成：不信你往那边看，三轮车——

艳艳看过去，三轮车上空无一人。

胡来成惊愕了。他没想到李四会溜走。

艳艳看着胡来成。

胡来成胡乱扭着身子搜寻着：哎，人呢？李四！李四！

没有李四。

胡来成：李四！李四——

艳艳突然笑了。

胡来成满脸涨红，极力解释：你姥爷真的没死，他让我拉他来找你们的，我完全是好心帮忙……

艳艳还在笑。

胡来成：你别笑，我去把你姥爷找来给你看……

艳艳拦住了他：别别，免了。我听明白了，你认识我姥爷，你叫胡来成，你是捡垃圾的。建议你把你的名字去掉一个字，改叫胡来，老老实实捡你的垃圾去……

艳艳扭身走了。

胡来成：艳艳！

有围观者笑了。胡来成不知该怎么办了。他咽了一口唾沫。

胡来成对离开的艳艳：你姥爷真的没死。

围观者们笑出了声。

远处的艳艳返身跳舞一样给胡来成挥了挥手。

胡来成羞愤难耐，看着走远的艳艳。

胡来成对围观者：她姥爷真没死……

引来的是满场哄笑。

胡来成无地自容无法让任何人相信自己。他使足力气朝着艳艳走去的方向喊了一声：他没死——

64. 胡来成屋 日

胡来成甩上了三合板屋门。

胡来成把墙角当成李四，狠狠地吐了一口：呸！

胡来成想躺到床上去，又转过身冲着墙角：呸！

现在，胡来成终于躺在床上了，似乎好受了一点，他双手抱着头，不时吸一下不太通畅的鼻子。

一会儿，胡来成闭上了眼睛，竟睡着了……

有人在敲三合板门，声音很轻。

胡来成好像没听见。

又敲了几声，然后门被推开了，是李四，很小心。他看着床上的胡来成。

胡来成睁着眼，却不看李四。

李四小心地走到胡来成跟前了。像做了错事的孩子。

胡来成没动。

李四：……我不是故意的……我不知道咋见她……我不知道我该说啥……我都想走了……

李四挪了几步好像要走的样子。

胡来成从床上一下蹦到了门口，返身圆睁着眼睛看着李四。

李四不知道胡来成要干什么。胡来成让他有些害怕。

李四有些可怜地看着胡来成。

胡来成小狼一样盯着李四，死死堵着门板。

胡来成的眼里涌聚着泪水，越聚越多。

李四更可怜了：来成……

胡来成突然爆发了：你不是个人！

李四被吓了一跳。

胡来成：你走！

胡来成眼里的泪水终于涌了出来：都是你！都是你！他们把我当成骗子了！艳艳把我当成骗子了！你走？你走了我给谁说去？我怎么活人？还有我爸，我爸的骨灰盒……都是你，唔唔……

胡来成终于由哽咽转为失声痛哭了，哭得委屈又真诚。这时候的他更像一个未成年的孩子。他顺着三合板门溜下去，边哭边抹着泪水，越哭越伤心，越委屈……

李四手足无措，不知该怎么劝解：来成，来成……

胡来成埋着脸，还在哭。

胡来成的画外音：就这么，我和李四搅到了一起，李四的事也成了我的事……

65. 老胡居处外内 夜

造假酱油的被放回来了，正从老胡居处外经过。有人和他打招呼："没事了？""没事了，罚了点钱，还学法律了没事了……"

李四和胡来成在吃方便面。

胡来成的画外音：……本来可以很简单，我和李四去艳艳家，把李四交给他们，让艳艳说一句我不是骗子，然后就只是我爸的骨灰盒了，但李四不去，咋说也不去。他说应该让他们来找他才对，这是有关脸面的事……

两个吃饭的人各有心事。

66. 中学校门外 日

胡来成明显收拾过他的衣服和头发。他在校门外转悠着，看着校门口的动静。

胡来成的画外音：……我只能找艳艳，也只想找艳艳……

校园里的喇叭突然响起了音乐。下课了。教学楼的学生们像乱蜂一样涌出教室。

胡来成搜寻着艳艳。

一拨又一拨学生从校门里涌出来。

胡来成发现了艳艳。艳艳和一个女同学勾肩搭背出来了，向旁边拐去。胡来成追过去，叫了一声。

胡来成：艳艳！

艳艳搜寻着。胡来成到了跟前。艳艳的脸冷了。两人对视着。

艳艳的同学看不出他们是什么关系。

胡来成：你姥爷……

艳艳：我姥爷没死，你认识我姥爷，行了吧？（对同学）走吧。

艳艳和同学走了。

胡来成想追上去。

艳艳同学：谁呀？

艳艳没回答，搂着同学唱着“我不是黄蓉我不会武功”走了。

胡来成又想追上去，再次忍住了。他站在那儿看着走远的艳艳。

67. 小饭馆 日

胡来成喝着一瓶啤酒，看着街对面的学校。

学校的音乐声响了。胡来成走出小饭馆——

68. 中学校门外 日

胡来成用眼睛搜寻着进出校门的学生，样子像个闲人。

一伙男学生提着书包朝胡来成走过来，胡来成看着他们，以为他们是冲着他来的，要打他。他盯着他们，表情和身体都很放松，心里却极度紧张，没等那伙男学生走到跟前他突然转身撒腿跑了。跑远了，安全了，他完全轻松下来，像个小闲人一样边走边唱着："我不是黄蓉我不会武功"……

69. 胡来成屋 夜

胡来成拿过来一张纸，又取来一支圆珠笔。他坐在桌子跟前，想了一会儿，开始往上边写字。先写了"艳艳"两个字，然后接着往下继续写……

70. 中学校传达室 日

胡来成的字条已到了学校传达室师傅的手上。

师傅：高一二班，刘艳艳……

胡来成：对，对。

师傅：放心，我会亲自交给她本人的。

胡来成：谢谢您了，谢谢！

胡来成离开学校传达室，走过街，坐在了他的电动三轮车上。他还有些不放心，给传达室的师傅招了一下手：谢谢！

胡来成驾着三轮车走了，像打了一场胜仗一样。

71. 老胡居处 夜

胡来成浑身散发着得意和自信，拧开一瓶矿泉水，喝一口说一句。李四则像个听讲的小孩，夹杂着激动和不安，也有一点对胡来成的佩服和感激。

胡来成：办法是人想出来的。我当然能想出办法。就这几天，我保证，不出三天，他们就会来这儿找你。

李四：是不是？是不是？

胡来成：所以，这几天你哪儿也别去，就在这儿待着。你也喝一口（把正喝的矿泉水递给李四），你就想着他们来找你的时候你对他们说什么吧。咋给他们说吧。你不会骂他们吧？

李四：不知道，我不知道……

胡来成：你总不会给他们笑吧？

李四：不知道，我不知道……

李四内心复杂又焦虑，不时地捏着那只矿泉水瓶子。

胡来成的画外音：事情和我想象的完全不一样……

72. 李香家 夜

胡来成的那张字条在李瓦李欣手中传递着，李欣看过后交给了李香。李香和刘大奇不安地看着李瓦。

艳艳知道他们在看那张字条，她不理他们，径自看着电视。

李瓦在想着，没说话。

李香：胆子也太大了，敢冒充咱爸！还留了地址！

刘大奇：冒充咱爸的目的在咱艳艳身上！

艳艳不屑地撇了一下嘴。

刘大奇：艳艳让一个捡垃圾的社会不良青年盯上了，你们做舅的难道不管？不管？

李瓦看艳艳了。他们都把目光转向艳艳。

艳艳在看电视，不理会他们的目光。

刘大奇走过去，啪一下关了电视。

艳艳：真无聊！

顺势倚在了沙发上。

艳艳：多大的事，知道这样就不给你们说了。

李香：还小啊？有人冒充你姥爷，三番五次纠缠你，连条子都写上了还小啊？

艳艳懒得说了。

李瓦：你怎么认识他的？

艳艳：不认识。

李瓦：不认识能给你写字条？

李香：就是嘛，不认识咋给你写字条？你们班那么多女同学咋就给你写呢？

艳艳：我怎么知道？他要给我写我怎么知道？

刘大奇：艳艳，你好好和你舅说话。社会越来越复杂了，啥怪事都有，你还小，应付不了。你把事情说清楚，天大的事有你舅撑着。

李香：我和你爸就是为你的事把你舅叫过来的艳艳！你想想，你姥爷咋能认识一个捡垃圾的不良少年呢？是青年不是少年？（没人回应她的疑问）你姥爷明明死了，他非说你姥爷没死，这里边就有问题。他不找我们，偏找你，三番五次地找，你怎么能和一个捡垃圾的不良青年纠缠在一起呢？怎么能让一个捡垃圾的不良青年……

艳艳实在听不下去了：你们真无聊！无聊！

艳艳进自己屋甩上了门，哭去了。

几个人一时无语了。

刘大奇敲艳艳的屋门：艳艳，别哭，开门，有话好好说……

李瓦打开手机，拨号，拨通了：喂，小赵吗？我是李瓦，你看，有这么个事……

李瓦到阳台上说去了，阳台上信号好一些。

刘大奇耳背，听不清李瓦的电话，问李香：给谁打呢？

李香：等说完了再问……

73. 垃圾棚 日

李四正在整理几摞洋灰袋子。棚内尘灰飞扬，棚外阳光灿烂。

一阵车声。李四抬头看去——

开进来一辆警车，停了下来。车门打开，走下来一个人。

李四的眼睛瞪大了，抖落洋灰袋子的手也停了下来。

竟是李瓦。然后是李欣和刘大奇。

李四的心突然提到了嗓子眼。他定定地看着他们。他们在车门旁边站着，打量着这里的环境。

又走下来一个人，是个警察。

李四的脸色立刻变了。不知是因为不安慌乱还是因为下意识，他用袖子抹了一下脸上的汗，他的脸立刻成了花脸。

警察问了院里的一个人几句什么话，然后就朝垃圾棚这边看。李瓦李欣和刘大奇都朝这边看。只看到棚内有一个人影，只能看见一个大致的轮廓。

但李四却把他们看得清清楚楚。他看见李瓦李欣和刘大奇在车前站着，并没有朝他走过来。走过来的是那个警察。

李四变得紧张起来，又抹了一下脸上的汗水。他看着警察越走越近，到棚跟前了。其实他看的不是警察，而是车跟前的李瓦李欣和刘大奇。

警察发现李四没看他，对李四“哎”了一声。李四这才看警察了。李四的花脸上两只眼睛很怪异。

警察：你儿子呢?

李四好像没听懂警察的问话。他把目光越过警察，又看车跟前的几个人了，只有他们才是他关心的。他看见李瓦夹着一个小皮包，靠车站着，刘大奇倒是一直看着垃圾棚。李欣看见了地上的一片报纸，上边是广告，他捡起来很有兴味地看着。

警察：你有身份证吗？

李四把目光移到警察脸上，嘴似乎动了一下，但没出声。

警察：我能看一下你的身份证吗？

李四看着警察。警察一脸和气，很耐心。

警察：我是咱们这一带的片警。我看一下你的身份证。

李四从口袋里摸出了一张身份证，递给警察。警察看不清，便拿到阳光下，看清了，是老胡的身份证。警察点了几下头，然后把身份证举起来给李瓦他们晃了晃，摇了几个头。然后又把身份证还给李四。

警察：大爷，给你儿子说说，别让他纠缠人家的女孩子了……

警察转身走向警车。

愤怒的刘大奇朝垃圾棚冲过来，对棚里的李四：告诉你儿子，再纠缠我家艳艳，我就砸烂他的脑袋！

刘大奇边吼边踢着洋灰袋子。

棚里的李四在飞扬的尘灰里木然地站着。

几摞洋灰袋子被踢倒了。

李欣不耐烦了：走吧走吧。

刘大奇朝地上的洋灰袋子又踢了一脚。

刘大奇：王八蛋！

刘大奇这才走了。留下了飞扬的尘灰和木然的李四。

李四看着他们一个个上了车，关上车门，开走了。

尘灰弥漫，已经看不清楚棚里的李四了。

74. 老胡居处 日

满脸尘灰的李四坐在沙发里，看着身份证上的老胡。

胡来成情绪激动，正在训斥李四：你拿我爸的身份证干啥？

人家要看你的身份证你拿我爸的你干啥？你哪有身份证？你的身份证和我爸的骨灰盒放一起了你哪有？好好的事让你弄砸了。成了的事让你弄砸了。我费那么大劲好好的事你给砸了。你为什么不叫他们？你叫一声他们的名字不就听出是你了？

李四的手在打抖了。

胡来成：你为什么不叫他们？你为什么……

李四突然爆发了，跳了起来：我不想叫！

胡来成被李四吓了一跳。

李四喊一声跳一下：我不想！他们应该叫我！他们为啥要带警察！他们认他们爸为啥要带警察！他们认他们亲爸为啥要看身份证！身份证是个屎！身份证能造假！他爸烧成灰也假不了！

胡来成似乎被李四吓住了，缩着身子看着一跳一吼的李四。

李四还在跳吼着，向着虚空：他们以为我死了！我没死！

胡来成的画外音：我觉得他们怪，李四明明是他们的爸，他们非要当李四是我爸。李四也怪，他叫他们一声不就好了，他偏不叫。我想不通他们……

75. 垃圾山 日

李四在捡垃圾。

胡来成的画外音：……随后的几天很平静……

76. 老胡居处 日

胡来成专心致志地调试安装着一批新收来的电器，旧有的已不见了，都摆上了“新货”。

胡来成的画外音：……我卖了一批货，又装好了一批新的……

77. 老胡居处 日

李四和胡来成在吃方便面。

胡来成的画外音：……我爸会做饭，李四不会，我和李四只能吃这些。每到这个时候，我就会想起我爸的好来……

胡来成不时瞄李四一眼。李四大口吃着饭，但分明藏着心事，时不时会愣一下神。

胡来成的画外音：本来好好的，可那天晚上……

78. 老胡居处 夜

胡来成已睡着了。

胡来成的画外音：……李四突然不见了。

79. 街道 夜

匆匆行走的李四，步子虽快却有力。他似乎要去做一件已想好的重大的事情。他心里憋着一种随时都可能爆发的东西。

80. 城中村 夜

李四走进了城中村。

走进楼道了。

走到李欣租屋门外了。

停下了。

屋里黑着灯。

李四似乎在想他要怎么作。

李四把耳朵向屋门伸了一下。没声。李四又把耳朵凑近了些。屋里一阵响动，似乎吓着了李四。李四闪开了耳朵。屋里更激烈地响动，有女人的呻吟……

李四愣了。

李四转身离开了，脚步变得黏滞无力，走了几步又停下来。

屋里的响动离他远了，但继续着。

李四靠着墙壁。

李四的身子缓缓地往下溜着，溜下去了……

81. 老胡居处 夜

蹲着的李四。

胡来成的声音：你为啥不敲门？屋里明明有人，你为啥不敲？

李四不动。

胡来成的声音：为啥？

李四不动。

胡来成的声音：你敲门叫你儿子出来，不就什么都明白了，什么都解决了！

李四：……他二十五快三十的人了……三个儿女里头他最小，是我的小儿子……他该有个媳妇了……

胡来成想不明白李四了。

胡来成：你真是个怪人！你不想让他们认你了？

李四的表情立刻阴沉下来不说话了。

胡来成无奈地摇了几下头。

两人都不说话了。

李四突然地：我要去李香家。

胡来成一脸无所谓。

李四：我要去。

胡来成：去呗去呗，爱去哪去哪。

李四：我进不了门……

82. 李香家 日

胡来成用身份证开锁。门被打开了。胡来成和李四小心地踏了进来。胡来成看看屋外，没有人。他们放心一些了，挨个儿看着李香的家，从客厅到房间。这实在是一个普通又简单的家庭，摆放的物品中有他们夫妇的职业痕迹，也有他们年轻时的合照，和艳艳的全家福。

胡来成感兴趣的当然是艳艳。

李四的目光突然触到了什么，一脸震惊。

在一个房间的角落里，设着李四和老伴的灵堂。艳艳曾经抱着的那两面镜框里是李四和老伴的照片，并排放在灵堂上。李四就是被自己和老伴的照片震惊了。还有灵堂前的焚香炉，里边插着香，已快燃尽了，一定是李香早上出车前点上的！能看出灵堂前的香火从未断过。

李四向灵堂走过去，看着老伴和自己。照片上的李四和老伴也在看他。

胡来成在艳艳的小房间里。他很有兴味地打量着这位中学生的居处，墙上的明星和小摆设。他拿起床头上的小猪看着，用鼻子碰了一下小猪，又做了一个咬小猪一口的动作。他想起了另一间屋的李四，歪头看过去，没有声响。他放下小猪，走过去——

李四有些泪眼模糊了，一动不动地和两张照片对视着。听见胡来成进来了，他努力控制了一下眼睛，好像被风吹了一下那样，把泪水堵了回去，没让它们涌出来。他拿过老伴的照片，用袖子擦了一下，其实镜框上并没有尘灰。他把它放回原处。然后又拿过自己的照片，看了一会儿，他的表情在迅速变化着。他突然举起镜框要用膝盖顶碎它。他停住了。他把它放回原处，却是反放的，让照片朝向里面。

胡来成诧异了，看着李四。

李四拉胡来成离开：走吧。

胡来成：放反了。

李四：走吧。

胡来成：他们会知道有人来过！

李四：走。

胡来成突然明白了李四的用意：噢，李四你行啊，就是要让他们知道有人来过！你就等着吧……

83. 烂尾楼 日

一副手铐箍在了正要开车出门的胡来成手腕上。

胡来成的画外音：李四没等来他的儿女，我却出了麻烦……

84. 派出所 日

胡来成的手被铐在墙上的铁环里，直不起又蹲不下。他在回答警察的审问。

问话：知道为什么铐你吗？

胡来成：知道，我去李香家了。

问话：你想干什么？

胡来成：我想帮李四，我和李四一起去的。不信问李四去。

一张拘留证递到了胡来成的手跟前：你签个字。

胡来成：你们问李四去！

警察的声音和一支笔一起过来了：签个字。

胡来成在拘留证上签上自己的名字。警察似乎走了。胡来成像掉进井里的一只小公牛，浑身的力气和愤怒无法发泄。

胡来成：我操！

他扭着脖子喊着：李四，我操——

85. 拘留所 日

铁栅门里的胡来成两眼无神。有人正向他走近。

胡来成的画外音：李四的儿女们不肯往他爸身上动脑子……

来人走近了，是李四。他抱着铺盖和一袋吃物。

胡来成站起来，和李四对视着。

胡来成的画外音：我想骂李四，可我骂不出口，反而为他有些难过……我在这儿待了七天。李四每天都来看我。我想要是我爸会不会天天来看我……

对视的李四和胡来成。

胡来成画外音：……接我出去的那天，李四花钱请了我一顿……

86. 小饭馆 日

胡来成大口吃着。

李四的声音：我卖了一些垃圾。不是你的，我捡的。

胡来成没有生气的样子，吃得很单纯，甚至有些高兴。

李四的声音：吃，好不好吃饱。

胡来成甚至给李四笑了一下。他在吃。

李四坐在一旁看着，像看着自己的孩子。

胡来成的头发很乱，李四伸手给他理了一下。

胡来成这一回没有躲闪。他突然有些难受了，不吃了。他推开碗起身离开。

胡来成：我在里边待了七天，憋死了……

87. 街道　公园 日

胡来成在热闹的街道上走着。

胡来成在公园里走着。

胡来成到处胡乱逛着。

有人踢了胡来成一脚，胡来成转过头，一只矿泉水递到了他的鼻子跟前。

是艳艳。

艳艳：怎么？不敢喝？

胡来成接过矿泉水，拧开盖子。艳艳示意找个地方说话。

胡来成原地坐下了。

艳艳：我知道是你干的，你动过我的小猪。

胡来成一脸无所谓，不时喝一口矿泉水。

艳艳：但我没想把你送进去。是他们要这么做的。

胡来成还是一脸的无所谓。

艳艳：我妈认为是我姥爷显灵了。我大舅不信，小舅也不信……我小舅心里不踏实，还专门看过你爸一次……

胡来成：我爸？

艳艳：是啊……

88. 垃圾山 黄昏

李欣远远地看着翻捡垃圾的李四。

李欣朝前走了几步，似乎要过去，又站住了，远远看着……

李四不知道有人在看他。

艳艳画外音：然后就开了一次家庭会……

89. 李香家 夜

李香夫妇和李瓦李欣在客厅里，情绪似乎有些激动，又很压抑。

李欣：我是说，万一是咱爸呢！

李瓦一脸的不屑：可能吗？

李欣：我是说万一。

李香：不可能！咱爸不是那样的人！咱爸多好！咱爸能这么偷偷摸摸吗？

刘大奇：就是那个不良青年，打咱艳艳的主意！

李香：也许想诈钱！

李欣：我是说万一！

李香：那你怎么不到跟前去呢？

李欣被问住了：……不知道，不知道，我也不知道我为什么没到跟前去……

李香：肯定不是。

李欣：那也可以再去，再去证实……

李瓦：要去你去。你是没事干闲得慌，没事找事！

李欣：你们可听好了，我是说万一是咱爸咋办？（对李瓦）你咋办？（对李香夫妇）你们咋办？我咋办？哥，你说你咋办？

李瓦：咋办！咋办！你说咋办！你还有脑子没有？你……

李欣：哥！我是说万、一、是、咱、爸、你、咋、办！

李瓦受不了这种逼人的拷问了，他突然起身，挥拳向李欣打过去。李欣没想到李瓦会突然对他动手，捂着挨打的脸。

李欣：你打人……

90. 公园　日

艳艳：你看，你和你爸给我家带来多大的麻烦，所以才叫了警察……

胡来成好像在听与自己无关的事情。

艳艳：你可别误会，说这些是让你以后别这样了。其实我并没把你当坏人，他们把你当坏人，我倒没有，我反而觉得你做事认真，锲而不舍，好玩。我念书要像你这样就好了，就会成为我爸妈希望的那种好孩子了……

艳艳提起父母似乎有些郁闷，喝了一口水，改了话题：捡垃圾挣钱不?

胡来成：一般般。

艳艳：我想也是。

胡来成有些不想说这些了。

艳艳：你心情好么?

胡来成：一般般。

艳艳笑了：你确实很逗，好玩。

胡来成起身走了。

艳艳收住笑：哎你这人……你站住!

胡来成站住了。

艳艳走上去。

艳艳：你心情不好我理解，可我不明白，你非要把你爸说成我姥爷呢? 以后别这样了行不?

胡来成转过身，对艳艳：你说我是好玩，我好玩，行不?

91. 老胡居处 夜

李四面无表情，仰头靠着沙发，身上穿着捡垃圾的工作服。

胡来成的画外音：我把见艳艳的经过都说给李四了……

胡来成：李四你完了，他们认为你死了，你就真死了，活着也是死了。

李四扭着脖子。

胡来成：他们不会来找你了。听艳艳说，明天给你过“七七”，他们吃一顿饭，举行个仪式，就算和你永别了……

李四站起来，向外走去。

胡来成：你干啥? 正说话你干啥?

李四已出门了。

92. 烂尾楼外 夜

李四站在院子里。

胡来成走了过来。不明白李四要干什么。

李四看着远处。似乎变成了一个轻松的开阔的李四。

李四：……我要回去了。

胡来成一愣。

李四：也该回去了……

胡来成：为什么？

李四（自语一样）：不回去能咋？不回去待在这儿能咋？……该回去了……你爸照顾了我一晚上，把命搭上了。你照顾了我四十多天……我欠了你们的，我心里知道……

胡来成：你，你（突然地）他们给你过“七七”，其实是我爸的“七七”你知道不？

李四愣了。

胡来成：你答应过给我爸喝酒你知道不？

李四不再说话了，在发愣。

93. 南门外广场　街道 晨　日

热闹的广场。有人在晨练。有笑友在推广笑运动：“笑是最好的药，笑一笑十年少……”边说边给人发送宣传品。

熙攘的街道。李四在来往的人群中……

94. 烂尾楼酱油作坊 日

造假酱油的递给李四一瓶酱油：放心用，不是假的。

李四点头掏钱。

95. 烂尾楼院子　黄昏

胡来成开着电动三轮车进院。

胡来成下车。有一群小孩在玩游戏。有人和胡来成打招呼，胡来成胡乱应答着进楼——

96. 老胡居处　黄昏

桌上摆着牛肉等吃物。

李四表情有点尴尬但语气真诚：来成，我身上的钱只够买这些了，买不了茅台酒……

胡来成：你答应过我爸。

李四：我想了，人说酒水酒水，酒也是水，水也是酒……

胡来成似乎很固执：我要有酒，你答应过。

李四更为尴尬：来成……

胡来成：反正我要有酒，茅台酒。

李四：来成，我跑了几家卖烟酒的店，半斤装的也要二百多块……

胡来成：我不管，你说的就是茅台酒，说话算话。

李四无地自容，不知该怎么说了。

胡来成：有地方有酒，我有钱……

97. 城市街道　黄昏

李四已经坐在了胡来成的电动三轮车上。

行驶的电动三轮车——

98. 酒店　夜

胡来成领李四走过来。

李四边走边打量着酒店。

李四停住了。

李四脸色变了。

李四：来成，你骗我！

胡来成成竹在胸地：你进去，走到他们跟前，一个一个叫他们名字，骂他们一顿，想咋骂咋骂。然后，然后不就好了？你一定要一个个地叫他们名字，叫得响响的。去吧，我在这儿等你。

李四拔腿就走。胡来成急了，扑过去抱住李四的腰。李四挣脱着。

胡来成：你要进去！我要你进去，我叫你来就是让你进去！

李四挣脱着。

胡来成要急出眼泪了，带着哭音：进去！我要你进去……

99. 酒店内外 夜

李瓦夫妇和李香夫妇以及李欣围着一张酒桌，酒饭已到局中。他们边吃边听李香说话。

李香：……我早晚都烧，早上三根香晚上三根香，一天也没有中断过。大奇知道咱爸爱喝酒，专门给灵前放了一瓶酒……

李瓦媳妇拨了一下李瓦，李瓦扭过头，就看见了站在他们旁边的胡来成。然后，他们都看见了他。他们都不吃了，李香也掐断了她啰嗦的话头。他们感到奇怪，一个小年轻人为什么会不声不响地站在一边看他们吃饭。

胡来成也看着他们。

李瓦：你是谁？

胡来成：胡来成。

刘大奇的脸色立刻变了，他们的脸色都变了。

刘大奇拍下手中的筷子：好啊你个小杂种！

骂着就要过去抓胡来成，被李香拦住了。

李瓦的表情已经很冷静了：你要干什么？

胡来成：不干什么。我把你们爸领来了……

他们互相看着，以为胡来成在说胡话。

胡来成：他就在外边……

李欣李香朝外面看了一眼，现场就餐的人很多，什么也没看到。

胡来成：在楼外边。

李瓦：我看你是疯了！

胡来成：我没有。你们出去看一眼。你们站起来往外看一眼……

李瓦突然站起来吼了一声：保安，保安在哪！

两个保安冲过来。

李瓦冲两个保安爆发：你们这是什么饭店！还叫人吃饭不！叫你们经理来！

保安慌乱了，驾住胡来成往外拉。

胡来成突然满脸涨红，挣开保安，冲李瓦他们：你们看一眼去！

楼外的李四一直贴着玻璃看着里边正在发生的一切。他听不见里边的声音，但看得很清楚。

现场已经大乱，两个保安按不住胡来成。胡来成又跳又吼，好像真疯了一样。

胡来成：王八蛋！你们看一眼去！

又冲过来几个保安。经理也赶过来。

李瓦冲经理叫嚷：你们是什么饭店！怎么管理的！你们……

经理对李瓦连说对不起，示意保安赶紧拖走胡来成。

保安强拖胡来成。

胡来成挣脱着，踢打着：放开我！王八蛋！你们去看去！

就餐的人纷纷站了起来。

保安们被激怒了，开始踢打拖拉胡来成。

胡来成：你们看去！王八蛋！

李四贴在玻璃上的脸已严重变形了。

保安们拖拉着胡来成，像拖拉着一样会蹦跳的东西。

李瓦不可思议地摇着头。

李香看不下去了，突然叫了一声：别，别弄他了！我去看——

里边乱成一团。

100. 酒店内外 夜

李四已不看楼里了。他在原地跑步。

胡来成被保安们往门外拖拉着。胡来成还在喊叫。李四跑着跑着，跑了一个小圈，跑到了一定的距离。

追过来的李香拉着保安劝解着。胡来成还在挣扎踢叫。

大厅里更乱了，许多人围过来。

李四突然使力，朝玻璃楼跑去。

一声猛烈的撞击。

人们一阵惊呼，看过去——

玻璃裂开了几道口子。李四倒了下去。

所有看热闹的都愣了。李香愣了。李瓦愣了。保安也愣了。

胡来成也愣了。他很快明白发生了什么事情。他叫了一声李四，挣脱保安，爬起，朝饭店外跑去。他跑到李四跟前，李四似乎昏过去了，脸上带着血。

胡来成哭喊：李四——

饭店里的人涌了出来。

李四睁开了眼睛。

李瓦李香李欣惊呆了。

李香惊愕地叫了一声，也许只有她自己能听见她叫了一声：爸……

李四把手伸给胡来成，扶着胡来成的手自己起来了。他没看现场的任何一个人。但现场的每一个人都看着李四，包括李香夫妇，李瓦夫妇，包括李欣。

他们一直看着李四拉着胡来成的手，离开了现场。

李欣痛苦地蹲下去：我早说过万一是呢……

101. 老胡居处 夜

所有的电视都打开着，播放的是同一个节目。电视台正在采访笑运动发起人，他正在讲笑的好处：……现在生活节奏太快压力过大，各种精神病症都有，怎么应对，笑嘛！笑是一剂灵丹妙药，希望每一个人都能学会笑，笑出健康……

电视屏幕上笑友大笑的画面。

看电视的不是李四，也不是胡来成，而是李瓦李欣和李香夫妇。他们脸上的表情很难描述。

102. 南门广场 夜

笑友们正在按指挥者的口令发笑。

艳艳在人群中匆匆搜寻着打着手机。

广场上上千人在笑。

人群中搜寻的艳艳。

男女老少的脸在笑。

各种各样的脸在笑。欢畅的、开怀的、凝涩的、痛苦的、扭曲的各种各样的脸在笑。

艳艳在拨打手机。

各种各样的笑脸。

广场在笑。

笑声突然消失，留下的只是手机未接通的响声……

渐隐。

胡来成画外音：……我领到了一笔事故赔偿金。我没有要我爸的骨灰盒，李四不给我，他说入土为安，他以后死了，就和我爸埋在一起……

二OO七年五月十六日于乾县

二OO七年五月二十七日定稿于西安

附录

一座城市的舞蹈（舞剧）

立意与整体设想

以深圳三十年的历史为创作原型；以国标舞为主体舞蹈语言，吸收当代舞、街舞、RIB和踢踏舞的语汇；以大写意铺张为背景和底色；以时间递进和并不复杂的叙事（四个主要人物的命运组合）为经络；全景式表现一座现代都市诞生和成长的诗意历史，折射人类由农耕文明到现代文明的发展进程。本剧由序、六场次、尾声八个部分组成。

1. 深圳是一个奇迹，是中国改革开放的现实成果。作为一座现代化都市，它不仅是一个经济奇迹，也是精神和文化的艺术雕塑。它从一个渔村，历经三十年的风雨，成长为一座拥有一千多万人口的现代化都市，既拥有自己独特的个性化历史，也具有人类由农耕文明到现代文明发展进程的共性特征。它是一个现代标本，也是一部现代读本。它是丰富的，复杂的，多层次多侧面的，已经为艺术创作提供了独特而珍贵的原型。但是，要全景式地描述和呈现这座城市的历史，用以叙事为主要特征的影视剧和话剧等艺术形式都是很困难的，而以大写意和抒情兼叙述为艺术表现手段的舞剧却能够为这种设想提供可能。这就是我选择以舞剧这一艺术形式来描写和呈现深圳的创作理由。

2. 这部舞剧的创作首先是为深圳的。在深圳建设三十周年来临之际，我希望它是献给深圳的一个庆典礼物。但是，这台舞剧又不仅仅是为了深圳的三十周年。中国和世界的城市化进程依然在进行之中，深圳不仅是自己的，也是中国的，世界的。我更希望这部舞剧在构想和整个创作过程中，能克服即时性和功利性的短视和短命，使这台舞剧的精神内涵不但能和一座具体的城市——深圳发生联系，更能和中国乃至整个人类文明的发展进程发生联系。就是说，我希望这台舞剧不仅有现实性和时效性，也能够具有不断提升和历久弥新的生命力。

3. 创作这台舞剧，之所以选择以国标舞为主体舞蹈语言，是因为深圳具有雄厚的国标舞的基础和资源，在全国独一无二。这不仅可以使这台舞剧具有深圳制造的品牌特色，更可以避免以往深圳的舞台剧普遍存在的因借用外地人才而引起的无法继续演出的困境。深圳有国标舞方面的人才，使用和培养自己的人才，可以保证这台舞剧具有强大的再生能力。

4. 以国标舞为主体舞蹈语言，创作一部具有宏大叙事品格的舞剧，在中国乃至世界尚属首次。所以，这台舞剧的创作也是一次实验，一次大胆的创造。它的成功，会对舞剧这一艺术形式的丰富和发展产生重大影响。这也是深圳精神。我们应该有勇气、有信心进行这样一次有意义有价值的尝试，并有理由对它的成功抱有期待。

5. 此剧是作者以深圳为原型，对文明进化过程的一种解读。另外的解读将以另外的形式呈现。

关于舞台

这台舞剧表现的时间为三十年左右，舞台场景由一个渔村逐渐变化为一座现代化大都市。时间跨度长，空间跳跃大，兼容大写意、叙事、抒情多种艺术表现形态，内容丰富多样，如果舞台的现代化技术程度不到位，将很难完成这台舞剧的艺术质量要求。比如：流动的城市街景，可以移动的房屋和大厦；比如：一些场景需要多空间立体移动表现等等。这都需要舞台具有很高的技术设备。

关于颜色

黄色。蓝色。

黄与蓝这两种颜色的变化在本台舞剧中具有寓意和象征。黄色是农耕文明的标志，蓝色是现代都市文明的标志。舞剧的起始部分以黄色为主色调，随着剧情发展，蓝色逐渐成为主色调，黄色退为遥远的记忆。

黄色、蓝色的寓意和象征是本台舞剧整体构想的组成部分，但不应刻意，更不是拒绝其它颜色，只是强调黄、蓝色的符号性意义。

关于音乐

本台舞剧的立意涉及农耕文明（田园诗性）和现代都市文明（现代、时尚），不仅要有民族的、传统的音乐元素，更要有现代的、时尚的音乐元素，后者应是本台舞剧的主导元素。随着现代都市文明程度的不断提升，田园诗性的音乐元素或可作为遥远的记忆依然存在。

关于道具

1. 积木一样可以拆卸、叠加、组合成各种建筑物（比如房屋、工棚、电话亭、咖啡屋、高楼大厦等）的材料。它的不断叠加组合是舞剧写意和叙事的重要元素，也是城市不断发展的标志。

2. 标语。标语的内容和舞剧所表现的城市精神具有不可或缺的表现力。不同的时期，不同的标语呈现不同的城市精神风貌，是舞剧写意的重要组成部分。

关于歌曲

歌曲是舞剧抒情、写意和叙述的组成部分，可以设想在舞剧中穿插两到三首歌曲。第一首在舞剧的第一场，田园牧歌风格，在舞剧的尾声部分作为记忆元素或可重现；第二首在舞剧的第四场，现代流行风格；第三首在舞剧第五场，摇滚风格。第四场中的歌曲构想是开放性的，在不同的演出城市可以依据当地的资源（当地歌手和当地流行歌曲）临时替换，强化观众的情感认同和现场效果。

现在剧本第四场中的歌词是编剧根据剧情改写的诗作，可以用也可以不用。

关于舞蹈

尽可能拒绝写实和临摹生活，以写意和表现为主，注重精神和内在情感塑造，突出现代与时尚品质。比如渔网在织网舞中，可以是时装；在风浪中，可以是壮烈的旗帜。

人物表（以出场先后为序）

阿秋
阿冬
阿秋父
阿夏
阿春
渔民男女若干
男女少年儿童若干
城市众男女若干
（群众演员人数以能够完成本剧艺术表现设计为限）

说明：本台舞剧中的人物是具体的，更是符号性的。人物的命运组合是舞剧的经络。我们要塑造和呈现的是一座城市的形象，它的成长历史，它的个性精神。城市不是人物命运的背景，而是本台舞剧的主角。

序幕

舞台从始至终都是敞开的，不用幕启幕落，场与场之间的衔接转换均以灯光的运用和舞台的旋转挪移，在合适的音乐中完成。

所以，也就无所谓“序幕”；序幕也可以称为“开始”。

我们希望本台舞剧能打破以往舞台剧的开场模式，在它的开始部分，就能显示它新颖的形式感，营造独特的“现场”效果。

还在观众入场的时候，舞剧已经进入了它的开始部分：

有人正在装台；

有人正在试用舞台设备；

有人正在化妆；

有人正在修理一只小船；

有城市少年正在溜旱冰，表演车技（他们很可能是从台下或台侧“蹿”上舞台的）；

有人正在演练国标舞：华尔兹、恰恰、伦巴、探戈……也许还有精彩的造型和亮相；

等等……

不断旋转挪移的舞台上呈现出的，似乎是正在准备演出的情景（比如装台和试用设备的工作人员和化妆的演员）；又似乎是现代都市日常生活景观（比如溜旱冰和表演车技的城市少年）；又似乎是以这种特别的方式在向入场的观众表达问候和致意（比如演练国标舞的造型和亮相）。

以这种方式，我们想给观众透露这样的信息：我们的舞剧将试用新的舞蹈语言，讲述一座城市的历史和故事（那只小船在城市历史的开端），也许就是你熟悉或生活的城市。当你走进剧场时，你已经走进了我们精心剪接的一组组貌似原生态的镜头之中，和我们一起置身于一种超现实的舞台情景。

你也许会恍惚发问：舞剧开始了么？

开始了，但不是开头。

当你坐定之后，我们就会从“头”说起。

灯光突然“消失”，音乐从遥远处升起——

第一场　小船与风浪之舞

小屋。小船。

背景是一个渔村。

海天一色，在远处相接，使渔村和舞台一侧的小屋及小船显得朴素，简单，甚至有些简陋。

但在织网的阿秋姑娘是美丽的，活泼的，灵动的。

阿秋的织网舞。

她似乎不是在织网。她也许在小屋顶上。渔网是她展示美丽的时装，表现着她对美好生活的向往。

“滚”过来一截木墩，也许是一块石头。阿秋发现了“它”。她走过去，想把“它”抱到一个合适的地方，抱不动。她改变了主意，一脸俏皮，要坐上去。“它”突然闪开，变成了阿冬，一个精干漂亮的小伙。他扶住了快要闪倒的阿秋。受到惊吓的阿秋一脸嗔怪，甩开了阿冬。阿冬很赖皮，向阿秋表达心中的爱意。

阿冬和阿秋的调情舞。

从诙谐到柔软，甚至有些缠绵。

阿秋父从小屋出，看着沉迷在情感中的女儿和阿冬。能看出他并不反感，也许还有些欣赏。但他还是打断了他们的情感表达。他用修船工具在小船上敲击了几下。阿秋和阿冬立刻闪开。阿秋父招呼阿冬修船，使阿冬摆脱了尴尬。

阿秋是愉快的，又很懊悔被父亲发现了心中的秘密。

一对对男女渔民在舞蹈中上场，感染了懊悔中的阿秋。

出海的时辰到了。

阿秋和妇女们向出海的男人们告别。

阿秋和小屋及妇女们被推出舞台。大海由远而近。

男人们的海上捕鱼舞。

美丽的大海，愉快的劳动。劳动者用他们强健的肢体在辽阔的大海上书写着诗情画意。

风浪不期而至。狂风大作，浪卷云翻。

狂风巨浪中的集体舞。

这是一场人与自然力的勇敢搏斗。人在搏斗中显示了他们的顽强和不屈。但力量悬殊，大海和狂风联合，用瞬息万变的浪峰浪谷向不屈的搏斗者发起一轮又一轮强势攻击。几只海鸟是这场搏斗的目击者。它们的叫声不知是为疯狂的大海助威，还是在为勇敢的搏斗者鼓舞，或者是为这场力量悬殊的“战争”哀叹。渐渐地，搏斗者们在强大的自然力面前，显示了他们的无力和无奈。

阿秋父推开阿冬，自己被呼啸而至的巨浪吞没。

大海呼啸着占领了整个舞台。海鸟的鸣叫，在风浪之上，渐行渐远……

本场以朴素、活泼、富有田园诗性的呈现起始，以狂风巨浪中的搏斗结束。大海孕育着生命也毁灭生命。自然的生存有田园诗性之美，一旦与残酷的现实遭遇，自然的生存立刻显出它的渺小和无力。它是悲壮的，也是无奈的。

第二场　小屋与工棚的碰撞之舞

还是那间小屋。没有了父亲和小船。

孤独的阿秋点亮了一盏渔灯。

渔灯使阿秋更感孤独，悲从中来。

阿秋和渔灯的舞蹈。

她在问渔灯，阿秋为什么这么孤独悲伤？她在问大海，和阿秋相依为命的父亲为什么一去不再复回？她在问深远的苍天，命运为什么要对阿秋这么残酷？阿秋的“天问”没有回应。小屋是孤单的，阿秋和渔灯是孤单的。

姐妹们来了。

村民们来了。

他们和阿秋一起，用**优美的渔灯舞**为死者的灵魂超度。

阿秋放飞了她亲手织好的渔网。渔网如幡，向上飞升，和一盏盏渔灯组成庄严的形象。

如幡的渔网飞入天际。

阿冬来了，像一个负罪的孩子。

村民们退场，留下了阿秋和阿冬。

阿冬不知如何向阿秋诉说，是诉说海上的风浪？还是倾诉对阿秋的同情和安慰？这些都是阿秋不需要的。他捧出一只小船的模型，向阿秋表示，愿和阿秋一生一世风雨同舟。

小船使阿秋更为悲伤。她想起了被风浪卷走的小船和父亲。

在悲痛中不能自拔的阿秋拒绝了阿冬。

无奈的阿冬正要离去——

一群年轻的城市建设者（其中有阿春）像蓬勃的春天一样出现在他们面前。

他们吸引了阿秋。好奇使她忘记了悲伤。

阿冬是惶惑的。

为首的阿夏告诉阿秋，不久的将来，这里就会变成一座崭新的城市，像海市蜃楼一样美丽。

真的吗？像天幕上出现的海市蜃楼一样？

阿夏的回答是肯定的。年轻的建设者充满自信。他们的肯定和自信比未来的图景更为有力，打动了阿秋。

阿夏要阿秋拆掉小屋，和他们一起加入建设者的行列。

警惕的阿冬悄悄退场。

阿秋想询问阿冬，阿冬已经不见了。

阿夏是诚恳的。阿秋的心中升起了对美好未来的向往。她同意拆掉小屋。可是——

阿冬和村人突然出现，挡住了阿秋。

阿秋像阿夏给她描述海市蜃楼一样，向阿冬和村人描述美好的未来，却无法说服阿冬和村人。阿冬情绪激烈，指责阿秋不该相信外来入侵者的胡言乱语，而应该和村人一起保卫自己的家园，赶走入侵者。

小屋成了一个标志，要拆掉小屋的一方和要保卫的一方形成对峙，斗鸡一样互不相让。有人已站到了小屋顶上。

阿秋成了双方争夺的对象。阿夏想继续说服阿秋，被阿冬粗暴地推开。

阿秋左右为难，不知该加入哪一个方阵。

一边是阿冬盛满情感的小船，一边是阿夏描述的海市蜃楼。阿秋面临痛苦的抉择。她在经受着煎熬。

小船和阿冬，海市蜃楼和阿夏，都对阿秋满怀希望。

阿秋终于挣脱了煎熬，做出了选择。她渴望新的生活，她要和美好的未来拥抱。她脱掉布衫，成为和阿夏一样的建设者的形象。

阿冬愣了，村人们愣了。

阿冬绝望了，抱着小船悲伤离去。阿秋不忍阿冬离去，想拦住他，她知道是拦不住的，只能伤感地看着离去的阿冬。

一部分村人随阿冬离去了。一部分村人没有离开，他们和阿秋一样，脱去旧衣，成为建设者的形象，包括站在小屋顶上的那个年轻的村民。

企盼与惶惑相间；兴奋与痛苦杂糅；接受与拒绝同在；获得与牺牲并存……新文明是在与旧文明的碰撞中发生发展的。它强大的吸引力和生命力如行走的阳光雨露，要在朴素而简陋的大地上创造奇迹和新美。

现实的一个瞬间很可能就是历史的拐点。

在欢乐的舞蹈中，小屋被拆卸叠加成工棚的雏形。

阿秋多么希望离去的阿冬能够回来……

第三场　热情与速度的城市之舞

本场以海港为场景，分“精卫填海”“集装箱码头”“远洋巨轮”三个阶段表现。海港建设是城市成长的缩影。

灯光使观众看见的是舞台一侧的工棚，不是一间，而是一排，在大海边。然后——

年轻的建设者们出现了。他们在填海造地。他们像衔石填海的精卫，正在把古老的神话复原为现实。

劳动是艰苦的，但贲张的热情使艰苦的劳动成为青春的舞蹈。

阿夏和男青年们的舞蹈。

阿秋和女青年们的舞蹈。

他们的舞蹈展示着建设的热情，也展示着建设的速度。

当灯光照亮整个舞台时，舞台已变成了一个立体的现代化集装箱码头。那一排工棚已被拆卸组合成码头上的建筑和一间电话亭。

“效率就是生命”是书写在标语上的热情。

码头建设的舞蹈。

建设中的码头生机勃勃，不乏诙谐和情趣。

一声哨音，休息了。年轻的建设者们聚集在一起，要阿夏和阿秋表演节目。

阿秋和阿夏精彩的**国标舞表演**感染了年轻的建设者们。他们随阿秋阿夏翩翩起舞。

又一声哨音，紧张的工作要重新开始。建设者们返回工作岗位，阿秋无意间发现了什么，回头看去——

阿冬不知什么时候来到了这里，他很落魄，抱着那只小船，眼巴巴地看着阿秋。

阿秋心疼了，走向阿冬，抚摸着阿冬的那只小船。旧情正在复萌。可是——

阿夏拆开了阿秋和阿冬，把小船扔给了阿冬。

小船掉到了地上。

阿冬愤怒了，要和阿夏决斗。

阿秋急了，让同伴们劝架。几个年轻的建设者劝开了阿夏和阿冬。

有人指责阿夏不该粗暴地对待阿冬。阿夏愤怒难平，要阿秋和他离开。

阿秋又一次面临抉择。她虽然有些不舍，但还是选择了阿夏，和阿夏一起离开了建设工地。

孤独又茫然的阿冬。还有抛在地上的那只小船。

大吊车有力的巨臂向舞台划来。一台集装箱轰然落在阿冬的跟前。阿冬受了惊吓一样。

更让他吃惊的是，箱柜中跳出了一个漂亮的姑娘。

她是阿春。他们曾经见过。

阿春认出了阿冬。她询问了阿冬发生了什么事情。阿冬摇头不语。阿春看见了那只小船。她明白了。她捡起了那只小船，一脸俏皮，问阿冬愿不愿把小船送给她？阿冬半信半疑，不知阿春说的是假是真。

阿春让阿冬看他们的建设工地，看生机勃勃的建设者。

每一组**建设者的舞蹈**都像鼓槌一样敲击着阿冬，感染着阿冬。

阿春鼓励阿冬加入建设者，创造新的人生。

阿春拉过阿冬的手，带阿冬一起舞蹈。

建设者们以他们的方式欢迎阿冬加入建设者的队伍。

他们拆掉了电话亭，组合叠加着新的造型。

灯光骤然变化，舞台出现了一艘远洋巨轮。

阿春和阿冬登上巨轮，把阿冬的小船放在巨轮的尖顶，成了巨轮的一件装饰。

一声汽笛，第一艘远洋巨轮在这里靠岸停泊。欢呼声中，一群外籍海员跳跃出场，和年轻的建设者们同欢同舞。

阿冬和阿春在巨轮的顶上。

第四场　流动的城市之舞

本场的设想是：一座现代化都市在旋转流动中展示她的魅力。突出“丰富、时尚、包容”的主题。

具有深厚文化积淀的地域及人类群体的风情展示，已有比较成功的舞台实践。如何在舞台上展示一座现代化都市风情，还是一个新的课题。所以，本场的具体设计尚不确定，只提供一个思路，以期在二度创作中能够选择更为典型，更能体现本台舞剧整体立意的场景和形象。

可以从一个咖啡屋开始。它在城市的一个角落，舞台的一侧，可视为城市的一个细节。就是说，我们先从细节开始呈现。舞台的大部分空间是一条繁华的商业街，能看到形形色色的塑胶模特，甚至可以是卡通一样的形象，装点着城市。不时有溜旱冰的少年从街上滑过。但现在，他们和整个商业街都像剪影一样，因为还没有到他们表现的时候。

咖啡屋是精致的，注意细节的，摆设充满时尚的品质。消闲者在这里享受着生命的时光，恋爱者在这里享受着感情的时间。一位流行歌手正在演唱当下流行的歌曲，伴奏的是一支外籍乐手组合成的小乐队。歌曲吟唱的是爱情，倾诉中带着伤感：

就这么　坐在我跟前　围绕我　淹没我　无声无息
看着我　想流泪的样子　就这么　让我感到
我是个孩子

就这么　贴着我的脸　不说话　给我的　只是气息
想起我　有多么的想你　就这么　让我感到
不会有失去

别让我失去　别让我想起　你的手　会握在别人的手里
别让我失去　别让我想起　你接受别人的爱情
是我熟悉的样子　……

伴舞的阿秋和一位青年用舞蹈演绎着歌曲中吟唱的爱情故事。

阿夏在寻找阿秋，找到了这里。他看着舞蹈的阿秋。

阿秋很投入。阿夏受到了刺激，看不下去了，妒火中烧，冲上去要拉走阿秋，破坏了现场的气氛。阿秋争辩这是工作。阿夏不由分说，不听劝阻，把阿秋拉出了咖啡屋。

咖啡屋旋转隐去。阿夏和阿秋来到了商业街上。他们已经和好了。

商业街的美丽和繁华使阿秋眼花缭乱。模特身上的时装让阿秋羡慕不已，爱不释手。

“模特”们突然活动起来。商业街立刻变成了时装表演现场。T型台一直延伸到舞台之外。模特们给每一件时装赋予了鲜活的生命。丰富多彩的时装和丰富多彩的肢体语言展示的是丰富多彩的生命形象，也展示着这座城市的青春和魅力。

阿夏和阿秋也加入了模特表演的行列，展示的是时尚的情侣装。

一队滑行的城市少年“从天而降”，切断了时装表演。舞台上呈现出另一种城市风情：手机。

滑行的城市少年每人都拿着一款手机。也可以把每一个都视为一款手机。手机完全可以成为表现现代都市风情的艺术形象。它不仅是现代都市人物质生活的组成部分，更是现代都市人精神和情感的载体。这一部分的舞蹈可以称为**手机舞**。

阿秋和阿夏可以是手机的推销者，也可以是手机的使用者。

然后，阿秋和阿夏来到了一座写字楼。

这里是现代都市人“劳动”的场所。和农耕时代的日落日升、春种秋收比较，现代都市人劳动的场所不是土地，而是办公楼，使用的工具不是犁耙镰刀，而是电脑。现代文明改变了生命的存在方式，并且被固定为一种程式，把这种程式提升为一种艺术化的形式，并注入精神内涵，程式就具有了仪式的意义。

键盘舞就是这种劳动程式的艺术化和仪式化提升。也可以称为**办公舞**。

写字楼可以是一台巨大的电脑。舞蹈者可以组合成巨大的键盘。键盘的每一个跳跃都可以改变“大屏幕”上的文字和图形。比如，航班信息、楼市信息、物流动态，甚至天气预报和蔬菜价格，等等。键盘连接着城市生活的每一个部位，每一根神经，是城市的脉动。

然后，舞台切换成“梦幻谷”。这里以深圳的“世界之窗”、“民俗村”和“欢乐谷”为原型，提炼出我们需要的元素，以表现现代都市的包容。它接纳五湖四海，不同民族不同肤色的人在这里展现他们的梦想和才情。“梦幻谷”可以是立体的多单元呈现。亚洲的杂耍、欧洲的魔术、非洲的黑人舞、美洲的机器人……精彩纷呈。如果说，咖啡屋呈现的是城市的小情调，“梦幻谷”呈现的则是城市的大情调，更大众更平民化的城市风貌。

在这里，已经成为成功者的阿冬阿春和他们的建设者队伍，既是看台上的观众，也可以由观众变为表演者。比如，他们像积木一样可以变换出各种建筑，组成城市的一条美丽的街道或街区。

然后，整个梦幻谷被“载”入一辆“过山车”。

就在阿冬阿春和他们的建设者队伍要登上过山车的时候，阿冬发现了来这里求职的阿秋和阿夏。阿冬阿春邀请阿秋阿夏一起登上过山车。面对已经成功的阿冬阿春，阿夏心情复杂，他拒绝了他们的邀请。遗憾的阿秋看着阿冬阿春登上了过山车。

过山车缓缓启动了，阿冬阿春向阿秋阿夏挥手告别。阿秋也向他们举起了手，但阿夏没有。

过山车从阿夏阿秋的眼前呼啸而过——

舞台突然安静下来，空旷的舞台只有失落的阿秋和阿夏了，他们好像刚刚经历了一场梦幻。

欲望从阿夏的心底升起。他向阿秋发誓：他一定要成功！他一定会成功的！

第五场　欲望的城市之舞

本场以股票交易所为主体场景。旁侧有商场和发廊。

“时间就是金钱”是书写在标语上的欲望。

操盘手的舞蹈。

他们是欲望的实体，也是欲望的象征。

大屏幕上升降的股票指数具有魔幻般的力量，主宰着舞者的精神和肢体。

阿夏在操盘手的行列之中，春风得意。

阿秋来了。阿夏激动地让阿秋看大屏幕，告诉阿秋，他们已经拥有巨额财富。他让阿秋闭上眼睛，想象他们将要拥有的富贵和幸福。

阿秋一脸迷惑。

阿夏已经陶醉，走进了梦幻——

梦幻中的阿夏成为高贵的王子，阿秋是美丽的新娘。舞台成了他们举行盛大婚礼的豪华宫殿。典雅高贵的华尔兹音乐中，他们款款走下台阶，和祝贺的人一起，翩翩起舞。他们在幸福和爱情的沉迷中缓缓飞升……

股市突然发生了“地震”，击碎了阿夏的富贵之梦。他扔下阿秋，扑向大屏幕。

下跌的股指使阿夏在瞬间变成了穷光蛋，阿夏不能接受残酷的现实，跌入了痛苦的深渊。

欲望的舞蹈是激情的，甚至是疯狂的。成功与失败，欲望与绝望，如同瞬息万变的波峰浪谷。财富的获得和失去使操盘手们发生分化。

在这里，爱情也显出了它实惠的一面。女孩子们抛弃了失败者，涌向成功者，和他们翩翩起舞。

失败者是无奈的，嫉妒的，愤怒的。成功者是优雅的，从容的，骄傲的。

舞台上的分化和对抗是城市两极分化和对抗的缩影。

失败者在冲击成功者的“秩序”。

善良的阿秋走向阿夏，想安慰阿夏。已经失去理智的阿夏粗暴地推倒阿秋。他不顾阿秋痛苦的呼唤，大口地喝着酒，走进了旁边的发廊，和发廊妹调情，消愁解闷。

阿秋悲痛欲绝，离去。

阿秋的离去使阿夏更为绝望。他甩开发廊妹，提着酒瓶，走向了大楼顶端，大口大口地往喉咙里灌酒。

他扔掉了酒瓶，要结束自己的生命。

全场一片惊呼，看着楼顶的阿夏。

阿夏在狂笑。

阿秋领着阿冬阿春赶来了，楼顶上的阿夏使他们焦急又痛心。

阿秋哀求阿冬帮助她，让阿夏回到她的身边。

阿冬激情与愤怒的舞蹈。

他向楼顶的阿夏表示：以结束生命面对失败，不是男子汉。也向全场的人们表示：贫富不是无法逾越的障碍；我们应该寻找和学习在这个世界上和谐共存的途径。

所有的人都受到了阿冬的感染。淤积的对抗正在消融化解。渐渐的，大家走到了一起，向楼顶上的阿夏发出真诚的呼唤。就在这一刻，我们的城市在成长中走向了成熟。

阿冬鼓励阿秋走向楼顶的阿夏。

阿春也在鼓励阿秋。

阿秋满怀希望向阿夏一步步走去。

阿秋走到了阿夏跟前。两人对视着。

大屏幕上的股指依旧闪烁升降着，但此刻的城市已经被大爱的空气弥漫。

阿秋阿夏紧紧地拥抱在一起……

第六场　爱与生命的时间之舞

两个家庭。阿夏和阿秋，阿冬和阿春。在舞台的两侧。

有序和谐的城市是两个家庭的背景。

阿秋和阿春已是幸福的孕妇。

呵护与爱抚的舞蹈。

两个孕妇分别享受着丈夫的呵护与爱抚。

诙谐的孕妇舞。

两个孕妇表达着她们孕育生命，期待新生命的自豪和幸福。

爱与生命阵痛的舞蹈。

新生命即将诞生，孕妇经历着阵痛。

两个丈夫护送孕妇出门。

两个家庭退出舞台，推出医院产房。

两个家庭在产房外相遇。

两个孕妇被送进产房。两对夫妻像在经历生离死别。

等待新生命诞生的阿夏和阿冬。喜悦与担忧相杂。

婴儿的啼哭，像春风送来了春光一样。两个男人激情相拥，互相祝贺。

护士抱出两个婴儿，和两个年轻的父亲一起舞蹈。

新生命的诞生牵动了整个城市。所有的人都涌上舞台，双双起舞，为新生命庆贺欢呼。拥有新生命就拥有城市的未来。

阿夏阿冬和护士婴儿退场。

舞台上是欢快的双人舞。

突然闪出一群儿童，分开一对对舞者，把满台的双人舞变成满台的三人舞，完成了时间的叙述。瞬间已过去了许多年。

阿夏阿秋和阿冬阿春领着他们已经长大的孩子上场，加入舞蹈的群体。

舞蹈的群体组合成一艘满载欢乐的巨轮。舞蹈进入高潮。

一座城市的欢乐颂。

渐暗——

尾声　月光与阳光之舞

许多年后。

深邃的星空，月光如水，城市如梦幻中的群雕。

两支夜景射灯光束在城市上空随意游移，时而会移出舞台——舞台上的城市和台下的观众成为一体，我们要呈现的城市才是完整的。

本场以写意为主，寓动于静。现在是过去和未来的联结点。

四位主人公出现在城市的最高处，大厦顶端的旋转观景台上。

还有他们的后代。

他们在享受他们亲手参与创造的城市，享受她的美丽和宁静。

他们向孩子们讲述遥远的过去。

天幕上出现那只小船和小屋，它们已成为遥远的历史和记忆。

童谣般单纯和优雅的音乐，让人想起自己的童年，甚至人类的童年……

太阳升起，城市被鲜活的阳光隆重推出。充满生机的城市开始了它新的一天。

整个城市——人类在大地上创造的艺术雕塑，在阳光里化变成舞蹈的精灵，与曾经在本剧开场时的情景再现一起，似乎要向我们讲述更多的故事。

2008年3月30日于深圳—乾县
原载于《延河》2010年10期

作者致谢

感谢尹昌龙先生。因为他的美意，使我终于有了出版文集并以此检视我三十多年文字生命的勇气和动力。

感谢海天出版社。我很悦意把我的文集交给它，除了信任，还因为，它是深圳的出版社。“深圳的”，在我的情感世界里，就是“自家的”。自家人亲自家人，自家人进自家门，这也是一种“自然”。

感谢海天出版社第一编辑室。蒋鸿雁先生的专业素质，比之我的“自我检视”，要来得更为严肃——我拒绝了几家出版社的好意，没有匆忙地出版文集，就是想有一次严肃的检视，而不是印一套书，放在书架上，以它的“厚”和“多”显示“成果”，讨好自己。

感谢涂俏。她是出色的编辑，更是一位优秀的作家，由她做责编，我的欣喜和不安都是由衷的。

我当然希望，她为这套文集付出的劳动是“劳”有所值的。

感谢陕西师范大学的马聪敏老师。没有她的帮助，文集中的《回答卷》和《交谈卷》不但要延期交稿，还要杂乱无章的。事实上，文集中的诸多作品都有过她无私的帮助。

感谢霍鑫，是他把文集中没有电子文本的作品搜集整理成了电子文本。参与这一繁琐事务的，还有：李生普、肖磊、马宪刚、张琰、孙柯诸同学。对他们无私的付出，我满怀感激。

我信赖李松樟先生智慧的劳动。我甚至相信，他会使文集的每一页都有一个经久耐看的面相——它实在是“书”的重要的组成部分，尤其是在越来越讲究“眼缘”的当下。

我至今不会使用电脑。写作之于我，依然是在纸上“爬格子”。三十多年了，没有诸多朋友的支持和援助，没有读者朋友的偏爱，那么多小小的“格子”我是“爬”不过来的，所以，我的感谢不能少了他们。包括我现在工作的单位——深圳市文联和文联的同事们、朋友们。

王京生先生有一句话：深圳是一座爱书的城市。我深受触动，也感同身受。我爱这座爱书的城市，也是她的一个“分子”。文集中有一半的文字，是我成为深圳人之后写出来的。我愿把我的这套文集，首先献给她，也愿意接受她的检视。

但愿这套文集能有好的运气。

杨争光

2012年6月26日